人猿泰山全译精编插画系列（全25种）

人猿泰山
之
米甸探险

［美国］埃德加·赖斯·巴勒斯/著
刘佳佳/译

**Tarzan Triumphant
by Edgar Rice Burroughs**

图书在版编目（CIP）数据

人猿泰山之米甸探险 ／（美）埃德加·赖斯·巴勒斯著；刘佳佳译. -- 上海：上海文艺出版社，2018
（人猿泰山全译精编插画系列）
ISBN 978-7-5321-6867-5

Ⅰ. ①人… Ⅱ. ①埃… ②刘… Ⅲ. ①长篇小说-美国-现代 Ⅳ. ① I712.45

中国版本图书馆 CIP 数据核字 (2018) 第 202832 号

书　　名：人猿泰山之米甸探险
著　　者：[美国] 埃德加·赖斯·巴勒斯
译　　者：刘佳佳
责任编辑：李震宇
装帧设计：周　睿
责任督印：张　凯

出　　版：上海文艺出版社
出　　品：上海故事会文化传媒有限公司
　　　　　（200020　上海市绍兴路74号　www.storychina.cn）
发　　行：上海文艺出版社发行中心
　　　　　（上海市绍兴路50号）
印　　刷：上海中华印刷有限公司
开　　本：889毫米×1194毫米　1/32　印张8
版　　次：2018年11月第1版　2018年11月第1次印刷
ＩＳＢＮ：978-7-5321-6867-5/Ｉ·5479
定　　价：25.00元

版权所有·不准翻印

上海故事会文化传媒有限公司 出品（00817）www.storychina.cn

上海故事会文化传媒有限公司所有图书可办理邮购，免收邮费（挂号除外）
汇款地址：上海市绍兴路74号(200020)　　收款人：上海故事会文化传媒有限公司出版发行部
联系电话：021-64338113
如发现本书有质量问题，请与印刷厂质量科联系 T:021-60829062

人猿泰山全译精编插画系列（全25种）
编 委 会

总 策 划：夏一鸣

主　　编：黄禄善

副 主 编：高　健

编辑成员

（按姓氏笔画为序排列）

田　芳　朱崟滢　李震宇　张雅君

胡　捷　夏一鸣　高　健　黄禄善　詹明瑜　蔡美凤

百年文学经典 文化传播之最
人猿泰山驰骋的奇幻世界

黄禄善

　　美国文学史上不乏这样的作家：他们生前得不到学术界承认，死后多年也不为批评家看好，然而他们却写出了最受欢迎的作品，享有最大范围的读者。本书作者埃德加·赖斯·巴勒斯即是这样一位作家。自1912年至1950年，他一共出版了一百多本书，这些书涉及多个通俗小说门类，而且十分畅销，其中不少被译成多种文字，在世界各地广为流传。当代科幻小说大师亚瑟·克拉克曾如此表达对他的敬仰："埃德加·赖斯·巴勒斯具有重要地位。是巴勒斯，激起了我的创作兴趣。"另一位著名通俗小说家雷·布莱德伯利也说："埃德加·赖斯·巴勒斯也许可以称为世界历史上最有影响力的作家。"然而，正是这个被众人交口称誉的作家，对前来采访的记者说："我不认为我的作品是'文学'。"而且，面对众多书迷的"如何走上文学道路"的提问，他也只是轻描淡写地回答："那是因为我需要钱。我35岁时，生活中的一切尝试都宣告失败，只好开始搞创作。"

　　确实，埃德加·赖斯·巴勒斯在从事文学创作前，有过一段十分坎坷的生活经历。他于1875年9月1日出生在美国芝加哥，父亲是南北战争期间入伍的老兵，后退役经商。儿时的巴勒斯对未来充满了幻想，曾对人夸口说父亲是中国皇帝的军事顾问，自己住在北京紫禁城，并在那里一直待到10岁才回国。但是，后来的事实表明，这一良好愿望只不过是一团泡影。从密歇根军事学院毕业后，他在美国骑兵部队服役，不久即为谋生四处奔波。他先后尝试了许多工作，包括警察和推销商，但均不成功。1900年，他和青梅竹马的女友结婚，之后两人育有两儿一女。接下来的日子，埃德加·赖斯·巴勒斯是在贫困中度过的。为了养家糊口，他开始替通俗小说杂志撰稿。他的第一部小说《在火星的卫星下》于1912年分六集在《故事大观》连载。这部小说即刻获得了成功，为他赢得了初步的声誉。同年，他又在《故事大观》推出了第二部小说，亦即首部"泰山"小说。这部小说获得了更大成功。从此，他名声大振，稿约不断，平均每年出版数部书。第二次世界大战期间，他以66岁的高龄奔赴南太平洋，当了战地记者。1950年3月19日，埃德加·赖斯·巴勒斯因心力衰竭在美国逝世。

埃德加·赖斯·巴勒斯是美国文学史上第一个重要的通俗小说家。他一生所创作的通俗小说主要有四大系列。第一个是"火星系列"，包括《火星公主》《火星众神》和《火星军魁》。该"三部曲"主要讲述一位能超越死亡界限、神秘莫测的地球人约翰·卡特在火星上的种种冒险经历。第二个系列为"佩鲁塞塔历险记"，共有七部。开首是《在地心里》，以后各部依次是《佩鲁塞塔》《佩鲁塞塔的塔纳》《泰山在地心里》《返回石器时代》《恐惧之地》《野蛮的佩鲁塞塔》，主要讲述主人公佩鲁塞塔在钻探地下矿藏时，不小心将地壳钻穿，并惊讶地发现地球核心像一个空心葫芦，那里住着许多原始人，还有许多古生动物和植物。1932年，《宝库》杂志开始连载埃德加·赖斯·巴勒斯的第三个系列，也即"金星系列"的首部小说《金星上的海盗》。该小说由"火星系列"衍生而出，但情节编排完全不同。主人公卡森·内皮尔生在印度，由一位年迈的神秘主义者抚养成人，并被教给各种魔法，由此开始了金星上的冒险经历。该系列的其余三部小说是《金星上的迷失》《金星上的卡森》和《金星上的逃脱》。第五部已经动笔，但因"二战"爆发而搁浅。

尽管埃德加·赖斯·巴勒斯的"火星系列""佩鲁塞塔历险记"和"金星系列"奠定了他的美国早期重要通俗小说作家的地位，但他成就最大、影响也最大的是第四个系列，也即"人猿泰山系列"。该系列始于1912年的《传奇诞生》，终于1947年的《落难军团》，外加去世后出版的《不速之客》，以及根据遗稿整理的《黄金迷城》，总共有25种之多。中心人物泰山是一个英国贵族后裔，幼年失去双亲，由母猿卡拉抚养长大。少年泰山不仅学会了在西非原始森林的生存本领，还具有人类特有的聪慧。凭着这一人类特性，他懂得利用工具猎取食物，并从生父遗留下来的看图识字课本上认识了不少英文词汇。随着时光流逝，他邂逅美国探险家的女儿简·波特，于是生活发生急剧变化，平添了无数波折。接下来的《英雄归来》《孤岛求生》等续集中，泰山已与简·波特结合，生了一个儿子，并依靠巨猿和大象的帮助，成了林中之王，又通过一个非洲巫师的秘方，获取了长生不老之术。再后来，在《绝地反击》《智斗恐龙》《真假狮人》《神秘豹人》等续集中，这位英雄开始了种种令人惊叹的冒险，足迹遍及整个西非原始森林、湮没的大陆。

从小说类型看，"人猿泰山系列"当属奇幻小说。西方最早的奇幻小说为英雄奇幻小说，这类小说发端于古希腊荷马史诗《伊利亚特》和《奥德赛》，成形于19世纪末英国小说家威廉·莫里斯的《世界那边的森林》，其主要模式是表现单个或群体男性主人公在奇幻世界的冒险经历。他们多为传奇式人物，有的出身卑微，必须经过一番奋斗才能赢得下属的尊敬；有的是落难王子，必须经过一番曲折才能恢复原有的地位。在冒险中，他们往往会遭遇各种超自然邪恶势力，但经过激烈较量，正义战胜邪恶，一切以美好告终。人猿泰山显然属于"落难王子"型主人公。他本属英国贵族后裔，却无端降生在无名孤岛，并险些丧命。在人迹罕至的西非原始森林，他与野兽为伍，经历了难以想象的生存危机。终于，他一天天长大，先后战胜大猩猩和狮子，又打死猿王克查科，并最终成为身强力壮、智慧超群的丛林之王。值得注意的是，埃德加·赖斯·巴勒斯在描写人猿泰山的这些经历时，并没有简单地套用英雄奇幻小说的模式，而是融入了自己的创造。一方面，他删去了"魔法""仙女""精灵"等超自然因素；另一方面，又增加了较多的现实主义成分。人们在阅读故事时，并不觉得是在虚无缥缈的奇幻天地漫步，而是仿佛置身栩栩如生的现实主义世界。正因为如此，"人猿泰山系列"比一般的纯英雄奇幻小说显得更生动、更令人震撼。

毋庸置疑，人猿泰山驰骋的奇幻世界是"人猿泰山系列"的又一大亮点。在构筑这一虚拟背景时，埃德加·赖斯·巴勒斯显然借鉴了亨利·哈格德的创作手法。亨利·哈格德是19世纪英国著名小说家，自80年代中期起，他根据自己在非洲的探险经历，创作了一系列以"遗忘的年代，湮没的城市"为特征的奇幻作品。譬如《所罗门王的宝藏》，述说一个名叫阿兰的猎手在两千多年前的奇幻王国觅宝，几经曲折，终遂心愿。又如《她》，主人公是非洲一个奇幻原始部落的女统治者，她精通巫术，具有铁的统治手腕，但对爱情的执着酿成了她一生最大的悲剧。"人猿泰山系列"的故事场景设置在人迹罕至的原始森林，在那里，虎啸猿鸣，弱肉强食，险象环生。正是在这一极端恶劣的环境中，泰山进行了种种惊心动魄的冒险。在后来的续篇中，埃德加·赖斯·巴勒斯还让泰山的足迹走出西非原始森林，到了传说中的亚特兰蒂斯、废弃的亚马逊古城，甚至神秘的太平洋玛雅群岛。所有这些埃德加·赖斯·巴勒斯笔下的荒岛僻壤，与《所罗门王的宝藏》《她》中"遗忘的年代，湮没的城市"如出一辙。

如果说，亨利·哈格德的"遗忘的年代，湮没的城市"给"人猿泰山系列"提供了诡奇的故事场景，那么给这个场景输血补液的则是西方脍炙人口的动物小说。据埃德加·赖斯·巴勒斯的传记，儿时的他曾因体弱多病辍学，并由此阅读了大量西方文学著作，尤其是鲁德亚德·吉卜林的《丛林故事》、欧内斯特·西顿的《野生动物集》、杰克·伦敦的《野性的呼唤》。这些小说集动物故事、探险故事、寓言故事、爱情故事、神秘故事于一体,给埃德加·赖斯·巴勒斯以深刻印象。事实上,他在出道之前,为了给自己的侄儿、侄女逗乐,还写了一些类似的童话故事,其中一篇还在《黑马连环漫画》上刊登。西方动物小说所表现的是达尔文和斯宾塞的"物竞天择""适者生存",体现了自然主义创作观。以杰克·伦敦的《野性的呼唤》为例,主要角色布克原是法官的看家狗,过着养尊处优的生活。但有一天,它被盗卖,并辗转来到冰天雪地的阿拉斯加,当起了运输工具。在那里,布克感到自然法则无处不在:狗像狼一般争斗,死亡者立刻被同类吃掉。但它很快学会了生存,原始的野性和狡诈开始显现,并咬死了凶残的领头狗,最终为主人复仇,加入了荒野的狼群。"人猿泰山系列"尽管将"弱肉强食"的雪橇狗变换成了虎、狮、猿以及由猿抚养长大的泰山,但这些人猿、半人半兽之间的殊死争斗同样表现出"生存斗争"的残忍。特别是泰山攀山越岭、腾掠树梢,战胜对手后仰天发出的一声长啸,同杰克·伦敦笔下布克回到河边纪念它的恩主被射杀时的长嚎简直有异曲同工之妙。

鉴于"人猿泰山系列"成书之前曾在《故事大观》《宝库》等杂志连载,不可避免地带有杂志文学的某些缺陷,如情节雷同、形象单调,等等。历来的文论家正是根据这些否定"人猿泰山"的文学价值,否定埃德加·赖斯·巴勒斯的文学地位。但"二战"以后,尤其是20世纪70年代之后,随着西方通俗文化热的兴起,学术界对于"泰山"小说的看法有了转变,许多研究者都给予积极评价,肯定埃德加·赖斯·巴勒斯的美国奇幻小说鼻祖地位。而且,"读者接受"是评价一部作品的最佳试金石。"人猿泰山系列"刚一问世,即征服了美国无数读者,不久又迅速跨出国界,流向英国、加拿大和整个西方。尤其在芬兰,读者简直到了如痴如醉的地步。一本本英文原著被译成芬兰语,一版再版,很快取代其他本土小说,成为最佳畅销书。更有甚者,许多西方作家,包括芬兰、阿根廷、以色列以及部分阿拉伯国家的作家,在埃德加·赖斯·巴勒斯去世后，模拟他的套路，创作起了这样那样的"后泰山小说"。世纪之交，埃德加·赖斯·巴勒斯的"人猿泰山系列"再度在西方发酵，以劳雷尔·汉密尔顿、尼尔·盖曼、乔·凯·罗琳为代表的一大批作家，基于他的"泰山"小说模式，并结合其他通俗小说要素，推出了许多新时代的奇幻小说——城市奇幻小说，并创造了这类小说连续数年高踞《纽约时报》畅销书排行榜的奇观。而且，自1918年起，"泰山"小说即被搬上银幕。以后随着续集的不断问世，每年都有新的"泰山"影片上映和电视剧播放，所改编的影视版本之多，持续时间之长，观众场面之火爆，创西方影视传播界之"最"。2016年，华纳兄弟影业又推出了由大卫·叶茨导演、亚历山大·斯卡斯加德等众多知名演员加盟的真人3D版好莱坞大片《泰山归来：险战丛林》。21世纪头十年，伴随迪士尼同名舞台剧和故事软件的开发，"泰山"游戏又迅速占领电脑虚拟世界，成为风靡全球的少年儿童宠爱对象。此外，西方各国还有形形色色的"泰山"广播剧、"泰山"动漫、"泰山"玩偶，等等。总之，今天的"泰山"早已超出了一个普通小说人物概念，成了西方社会的一种文化符号、一种文化象征。

优秀的文化遗产是不分国界的。为了帮助中国广大读者欣赏埃德加·赖斯·巴勒斯、读懂埃德加·赖斯·巴勒斯，了解当今风靡整个西方的奇幻小说的先驱，上海故事会文化传媒有限公司组织翻译了这套"人猿泰山系列"，这也将是国内第一套完整的"人猿泰山系列"。译者多为沪上高校翻译专业教师，翻译时力求原汁原味、文字流畅，与此同时，予以精编、插画。相信他们的努力会得到认可。

目 录

前言	人猿泰山驰骋的奇幻世界	1
序		001
1	命运之线	003
2	米甸城	009
3	神枪手	025
4	拧线成缕	033
5	狮子进犯	040
6	基尼烈湖	051
7	贩卖奴隶的人	061
8	狒狒	072
9	大裂谷	078
10	陷落敌手	087
11	受刑	095
12	死里逃生	106
13	"神枪手"现身	113
14	逃出生天	122

15	牧羊人艾什巴尔	132
16	追踪	143
17	她是我的！	155
18	男人与女人	163
19	北米甸村	175
20	最棒的五局三胜	189
21	恢复意识	198
22	人迹罕至的池塘	203
23	沦为俘虏	209
24	漫漫长夜	218
25	瓦兹瑞族	228
26	系上最后一个结	235

人物介绍

泰山：丛林之王，因击溃一支探险队遭到追杀。

芭芭拉·科利斯：女飞行员，被南米甸村村民误认为上帝的使者，也因此招致当地宗教首领的嫉恨。

拉斐特·史密斯：地质学教授，深入非洲腹地考察，在一系列探险中激发了睿智和勇气。

丹尼·帕特里克：美国黑社会小混混，因得罪帮派首脑，逃往非洲避险。

莱昂·斯塔布奇：苏联人，被派往非洲肯兹山脉追杀人猿泰山。

加皮埃特罗：索马里强盗头子，与斯塔布奇勾搭成奸，追杀泰山。

亚伯拉罕：南米甸村宗教首领，愚昧、狡诈、残忍。

杰泽贝尔：南米甸村少女，聪明活泼，仰慕芭芭拉。

伊利亚：北米甸村的首领。

序

生活如同一块大花毯,时间恰如其间的纱线,纵横交错,却亘古不变。命运这位艺术大师用海洋、陆地、天空及人心作为纱线,编织着这块大花毯,从未停歇。

纱线取自四面八方,其中一根源自过去,经过多年等待,它终于找到不可或缺的另一个同伴,共同织就花毯上的花纹。

命运极有耐心,它等待千百年,只为将两股纱线拧在一起,组成花毯的重要部分,融入那没有开端,也没有终点的纹路之中。

大约一千八百六十五年前(学者对具体年份没有统一定论),早期基督教领袖之一、塔尔苏斯人保罗在罗马殉道。

对我们来说,这一年代久远的悲剧,竟会影响一位英国女飞行员和美国地质学教授的生活与命运,真是不可思议啊!但在命运看来,却是稀松平常,为了下面即将开始的故事,它已等待了将近两千年。在我开始讲述之前,女飞行员和教授完全不知道对方的存在——故事还未开始，因为塔尔苏斯人保罗还在序言中呢。

但是，保罗和这两位年轻人之间确有联系，那就是艾菲索斯人奥古斯塔斯。他是阿尼色弗一家的外甥，患有癫痫，喜怒无常。保罗首次造访艾菲索斯的古爱奥尼亚城时，奥古斯塔斯就是首批皈依基督的人之一。

奥古斯塔斯自幼患有癫痫，又易盲目信仰，视使徒保罗为耶稣基督的代表，因此，保罗殉道的消息令他深受打击，心智大乱，也就不足为奇了。

奥古斯塔斯幻想自己会遭受迫害，便逃离了艾菲索斯，乘船前往亚历山大港。叙述至此，我们本该留他独自待在小船的甲板上，紧裹外套，惊慌失措地缩成一团。然而，当船行驶至位于爱琴海东南端的一座希腊小岛——罗德斯岛，奥古斯塔斯上了岸，还通过某种方式（不知道是通过交换还是花钱购买）得到了一个来自北部原始部落的金发女奴。

可以想象，从亚历山大港一路到非洲，途经孟斐斯、提贝以及其他未知之地，奥古斯塔斯和金发女奴的这场逃亡之旅，即使没有浪漫轶事，也必定是惊险重重。不过，我们还是先遗憾地暂别奥古斯塔斯和凯撒时代吧。

Chapter 1
命运之线

据我所知,第一代威姆兹伯爵与本故事毫无关联。他的伯爵之位,与其说归功于他生产的高级威士忌,倒不如说是因为多年前,他曾慷慨资助执政的自由党,不过我们对此倒是没什么兴趣。

我只是个小小的历史学家,而非预言家,因此不能确定在接下来的故事中,我们是否还会再次遇到威姆兹伯爵。但我向你保证,就算我们对伯爵本人不感兴趣,但他的漂亮女儿芭芭拉·科利斯小姐可是个重要人物。

非洲大陆上,肯兹山脉高耸入云,地势险峻,其间有上千山谷,人迹罕至,厚厚的云层笼罩着巍峨的山峰,遮住了高悬的太阳。

这片大地看似荒无人烟,但在高空厚厚的云层之中,却突然传来一阵奇怪的嗡鸣声,任谁听了都觉得害怕。这是一只硕大无比的"大黄蜂",在参差不齐的肯兹山脉高空盘旋。"大黄蜂"的嗡鸣声时大时小,有时会逐渐变大,大到令人心悸,紧接着又会慢慢减弱，只有一点儿微弱的声响。

这只"大黄蜂"一直在云层深处打转，神秘莫测，地上的人看不见它，它也看不到陆地。

芭芭拉·科利斯很着急，飞机上的汽油越来越少了，在这当口，指南针又坏了。她一直在云层中毫无目的地飞行，想要飞出这片云雾。时间似乎变得越来越慢，一分一秒都是煎熬。

芭芭拉知道自己会飞过一片巍峨的山脉，为此特意高高地飞到云层之上，可云层太高了，根本没法儿升到顶端。更可笑的是，她已经孤注一掷，打算直接穿过这片云层，而不是掉头返航，放弃从开罗到好望角的飞行计划。

过去一个小时里，芭芭拉一直集中精力思考如何摆脱眼前的困境，又后悔自己在起飞前没有考虑周全，其实，父亲是强烈反对这次飞行的。虽然很害怕，但恐惧并未削弱她的能力，她仍旧聪明机警，足以意识到眼下的处境十分危险。突然，飞机左翼前方隐约出现了一座花岗岩悬崖，在浓雾中时隐时现。芭芭拉毫不畏惧，迅速看一眼窗外后，她不自觉地屏住呼吸，同时抬高飞机前端，直到高度计显示的高度远远超出非洲的最高峰。

芭芭拉驾驶飞机大幅度盘旋上升，很快就远离了那座骇人的悬崖，那悬崖似乎要从云层中跳出来抓住她似的。即便如此，眼下的处境还是糟糕透顶，飞机燃油快要耗尽了。既然确定自己正在高耸的山峰之上飞行，那么飞到云层之下绝不是明智之举，所以她只有最后一个选择了。

在未知国度的高空中，芭芭拉·科利斯孤独地困在又湿又冷的云层中，跳伞时，她在内心默默祷告。小心翼翼地倒数十秒后，她快速拉动降落伞上的开伞索。

与此同时，命运正在收集其他纱线——被抛至极远处的纱线——来完成花毯的一小部分。

班加罗的邦加罗人首领卡巴里加跪在人猿泰山面前,泰山是肯兹山南部众多领土的主人。

而在莫斯科,莱昂·斯塔布奇正步入苏联领袖斯大林的办公室。

纽约港口,菲尔·谢里丹军事学院地质学教授拉斐特·史密斯(拥有文学硕士、哲学博士和理学博士学位)登上一艘轮船,完全不知道黑人首领卡巴里加、莱昂·斯塔布奇或是芭芭拉·科利斯的存在。

拉斐特温文尔雅,戴着一副角质镜框眼镜,看起来就是一副学者派头。他戴眼镜并不是因为视力有问题,而是想让自己看起来更高贵、更成熟。只有他本人和验光师知道,这副眼镜的镜片其实根本没有度数。

拉斐特很年轻,十七岁就大学毕业,随后又花了四年时间继续深造。在这期间,他满心以为自己的外貌举止会自然而然变得成熟高贵,然而,他极度沮丧地发现,二十一岁的自己看起来与十七岁的时候一样嫩。

拉斐特迅速实现抱负(在某所著名大学当个地质学教授)的"最大障碍"就在于他聪明绝顶、记忆超群,而且体格强健。无论怎么做,对任何一所大学的理事会来说,他都不够成熟,也没有什么学者派头。他试过留络腮胡,结果却让自己丢了脸。后来他想到了戴副角质镜框眼镜,同时降低自己的目标,暂时从大学转向预科学校。

工作一学年以后,拉斐特目前在一所名不见经传的西方军事学院里当讲师。不过,他马上就要实现另一个远大抱负——去非洲研究大裂谷。关于大裂谷的形成,许多研究该项目的著名机构提出了各式理论,并且受到广泛支持。因此,拉斐特这个门外汉以为,要在地质学领域获得成功,所需条件就和成为天气预报播报员一样。

拉斐特的父亲很有钱,给了他一大笔资金。于是,带着充足的钱和周末野外远足积攒的经验(就在乐于助人的农场主的牧场里)以及打网球和游泳的非凡才能,拉斐特终于踏上前往非洲的旅程。

尽管拉斐特晕船晕得厉害,但他还是努力将所见所闻记在笔记本上。命运将会无情地带领他走向凶险的情境,再多的地质学知识或是游泳、打网球的技巧可能都救不了他。现在,让我们暂且不谈拉斐特。

纽约时间正午前两个小时,正是莫斯科日落前的一个小时,因此,当拉斐特·史密斯在早上登船的同时,莱昂·斯塔布奇正在傍晚时分同斯大林密谈。

"我说完了,你听懂了吗?"斯大林问。

"完全明白,我们要为彼得·兹弗利报仇,还要清除我们在非计划的障碍。"斯塔布奇回答。

"后者最重要,"斯大林强调道,"不要轻视这个障碍。正如你所说,虽然他毫无价值,但却是个人猿,还彻底击溃了一支组织精良的红军探险队。要不是他的介入,探险队本该在阿比西尼亚(埃塞俄比亚的旧称)和埃及大有作为。"

"同志,除此之外,"斯大林继续说道,"我可以告诉你,我们正在考虑另一项计划,但是只有收到你的报告——障碍已被清除,我们才能真正着手制订这个计划。"

斯塔布奇深吸一口气,问:"如果我失败了呢?"

斯大林站起来,伸出一只手放在斯塔布奇的肩上,说:"苏联不希望看到国家政治保卫局失败。"他说话的时候,只有嘴唇扯出一点笑容。

当晚,莱昂·斯塔布奇离开莫斯科。他以为自己是孤身一人秘密离开,但在火车车厢里,与他一起的还有命运。

当芭芭拉·柯利斯从肯兹山脉上空的云层中跳伞而下,拉斐特·史密斯踩着踏板登上轮船,莱昂·斯塔布奇站在斯大林面前时,人猿泰山正皱着眉头,俯视跪在脚下的黑人。

"站起来!"他命令道,"你是谁?找我什么事?"

"伟大的老爷,我叫卡巴里加,"黑人回答,"我是班加罗的邦加罗人首领。我来找您是因为我的族人正在经历极其恐怖的事情,还得忍受极大的痛苦。我们有个和盖拉一族有亲戚关系的邻居,他们告诉我们,谁若是在坏人手中受了委屈,您就会帮助他们。"

"你们受了什么委屈?始作俑者是谁?"泰山问。

"一直以来,我们与所有人和平共处,"卡巴里加解释道,"从不和邻居打仗,只求安居乐业。但是有一天,一帮来自阿比西尼亚的索马里人来了,他们是被驱逐出自己国家的。他们不但袭击我们的村庄,偷盗粮食、羊群,还抓走村民,卖到很远的地方当奴隶。他们不会抢走所有东西,也不会破坏任何东西,但就是不肯离开我们的领地。他们藏在山里,自己建了个村子,外人难以接近,一旦需要更多补给或奴隶,他们就会再次袭击其他村落。就这样,这些强盗让我们活着,继续耕种、收割,然后再抢走我们的收成。"

"那你为什么来找我?我不会介入领土之外的部落纷争,除非有人蹂躏我的族人。"泰山说。

"伟大的老爷,我来找您,是因为您是个白种人,而这些索马里强盗的头头也是个白种人。大家都知道,您与邪恶的白人势不两立。"黑人首领回答。

"嗯,这样一来事情就大不一样了,"泰山说,"我和你一起去你的领地。"命运由此征募了黑人首领卡巴里加,让他带领人猿泰山走出领地,一路向北。泰山的族人都不知道他的去向,也不知道他为何要离开,甚至连泰山的好友小猴子内其马也不知道。

Chapter 2

米甸城

　　巍峨的悬崖脚下，亚伯拉罕直挺挺地站着，族中的男女老少都聚集在他身边。这悬崖是一座巨大死火山的火山口岩壁，火山口底部和四周的岩壁都是土质较软的火山灰，亚伯拉罕的族人在岩壁上挖出居住的洞穴。

　　人们都全神贯注地望着天空，既好奇又惊恐，他们侧耳倾听——距离巨大火山口（火山口底部直径足足有五英里）上方仅仅几百英尺的云层中，隐约传来不祥的嗡鸣声，这声音很奇怪，从来没有人听过这种声音。

　　声音逐渐变大，大到就像在头顶似的，空中到处都是这令人心悸的声音；随后，声音又渐渐减弱，只有一点儿微弱的声响，好像只是人们记忆中的喃喃声。就在大家以为声音消失了的时候，声音又再次变大，最后轰鸣着向众人俯冲过来。大家都在心中暗自猜测这声音的意义，有人惊惧不已，有人却欣喜若狂。

火山口的另一边也聚集着一群人，他们十分害怕，充满疑惑，都围着诺亚之子伊利亚。

火山口这边，一个女人问亚伯拉罕道："神父，这是什么？我很害怕。"

"信仰我主之人无所畏惧，"亚伯拉罕回答，"女人，你已显露出异教徒的邪恶了。"

提问者神情畏缩，微微战栗着，可怜地喊道："哦，神父，您知道我不是个异教徒！"

"安静，玛莎！"亚伯拉罕命令道，"说不定来的就是上帝，就像保罗时代的预言，上帝会再次降临地球，审判众人。"他浑身颤抖，声音尖锐刺耳。

人群外围，一个半大的孩子跪倒在地，剧烈地扭动身体，口吐白沫，还有一个女人尖叫着昏倒了。

"上帝啊，如果真的是您，您的臣民正等着接受您的祝福和指令。"亚伯拉罕祈祷着。"但是，"他又说，"如果不是您，也请您一定要保护我们。"

"说不定是加百列，那个替上帝把好消息报告世人的天使。"另一个留着长胡须的人猜测。

"这是他吹响的号角，"一个女人哀嚎着，"这是末日的号角！"

"安静！"亚伯拉罕尖声吼道，哀嚎的女人害怕地缩回去了。

没有人注意到，倒下的孩子正在痛苦地挣扎，想要吸上几口气，眼睛更是像死人一样。另一个年轻人也跟跄着倒下，身体也剧烈扭曲，还口吐白沫。

周围越来越多的人倒下，有的倒地抽搐，有的则是昏死过去，地上躺着几十个人，却没人注意到他们的悲惨遭遇，除非倒地的人不小心倒在旁边人的身上或是脚上，但后者仅仅只是退避一边，甚至不会看一眼那可怜人。

只有少数男人和男孩没有抽搐倒地，女人们只是昏倒晕厥，并没有抽搐。无论倒地的是男人、女人，还是小孩，无论是扭曲抽搐，还是昏迷不醒，没有人留意他们。其他人都全神贯注地盯着头顶的云层，至于他们是原先就如此冷漠，还是因为此刻十分兴奋害怕，只有上帝能告诉我们了。

骇人的声音再次变大，震耳欲聋，向众人横扫过来，似乎在大家头顶停留了一会儿，突然，云层外围飘出一个诡异的物体，十分恐怖，它的上面是个巨大的白色物体，下面挂着个来回摆动的小东西。

一出现在人们的视野中，这个物体就开始朝人群中缓缓下落，又有好多人倒地抽搐，口吐白沫。

亚伯拉罕双膝跪地，举起双手，对着天空做起祷告。周围的人也像他一样跪了下来。亚伯拉罕嘴里涌出奇怪的声音——或许是在祈祷，但用的却不是他之前和人们讲话时所用的语言，也不是人类所知的任何语言。当他在祷告的时候，大家都沉默地跪着，惊恐万分。

诡异的物体越飘越近，飘到一小块白色云层下面时，终于有人认出那飘动的东西是个人。

越来越多人看出了究竟，人群中有人大喊了一声，这叫声既似恐怖的哀嚎，又似狂喜的赞美。亚伯拉罕是最后几个认出飘浮物体的人之一，又或者说，是最后几个承认自己所见之物的人之一。当他认识到这一点时，立刻扑倒在地，肌肉痉挛，身体极度扭曲，像死人一样翻着白眼，痛苦地倒吸气，唇间沾着点点白沫。

亚伯拉罕并不是个美男子，此刻的样子更是异常难看。然而，过去半小时内，早就有几十个人因为这神奇的场面而倒地抽搐，

米甸城 | 011

所以大家并没有给予亚伯拉罕过多关注。

五百多个人之中,大约有三十个人无声地躺在地上,痉挛抽搐着。众人看着芭芭拉·柯利斯在空中缓缓飘浮。芭芭拉落地时,如果一定要说出真相的话(众所周知,历史学家一向很诚实,除非我们记录的是民族英雄或是活着的领导人,又或者是和我们国家打过仗的敌人等等)——正如我所记载的,当芭芭拉窘迫地落在距离众人一百码的地方时,还站着的人都跪了下来。

芭芭拉挣脱降落伞,快速爬起来,疑惑地看着周围。她迅速看了一眼围成巨大火山口的高耸岩壁,以为自己正在某个山谷里,真正让她惊讶的其实是眼前这些人。

这些人都是白人!在这非洲大陆腹地,她居然降落在白人居住的地方。但这一想法并没有消除她的疑虑,这些匍匐着的人有点儿奇怪,又有点儿不真实,不过至少他们看起来并不野蛮,也没有敌意——事实上,他们的态度恰恰相反。她也没有看到任何人携带武器。

芭芭拉走向这群人,许多人开始哀嚎,不停磕头,其他人则举起双手祈祷——有的冲着天空,有的冲着她。

芭芭拉走近了才看清他们的容貌特征,心往下一沉,她从未想过一整个村子的人都会长得如此丑陋,而她又是一个很注重外表的人。

男人尤其令人恶心,他们留着长长的头发和胡须,似乎从未清洗梳理过,也没有费心修剪过。

芭芭拉尤其不喜欢这些人脸上大大的鼻子和后缩的下巴,而且所有人都是这副样子。他们的鼻子太大了,就像长残了一样,大多数人看起来几乎连下巴都没有。

随后,芭芭拉看见了两样完全相反的事物——地上有几十个

米甸城 | 013

像癫痫病人一样抽搐的人，但有个极其美丽的金发女孩，从拜倒在地的人群中站起来，慢慢靠近自己，灰色的大眼睛里充满了疑惑。

芭芭拉直直看着女孩的眼睛，露出笑容，突然，一块石头在她灿烂的笑脸面前摔成碎片——扔石头的人开始说话了，估计是个狂热的崇拜者。但他说话口齿不清，芭芭拉听不懂他在说什么。

金发女孩也冲芭芭拉露出灿烂的笑容，但又突然收住笑意，还偷偷看了看周围，好像害怕有人发现她在犯罪。不过当芭芭拉朝她伸出双手时，女孩还是走上前来，把手放在芭芭拉的手中。

"这是什么地方？"芭芭拉问，"这里是哪个国家？这些人又是什么人？"

女孩摇摇头。"你是谁？"女孩问，"你是万军之神耶和华派给选民的天使吗？"

这下轮到芭芭拉摇头，表示自己不懂对方的语言了。

发现天上来的人没有因为女孩的冒失而打死她，一个留着长白胡须的老人站起来，朝两人走来。

"快走开，杰泽贝尔！"老人冲女孩吼道，"你怎么敢同天上来的使者说话？"

女孩低着头退下。虽然老人说的话芭芭拉一个字也没有听懂，但他的语气和动作，还有女孩的反应，清楚地告诉她两人之间发生了什么。

芭芭拉快速思考着。她意识到自己的出场方式太过神奇，给这些看起来很愚昧的人留下了很深的印象。她推测，这些人接下来会怎么对她，极大程度取决于自己最开始的举动。作为英国人，她遵循自己国家的传统，尽量不让别人感受到英国人的权威。但是，如果芭芭拉想把女孩留在身边，就绝不能让这个邋里邋遢的老人命令女孩走开。看了看周围的人，芭芭拉确信，如果必须从众人之中选出一个伙伴,她会选择刚刚那位美丽的金发女孩。

芭芭拉摆出一副傲慢的姿态,怀着沉重的心情走上前去,抓住女孩的胳膊,把她拉到自己旁边,女孩惊讶地看了她一眼。

"待在我旁边。"芭芭拉说,虽然她知道女孩听不懂她的话。

"杰泽贝尔,她说了什么?"老人问。

女孩刚想回答"不知道",却又停住了。或许老人的问题本身就很奇怪,显然,若是老人听不懂陌生人的语言,那么他们之中的任何一个人都听不懂。

女孩快速思考着。他为什么要问这么一个问题?难道他认为她听得懂?她想到陌生人刚刚令自己不自觉地笑了,又想到老人看到了自己在笑。

这个叫杰泽贝尔的女孩十分清楚,在米甸露出笑容得付出怎样的代价,任何开心的表情都是罪恶的表现。因此,在一群几乎都是愚昧无知的人之中,作为一个聪明的女孩,她想到一个回答,希望这个回答能让自己免于责罚。

杰泽贝尔直直盯着老人的眼睛,回答道:"约巴,她刚刚说的是,她来自天堂,给选民们带来一条启示,但她只会通过我传达这条启示。"

就在刚才,老人和信徒们看着诡异的物体从云层中落下,彼此之间议论纷纷,都想解释这到底是什么东西。杰泽贝尔根据他们当时说的话,想出了刚刚的回答。其实正是约巴自己提出的这一说法,所以他会更愿意相信杰泽贝尔的话。

芭芭拉一手挽着杰泽贝尔瘦削的肩膀,惊讶地环视周围——这群邋遢粗鄙的人在她面前挤成一团,昏倒的人毫无生气地躺在地上,犯癫痫的人则在不停抽搐。芭芭拉厌恶地审视约巴的外貌,他双眼湿润,长着硕大的畸形鼻子,胡子又脏又长,几乎把他那

米甸城 **015**

内陷的下巴遮去一半。看着眼前的景象,芭芭拉不自觉地想要发抖,但她还是艰难地克制住自己。

约巴就这样站在原地,盯着芭芭拉看,愚蠢的脸上露出敬畏的表情。在他身后的人群中,其他几个老人走上前来,然后近乎恐惧地在他身后停下来。约巴回头望去,问:"亚伯拉罕在哪儿?"

"他还在和耶和华亲密交谈。"其中一个老人回答。

"或许,耶和华此刻正告诉他此次访问的目的。"另一个老人充满希望地猜道。

"她带来一条启示,"约巴说,"但只会通过杰泽贝尔传达这条启示。希望亚伯拉罕已经跟耶和华谈完话了。"但是,亚伯拉罕仍在地上抽搐,口里吐着白沫。

另一个老人说:"如果真是耶和华派来的信使,我们就不要站着空看了,不然会惹耶和华发怒,降灾于我们,甚至有可能是蝇灾、虱灾。"

"蒂莫西,你说得对,"约巴对后面的人群说,"快点,每个人都尽自己所能,去拿些耶和华喜欢的供品过来。"

众人呆呆地转身朝村子里的洞穴和茅舍跑去,只有少数老人还站在芭芭拉和杰泽贝尔面前。附近的空地上,一些倒地抽搐的人开始渐渐恢复。

当芭芭拉注意到村民们的外貌举止时,厌恶感再次袭上心头。几乎每个人都长着丑陋的硕大鼻子,还有又小又往后缩的下巴,大多数人看起来就跟没有下巴一样。走路的时候,他们会向前弓着身子,好像马上就要扑倒在地上似的。

村民中偶尔会有个别人看起来比其他人聪明一些,他们无一例外,都长着金色的头发,而其余人则长着黑发。

这一现象过于明显,所以芭芭拉第一眼粗略观察这些陌生人时，就看出了端倪。但是她找不到确切的解释，因为没人告诉她奥古斯塔斯和金发女奴的故事，也没人告诉她奥古斯塔斯长着硕大的鼻子、内陷的下巴，还患有癫痫，没人猜得到，那小小的女奴竟是如此聪明伶俐、身体康健。虽然她已经去世快十九个世纪了——在这漫长的岁月里，后代子孙不得不与近亲结合，导致下一代出现可怕的退化——但是即使是现在，后代中偶尔还是会出现像杰泽贝尔这样的人。虽然徒劳无功，但女奴遗留的血液还是想拖住退化的步伐。

芭芭拉心想，为什么这些人要跑回住处？这意味着什么呢？她看着还在原地的老人，可从他们愚蠢的脸上看不出任何东西。她只好求助于金发女孩。芭芭拉多么希望她们能够听懂彼此说的话啊。她相信女孩是友善的，至于其他人，她就不确定了。他们身上的一切都让她觉得恶心，简直没法相信这些人会对自己心存善意。

但这个女孩却是如此与众不同！毫无疑问，在这群人之中，金发女孩一定也是个异类，想到这里，芭芭拉燃起了希望，因为金发女孩看起来并没有受到任何威胁或是虐待，至少她还好端端地活着。不过，女孩一定属于另一个种族。虽然她的衣服既简单，又单薄——显然是用植物纤维织成的——但却很干净，露在衣服外面的其他地方也很干净。其他人的衣服，尤其是老人的衣服，都脏得难以形容，他们衣不蔽体，头发、胡须还有露在衣服外面的地方都很肮脏。

老人们正在窃窃私语。芭芭拉缓缓环顾四周，看到险峻的悬崖完全围住了这个小小的环形山谷，山谷中心还有个湖。数百英尺高的环形崖壁从山谷底部拔地而起，从中看不到一丝缺口。不过她觉得一定有个通往外部世界的出入口，不然这些人是怎么进来的呢？

芭芭拉发现，山谷位于一座巨大的火山口底部，火山已经休眠许久，如果真有通往外部世界的出入口，那就必须要翻过高耸的崖壁。但是，就她所观察到的，崖壁显然不能攀爬。那这些人的存在又该如何解释呢？芭芭拉十分疑惑，不过她知道，在弄清村民的态度、确定自己是个客人还是囚徒之前，恐怕这个问题还难以解决。

村民回来了，手上都拿着东西。他们小心翼翼地慢慢靠近芭芭拉，在老人的敦促下，纷纷把手上的东西放在她的脚边——东西都很普通：有装在碗里的熟食、蔬菜、水果、鱼，还有很多布料，他们身上的衣服就是用这种布料做的。

村民靠近她的时候，有的显得十分紧张，有的又犯了癫痫，跪到地上，开始不停抽搐。

在芭芭拉看来，这些淳朴的村民不是来送礼物以显示自己的热情好客，而是打算和自己交换货物。此时的芭芭拉绝对想不到，村民其实是在向心目中的上帝使者——抑或是女神——进献供品。把东西放到芭芭拉脚边后，村民转身跑开，淳朴的脸上满是敬畏，于是，芭芭拉觉得这些东西并不是用来交易的。她确信，如果送这些东西不是为了招待自己，那它们就是贡品，是为了平息自己的"怒火"，以免双方起冲突。

亚伯拉罕恢复了意识，慢慢坐起来，环顾四周。他非常虚弱，每次发病后都是如此。他需要点儿时间恢复理智，再去想发病之前发生了什么。他看到最后一个人正在把东西放在芭芭拉脚边，然后又看到芭芭拉。他终于想起来了：空中传来的奇怪嗡鸣声，还有个朝他们飘来的诡异物体。

亚伯拉罕站起来，约巴第一个看到他。"哈利路亚！"约巴惊呼,"亚伯拉罕与耶和华谈完了,他回到我们身边了。快快祈祷吧!"除了芭芭拉和杰泽贝尔,所有人都跪倒在地。亚伯拉罕穿过人群,慢慢朝芭芭拉走去,就像被催眠了一样,显然还没有从痉挛中完全恢复过来。周围传来奇怪的嘈杂声,时不时可以听到"哈利路亚"、"阿门",原来是老人们都在自顾自地祷告。

亚伯拉罕在芭芭拉面前停住脚步。芭芭拉觉得他的外貌是所有人中最让人恶心的。他又高又瘦,长长的灰胡子上还沾着白沫和唾液,外袍勉强遮住身子,而且又脏又破。

没过多久,亚伯拉罕终于迅速恢复了理智,他站定的时候,才发现杰泽贝尔。"贱人,你还站着干什么?"他质问,"为何不与众人一起下跪祈祷?"

芭芭拉就站在两人旁边,发现亚伯拉罕正在斥责杰泽贝尔,而且语气十分严厉,杰泽贝尔用恳求的眼神望着她。芭芭拉立刻环住杰泽贝尔的肩膀。"待着别动!"芭芭拉说。她担心面前的男人会命令杰泽贝尔走开。

即使杰泽贝尔听不懂天堂来客的语言,她也绝不会错解来客挽留的动作,况且,她无论如何都不想和别人一起祷告。

杰泽贝尔只是想再抓住一点时间,享受作为重要人物的感觉。就因为异于常人的出众外表,她一直低人一等,遭受旁人的白眼,但这次意外事件改变了一切。

肩上传来的压力给了杰泽贝尔勇气,她坚定地望着亚伯拉罕,但还是有点害怕。她比任何人都清楚,一旦亚伯拉罕遭到别人的反抗,就会变得十分恐怖。

"回答我,你这个——你这个——"亚伯拉罕一时找不到足够恶毒的词语来斥责杰泽贝尔。

"不可因为愤怒而违抗耶和华。"杰泽贝尔警告道。

米甸城 | 019

"你这话什么意思?"亚伯拉罕问。

"难道你不知道耶和华的使者选了我做她的代言人吗?"

"你在亵渎神灵吗?"

"我没有亵渎神灵,"杰泽贝尔语气坚定,"这是耶和华的圣意,不信的话,就去问问约巴。"

亚伯拉罕转向正在祷告的老人们。"约巴!"他的声音在祷告声中显得异常响亮。

祈祷立刻停止,约巴大喊一声:"阿门!"老人们都站起来,其他没有发病的人也跟着站起来。大家都看着面前那三个人,约巴则移步向他们走去。

"我和耶和华谈话的时候发生了什么?"亚伯拉罕问。

"天上来了使者,"约巴回答,"我们向她表示了敬意,大家都尽自己所能向她献供,把供品放在她脚下。她似乎没有生气,但也没有很高兴。我们不知道还应该做些什么。"

"可是这个撒旦的女儿!"亚伯拉罕怒吼。

"我实在地告诉您吧,她会耶和华的语言,"约巴回答,"因为耶和华已选她做使者的代言人。"

"赞美耶和华,"亚伯拉罕说,"全能上帝的旨意凡人无法理解。"他看向杰泽贝尔,说话的口气变了——带着和解的口气——但眼神依旧毫无畏惧。"帮我们请求使者对耶和华的仆人仁慈一些,宽恕我们吧。请她告诉我们这些可怜的罪人,她想要的是什么。我们这些微不足道的人,会战战兢兢地等着她的回复。"

杰泽贝尔转向芭芭拉。

"等一下!"亚伯拉罕喊道,不大灵光的脑子里突然闪过一个疑问。"你怎么和她沟通?你只会说米甸语。如果你可以和她沟通,为什么我不行?我可是保罗的先知,耶和华之子。"

杰泽贝尔可比保罗的先知聪明五十倍，不过就算她利用了这一优势，还是害怕鲁莽行动会惹人怀疑，导致事情败露。虽然很聪明，但她毕竟是愚昧迷信的人生养出来的啊。

"先知，你有舌头，"她说，"你可以自己去和耶和华的使者说话，如果她用米甸语回答你，你也可以听得懂。"

"这听起来可不是鼓励。"亚伯拉罕说。

"这就是神迹啊！"约巴兴奋地喊道，"耶和华一定教过她！"

"我要和使者说话。"亚伯拉罕说。"光之天使啊！"他对芭芭拉大声说，"可怜可怜我这个老人家吧，我是亚伯拉罕，是保罗的先知，上帝的儿子，请您告诉我上帝派您来的目的吧。"

芭芭拉摇了摇头。"当人身处窘境的时候，一定可以做些什么，"她说，"我在美国杂志的广告版面上看到过很多次，却一点儿也没记住。不过紧要关头，也就不管办法好坏了。"她从夹克口袋里拿出镀金香烟盒，抽出一根烟点燃。

"杰泽贝尔，她说了什么？"亚伯拉罕问，"还有，以保罗之名，这又是什么神迹？'她的鼻孔里冒出了烟'，说的是《圣经》里的巨兽。可这又是什么意思？"

"这是一种警告，"杰泽贝尔说，"因为你不相信我说的话。"

"不，不，"亚伯拉罕害怕地叫道，"我没有怀疑你。快告诉她我没有怀疑你，告诉我她说了什么。"

"她说，"杰泽贝尔回答，"耶和华对你，还有你的族人很不满意，你们虐待杰泽贝尔，要她做繁重的差事，却不给她最好的食物，还因为她笑、她高兴而惩罚她。"

"快告诉使者，我们不知道你劳作过度，我们会改的。和她说我们爱你，会给你最好的食物。杰泽贝尔啊，快和她说说话，看看她对可怜的仆人还有什么要求。"亚伯拉罕说。

米甸城

杰泽贝尔看着芭芭拉，脸上露出天使般的真诚表情，但嘴里却说着毫无意义的话，芭芭拉和在场的米甸人都听不懂，就连杰泽贝尔也不知道自己在说什么。

杰泽贝尔终于停住了。"我亲爱的孩子，"芭芭拉说，"我听不懂你在说什么，不过你很漂亮，声音也很好听。很遗憾，我们听不懂对方说的话。"

"她说什么？"亚伯拉罕问。

"使者说自己又累又饿，想让你们把带来的供品送到一个干净的洞穴里，好让我陪着她清净一下。她很累，想要休息，只想让我陪着她。"

亚伯拉罕对约巴说："叫女人们把我隔壁的洞穴收拾干净，然后叫其他人把供品搬到那里去，再送点干净的干草铺张床。"

"要两张床。"杰泽贝尔纠正他。

"对，两张。"亚伯拉罕赶忙答应。

就这样，在崖底附近布置一新的洞穴里，芭芭拉和杰泽贝尔安顿下来，里面的食物足以喂饱很多人。芭芭拉站在陌生的新住处洞口，望向对面的山谷，思索着该如何理清眼下的困境，又该如何知晓自己究竟身处何处。她知道，再过二十四小时，朋友和家人们会开始担心她，很快，许多飞机会在开普敦到好望角的航线上空搜寻自己。当芭芭拉思索着自己的不幸遭遇时，杰泽贝尔则抓住难得的休息时间，躺在新鲜干草铺成的床上，吃着床头一大堆水果，可爱的脸庞露出满足的笑容。

夜幕降临，芭芭拉走回洞穴，终于想到了一个可行的办法——一定要找到和这些人沟通的方法。她坚信，想要做到这一点，必须学会对方的语言。

天黑了，夜凉如水，驱走了白天的热气。杰泽贝尔在洞口生了一堆火，两个女孩围着火堆，坐在草垫子上，火光在她们脸上跳跃。芭芭拉就此开始学习一种新的语言，这个任务既艰难又枯燥。第一步就是要让杰泽贝尔明白自己的目的，她惊喜地发现，杰泽贝尔很快就明白了自己的意图。芭芭拉不停地指着周围的东西，然后用英语说出来，杰泽贝尔则用米甸语说出这些东西的称呼。

芭芭拉会重复几次杰泽贝尔说的米甸语，直到掌握发音。她发现，杰泽贝尔也在重复练习这些东西的英语称呼法。就这样，在教授芭芭拉米甸语的同时，杰泽贝尔也在学习英语词汇。

两人花了一个小时学习对方的语言。外面的村子寂静无声，远处的湖边隐约传来青蛙的合唱，黑暗中时不时响起山羊的"咩咩"声，山谷对面闪着微弱的火光，芭芭拉猜是另一个村子在生火做饭。

突然，一个男人拿着火把，从附近的洞穴走出来。他用低沉单调的声音吟唱着。

随后，另一个男人拿着火把，吟唱着加入他。一个又一个男人渐渐加入，众人向着洞穴下面的平坦空地蜿蜒前行。

吟唱声突然变大，一个孩子在尖叫。芭芭拉终于看清发生了什么——一个老人正拖着一个孩子向前走。

一群人围住一块巨大的石头，然后站定不动，继续吟唱，孩子还在尖叫。站在高处，芭芭拉认出了白天盘问自己的那个男人。亚伯拉罕站在齐腰高的巨石后面，举起摊开的手掌，吟唱随之停止，孩子也不再尖叫，但芭芭拉和杰泽贝尔还是能清楚地听见断断续续的啜泣声。

亚伯拉罕开始讲话，眼睛看着天空。他的声音很单调，不是很大，闪动的火光照亮了他丑陋的脸庞，也照亮了周围同样丑陋的村民。

不知为何，芭芭拉觉得眼前的景象很吓人。显然，他们只是

米甸城 | 023

一群淳朴的村民，正在举行一场简单的宗教仪式。但是，在芭芭拉看来，这仪式十分可怕，令人不寒而栗。

芭芭拉看向杰泽贝尔，只见她盘腿而坐，手肘撑着膝盖，双手托腮，直直地看着前面，脸上没有一丝笑容。突然，孩子惊恐的尖叫声划破空气，芭芭拉将视线转回下面的空地，看到孩子挣扎着被拖到巨石上，亚伯拉罕把手举过孩子的头顶，一把匕首上倒映着跳跃的火光。芭芭拉转过头去，把脸埋在手心里。

Chapter 3

神枪手

"神枪手"丹尼·帕特里克舒舒服服地躺在折叠椅上,享受着宁静安逸的日子——至少是暂时的。他的衣服里藏着两万美元,左边腋下藏着一把点45口径手枪,装在一个特制皮套里。帕特里克已经很久没有用过这把枪了,但他还是带着,有备无患。帕特里克来自芝加哥,在他的圈子里,人人都知道要防患于未然。

帕特里克从来就不是个大腕儿,要是他甘于默默无闻的话,或许会一直干下去,然后等到某一天,像许多已故的朋友一样,放下手中的机枪子弹。但是,丹尼·帕特里克可是个野心勃勃的人。多年来,他一直是一个大老板的得力助手,也就是枪手。看着老板变得越来越有钱——在他看来,老板简直是腰缠万贯——帕特里克十分眼红。

于是,帕特里克出卖大老板,投靠了老板的死对头。这人自称是个更好、更有钱的老板。新老板劫持了帕特里克老主顾的几辆载酒货车。

不幸的是,打劫最后一辆货车时,帕特里克老主顾的一个手下认出了他。发现自己被认出来,帕特里克无计可施,只好寻机会杀了对方。但是对方躲过一枪,就在他重新调整射击角度时,警察来了。

警察"好心"地把货车护送到新老板的仓库,但发现帕特里克逃走了。

帕特里克知道老主顾的脾气,哪个老板脾气会好?大老板的许多死对头,还有几个朋友,都想杀了帕特里克。他知道老板势力庞大,所以十分害怕。虽然并不想逃跑,但他知道,如果继续待在芝加哥,自己会和所有神枪手的下场一样,再也不能实现自己的抱负。

帕特里克带着新老板给他的两万美元,悄无声息地溜出芝加哥,凭着自己的聪明才智,又悄悄出了国。命运将他当成另一根纱线,编进了花毯中。

帕特里克知道老主顾的生意正在下滑(这是他离开的原因之一),他还知道,老主顾总有一天会有个盛大的葬礼,到时候,会有成车的鲜花,还有价值至少一万美金的棺材,所以,他只要在国外晃荡到葬礼结束就行了。

帕特里克还不知道该去哪儿,他对地理所知不多,不过还是知道至少要逃到英格兰去。就他所知,英格兰在伦敦的某个地方。

此刻,帕特里克懒洋洋地靠在椅子上晒太阳,周围一片宁静——至少大体上都是宁静的。帕特里克年轻气盛,心里正愤愤不平,因为他和其他乘客打招呼的时候,别人都一副爱理不理的样子。他不明白,自己怎么就成了不受欢迎的人?帕特里克仪表堂堂,身上的衣服低调奢华,是芝加哥最高级的裁缝之一设计的。

他知道自己衣着不凡,也知道船上没人知道他原先的职业。那到底为什么大家在和他谈了几分钟后,都对他失去兴趣,然后当他是个隐身人呢?帕特里克又疑惑,又气愤。

出海的第三天,帕特里克受够了海上航行。他多么希望自己还在芝加哥,至少偶尔还能碰见说得上话的人。不过活着总比死了好,死了可就永远没人说话了。

就在这时,一个年轻人朝他走过来,坐在他旁边的椅子上,帕特里克从来没有注意过这个人。年轻人看了看帕特里克,露出笑容。"早上好,天气真好。"年轻人说。

帕特里克用蓝色的眼珠子冷冷地看了陌生人一眼。"是吗?"他的回答跟眼神一样冰冷,然后又继续看着栏杆外面翻滚的无边大海。

拉斐特·史密斯笑了笑,打开一本书,换了个更舒服的姿势,打算忘掉这个无礼的人。

那天下午,帕特里克看到那个年轻人在泳池游泳,惊讶地发现他很会游泳——这是帕特里克了解的为数不多的事物之一。年轻人游得比泳池里的其他人好多了,潜水也很棒,古铜色的皮肤表明他经常游泳。

第二天早上,帕特里克走上甲板,发现年轻人就走在前面。"早上好,"帕特里克一边愉快地说着,一边坐了下来,"真是个美好的早晨。"

年轻人从书上抬起头,问:"是吗?"然后又低头看书。

帕特里克大笑:"以其人之道还治其人之身是吗?我原先以为你也是那种自命不凡的人。不过我看到你在泳池游泳了,哥们儿,你可真行啊。"

拉斐特慢慢把书放在膝盖上,转头看着坐在边上的人,然后露出友善的笑容，说："谢谢，我很喜欢游泳，从小就开始游，花了这么多时间游泳，要是还游不好的话，那我就太蠢了。"

"这倒是，"帕特里克说，"我猜这是你的'球拍'吧？"

拉斐特看了看座位周围的甲板，一开始他以为帕特里克说的是网球拍，对他这个狂热的网球爱好者来说，这个词很容易令他想到球拍。后来他才反应过来帕特里克的意思，美式英语里的球拍一词，也可以指职业。拉斐特笑道："你刚才的意思是职业吧？我并不是职业游泳运动员。"

"旅途还算愉快吗？"帕特里克问。

"希望如此吧，"拉斐特回答，"准确地说应该是出差，我是个地质学家，这次是去做科学考察。"

"是吗？我从来没听过这个职业。"

"也算不上一个职业吧，"拉斐特说，"赚的钱不多，称不上是个职业。"

"我倒是知道不少工作很赚钱，尤其是单干，不用和别人分红。你去英格兰吗？"

"我只在伦敦停留几天。"拉斐特回答。

"我以为你要去英格兰。"

拉斐特一脸疑惑："我确实是去英格兰。"

"你是从伦敦出发去吗？"

他是在耍人吗？很好！拉斐特说："是的，如果能在伦敦见到乔治国王，并且得到他的允许，我就会去英格兰。"

"所以这家伙住在英格兰吗？像他这样的人，一定会被'大钞票'狠狠揍一顿。老天，那场面一定很有意思。"

"你说的是乔治国王吗？"

"不是，我不认识他，我说的是汤普森。"

"你说的两个人我都不认识，"拉斐特说，"不过我倒是听说过乔治国王。"

"你从来没听说过芝加哥市长'大钞票'汤普森吗？"

"没听过，太多人叫汤普森了，我不知道你说的是哪一个。"

"一定要认识金·乔治才能去英格兰吗？"帕特里克郑重其事地问。拉斐特这才知道，他不是在耍人。

"不是的，"拉斐特回答，"伦敦是英格兰的首都。如果你到了伦敦，就等于到了英格兰。"

"天哪！"帕特里克惊呼，"我真是个笨蛋，不过你要知道，"他悄悄告诉拉斐特，"我从来没离开过美国。"

"你打算在英格兰长住吗？"

"你说什么？'长住'是什么意思？"

"你要在英格兰待一段时间吗？"

"那要看我喜不喜欢那里了。"帕特里克回答。

"我想你会喜欢伦敦的。"拉斐特对帕特里克说。

"我也不是非待在那儿不可，"帕特里克向拉斐特透露说，"我想去哪儿就去哪儿。你呢，你去哪儿？"

"非洲。"

"这又是英格兰哪个城市？我不喜欢被一群野蛮人管着，可偏偏到哪儿都会撞上他们，话说回来，芝加哥倒是有不少黑人警察，有些黑鬼条子从不会随便抓人。"

"在非洲不会有警察打扰你的，"拉斐特向他保证，"那里一个警察都没有。"

"天哪，真的吗？先生，带我一起去吧。我不担心警察，他们抓不住我什么把柄。不过我倒是很乐意找个没有条子的地方，永远不用再看见他们那副鬼样子。你知道吗？先生，"他悄悄说，"我

神枪手 | 029

就是看不上警察。"

拉斐特被帕特里克弄得摸不着头脑,可又觉得很好笑。作为一名学者,拉斐特一直待在与世隔绝的大学城里,潜心做研究,对美国大城市的黑社会只有个大概印象,而且只是每天草草浏览报纸,积累点儿零散信息。他不能用所学的任何知识对这个新朋友下定义,可又从未与这类人交流过。从外表上看,帕特里克像个文化家庭出身的大学生,不过一旦他开口讲话,别人就不得不改变对他的第一印象。

"嘿,"帕特里克想了一会儿,兴奋地说,"我知道这个叫非洲的地方。我看过一部电影,里面有狮子、大象,还有很多傻里傻气的鹿,名字也很滑稽。这就是你要去的地方吗?你去打猎?"

"我不是去打猎的,是为了那里的岩石。"拉斐特解释。

"老天!人人都在找这种石头吧?"帕特里克问,"我知道有些人会为了一块石头,杀掉最好的朋友。"

"那不是我要找的石头。"拉斐特告诉他。

"你找的不是钻石?"

"不是,我找的那些岩石,能帮助我更加了解地表构造。"

"你找到这些石头以后不能换钱吧?老天,真是个有趣的工作。你很了解非洲吧?"

"我只是看点儿书,了解了解非洲。"拉斐特回答。

"我有过一本书。"帕特里克神气活现地说。

"是吗?"拉斐特礼貌地问,"是关于非洲的吗?"

"不知道,我从来没看过。嘿,我在想,"帕特里克说,"为什么我不去非洲呢?从我看过的那部电影来看,非洲好像人口不多,我很想远离人群一段时间,真是受够了到处都是人的日子。非洲有多大?"

"差不多是美国的四倍大。"

"哇哦,还没有警察?"

"我去的地方没有,也没多少人。除了考察队成员,我很有可能好几个星期看不到其他人。"

"考察队?"

"里面有搬运工、土著兵,还有仆人,都是我的人。"

"哦,你们都是一伙的。"

"也可以这么说吧。"

"先生,我可以和你一起去吗?我不了解你的工作,也不想了解,但是我不会打扰你的,就像出席葬礼的贵太太一样,一声不吭,我就想跟着凑个热闹,而且一定会支付自己的路费。"

拉斐特在心里思忖着。他挺喜欢这个年轻人,觉得他很有趣。对方的行为举止,还有那双冷冷的蓝眼睛都难以名状。要是出了什么紧急事件,他可能会是个好同伴,而且,拉斐特最近一直在想,在非洲好几个星期没有白人同行,该是多么难以忍受啊。但是他又犹豫了,他一点儿也不了解眼前这个人,说不定还是个逃犯,或是其他什么人。可是这又有什么关系呢?拉斐特下定了决心。

"如果你担心开销,"帕特里克发现对方在犹豫,"别担心,我会付清自己的路费,如果你要求的话,我可以再多付一点。"

"我不是在担心钱,虽然这次旅程确实很费钱,但多一个人也多花不了多少。"

"要多少钱?"

"坦白说,我也不清楚,总共大概要五千美金吧,我也说不准。"

帕特里克从裤兜里拿出一大卷钞票,有五十美元,也有一百美元。他数出三千美金。"给你三千美金,就这么谈妥了,"他说,"我还有很多钱,我可不是个小气鬼,除了自己的路费,我还会帮你付一点儿。"

"不用了,"拉斐特一边说,一边示意帕特里克把递过来的钱拿开,"不关钱的事。我们一点儿也不了解对方,可能会处不来。"

"确实,我们互相不太了解,"帕特里克回答,"不过我还是想碰碰运气,说不定越不了解越好呢。不管怎么样,我是要去非洲的,如果你也去,我们干吗不一起走,不但少点儿开销,而且两个人一起,总比一个人要好。所以,我们是一起走还是分开?"

拉斐特笑了,也许有点儿冒险,但作为一个学者,他心里一直偷偷有个愿望,希望某一天能去冒一次险。"一起走吧。"他说。

"击个掌!"帕特里克伸出手,高兴地说。

"你说什么?"拉斐特·史密斯问。

Chapter 4

拧线成缕

　　几周以后，火车轰隆隆缓缓前行，蒸汽船乘风破浪，黑人踩着轻快的步伐穿过山间小径。三支来自世界不同地方的探险队都由白人带领，各自沿着山路朝肯兹山的荒芜要塞缓缓挺进。他们都不知道其他人的存在，各自的任务也不同。

　　拉斐特·史密斯和"神枪手"帕特里克从西面进入肯兹山；南面是英国猎人帕斯莫尔勋爵；东面则是莱昂·斯塔布奇。

　　斯塔布奇的部下遇上了麻烦。刚开始他们都很有干劲，但是当队伍越来越深入这片未知领域，他们的热情开始逐渐消退。就在这几天，他们刚刚和营地附近的村民谈过，村民说附近有一大群索马里强盗，由一个白人带头，正在袭击前面某个地方，他们奸杀妇女，还会绑架当地人，卖到北方当奴隶。斯塔布奇一行人正好要经过那个地方。

　　正午时分，斯塔布奇下令队伍在肯兹山南麓稍事休息。队伍北面就是肯兹山主山脉,山峰宏伟无比;南面,就在他们脚下,有一片一望无际的丛林。周围群山起伏,树林不是很茂密,山坡下有一块开阔的草地,一群群羚羊和斑马正在吃草。

斯塔布奇叫来手下的黑人酋长。"他们都怎么了?"他一边问,一边朝搬运工点了点头,后者都蹲在地上,围成一圈,低声急促地讨论着什么。

"老爷,他们很害怕。"黑人酋长回答。

"怕什么?"虽然斯塔布奇心知肚明,但他还是这么问。

"老爷,大家都很怕索马里强盗,昨晚又有三个人跑了。"

"反正我也不需要他们了,"斯塔布奇怒气冲冲,"行李越来越少了。"

"还会有更多人逃跑,"酋长说,"他们都怕极了。"

"他们应该怕我,"斯塔布奇怒吼,"要是再有人逃跑,我就——我就——"

"老爷,他们并不怕你,"酋长坦白地说,"他们怕索马里强盗的头领,就是那个白人。他们不想被卖去遥远的地方当奴隶。"

"别跟我说你也相信那个荒唐的故事,你这个无赖,"斯塔布奇暴跳如雷,"这只不过是个掉头的借口,他们就是想回家,继续游手好闲,一群懒鬼。我看你也和他们一样。谁说你是个酋长?如果你还有点用,马上把这些人整顿好,再也别跟我说什么掉头回去,也不允许任何人再逃跑。"

"好的,老爷。"酋长答应道,心里却另有想法。

"你给我好好听着……"斯塔布奇怒气冲冲地说,却被突然打断了。

打断斯塔布奇的是个搬运工,只见他猛地跳起来,低声惊呼:"快看!是索马里强盗!"他用手指着西边。

一英里外一座小山坡上，隐约出现了一群骑马的人，他们勒马停在山顶。可是对方离得太远，斯塔布奇营里的人又怕得要命，根本什么都看不清。不过，就算只是瞥见个人影，黑人也早已确定对方就是索马里强盗。过去几天，有关索马里强盗的恐怖传言吓坏了这些头脑简单的黑人，随着时间的推移，他们越来越害怕。远处的山坡上，强盗们的白色外袍在风中鼓动，还有许多枪杆子和长矛，即使隔得老远，也足以看出这群强盗凶残无比，所以黑人更加害怕了。

搬运工都站起来，人人都紧盯着立满了人的山坡，突然，其中一个搬运工朝行李担子跑去——中午休息的时候，他们都把行李卸下来了——他一边跑，一边回头冲伙伴们喊话，行李随即倒塌了。

"他们都在干什么？"斯塔布奇大吼，"快拦住他们！"

酋长和几个土著兵迅速朝搬运工追去，许多人已经背起行李，沿着来路往回跑。酋长想拦住他们，可是一个人高马大的黑人一拳就把他打倒在地。另一个黑人一边往西跑，一边回头看，嘴里发出尖锐的惊叫："快看！他们来了！"

听到喊声的人回头朝骑兵望去，只见他们骑马朝着山下飞驰，他们的袍子在风中向后飞扬。

这个场景兴许是太可怕了。搬运工、土著兵，还有酋长全都掉头逃跑。原本背着行李的人直接把行李丢在地上，唯恐减慢逃跑的速度。

现在只剩下斯塔布奇一个人了。有一瞬间，他也想逃跑，不过他立马想到，这时候再逃跑，早就于事无补了。

骑兵大喊着朝营地飞驰而来，看到斯塔布奇孤身一人，便在他面前勒住缰绳。这些强盗面容冷酷，看起来十分凶残，在他们面前，就连最勇敢的人也会畏缩。

领头的人用一种奇怪的语言和斯塔布奇说话。虽然听不懂，但对方明显来势汹汹，斯塔布奇不需要理解他的话，从说话人的语气和阴沉的脸上，就知道对方在威胁自己。斯塔布奇藏住惧意，佯装镇定，一副从容不迫的样子，好让对方觉得自己只是先头部队，后面还跟着一大群白人。

强盗团伙里有人站出来，推测后面可能还有很多白人，所有人立即紧张地环顾四周，他们十分清楚白人的脾气，也知道白人携带的武器，两者都让他们很害怕。不过，即使心有疑虑，强盗还是可以先瓜分营地里的战利品。他们贪婪地盯着搬运工丢下的行李，后者正朝着丛林狂奔，多数人还没有逃出强盗的视野。

强盗头领发现无法跟眼前的白人沟通，就和几个亲信激烈地争吵起来。几个亲信骑在马背上，与头领并排而立，其中一个举起来复枪，瞄准斯塔布奇，强盗头领立刻拍落他手中的枪，怒气冲冲地斥责他。头领随即下了几条命令，只留下两个人看管斯塔布奇，其余的人则下马把战利品搬到马背上。

半小时后，强盗收缴了斯塔布奇的武器，然后带着他和战利品启程往回走。

强盗渐行渐远，隐秘的树丛后面，一双敏锐的灰色眼睛一直盯着他们。自从正午时分斯塔布奇下令在此歇脚，这双眼睛就一直观察着营地里的一举一动。

空地边缘一棵大树树杈上，眼睛的主人正轻松地斜倚着。他面无表情，神情坚定，至于他对刚刚发生的事有何看法，没人能从他的表情里猜出来。虽然距离营地尚有一段距离，但是没有任何东西逃得过这双敏锐的眼睛。

他一直看着索马里强盗跑出视野，然后一跃而起，在丛林之间摆荡，朝着相反方向奔去，跟在逃走的探险队身后。

　　黑人酋长格罗巴沿着昏暗的丛林小路匆匆往前跑，周围跟着一大群探险队的随行人员，众人都很怕强盗会追上来。

　　渐渐地，他们没有一开始那么慌张了。随着时间的推移，大家发现后面没有追兵，都大大松了一口气。但是，格罗巴心里逐渐升起另一种恐惧——他是个深受信任的副手，却抛弃了自己的老爷。终有一天，格罗巴得就此作出解释，他现在已经开始在心里编借口了。

　　"他们骑着马朝我们跑来，还开枪了，"格罗巴说，"他们人很多，至少有一百人。"没人反驳他。

　　"为了保护老爷，我们勇敢地战斗，但我们人太少了，无法击退他们。"他停了停，看着走在自己旁边的人，大家都赞成地点头。格罗巴继续说："看到老爷倒在地上，我们害怕被他们抓住卖掉当奴隶，所以逃跑了。"

　　"就是这样，"旁边一个人说，"就是格罗巴说的那样。我自己就是——"他被打断了。一个白人从树上跳下来，落在众人前面数步远的地方，他有着古铜色的皮肤，全身赤裸，只有腰上缠着一块布。众人不约而同地停住脚步，又惊又怕。

　　"谁是酋长？"来人用他们的语言问，众人一起看向格罗巴。

　　"我是酋长。"格罗巴回答。

　　"你为何要抛弃你的老爷？"

　　格罗巴正要回答，却突然想到，这个白人孤身一人，既没有武器又没有同伴，更不用说一整支探险队了，所以在丛林里，他只是个地位低下的生物。

　　"你是谁？竟敢质问我，我可是酋长格罗巴，"格罗巴轻蔑一笑，"快滚开！"说完，他径直朝陌生人走去。

白人却纹丝不动,还用低沉平缓的声音说:"格罗巴,你不至于这么蠢吧,竟敢用这种口气跟我说话。"

黑人酋长犹豫了一会儿,最后还是大着胆子坚守立场。"伟大的老爷才不会赤身裸体,一个人在林中穿梭,跟中非的巴格苏人一样。你的探险队呢?"

"人猿泰山不需要探险队。"白人回答。

格罗巴目瞪口呆,他从未见过人猿泰山,他的领地离泰山经常出没的地方很远。不过,他倒是听过许多关于这位伟大老爷的故事——而且这些故事个个属实。

"你是泰山?"格罗巴问。

白人点点头,格罗巴害怕地跪倒在地。"伟大的老爷,宽恕我吧!"他乞求道,"格罗巴不知道您就是人猿泰山。"

"回答我的问题,"泰山说,"为何抛弃你的老爷?"

"我们被一群索马里强盗袭击了,"格罗巴回答,"他们骑着马朝我们跑来,还开枪了,至少有一百人呢,我们勇敢地反抗——"

"住嘴!"泰山命令道,"我什么都看见了,根本没有人开枪,你还不确定骑兵是敌是友就逃跑了。现在,我要你说实话。"

"我们知道他们是敌人,"格罗巴说,"之前营地附近的村民警告过我们,说这些强盗会袭击我们,还会把抓来的人卖去当奴隶。"

"村民还说什么了?"泰山问。

"他们说这些强盗的首领是个白人。"

"这才是我想听的。"泰山说。

"伟大的老爷,我们可以走了吗?"格罗巴问,"我怕强盗会追上来。"

"他们不会追上来的,"泰山向他保证,"我看到他们往西去了,还带走了你的老爷。我想了解一下你的老爷。他是谁?来这里做什么?"

"他是从北方一个很远的国家来的,"格罗巴回答,"他称他的国家为'罗斯'。"其实是俄罗斯,黑人酋长的发音不太正确。

"嗯,"泰山说,"我听说过这个国家。他为什么要来这里?"

"我也不知道,"格罗巴回答,"反正不是来打猎的,虽然有时候会杀几只动物吃,但除此之外,他从不打猎。"

"他提到过泰山这个名字吗?"泰山问。

"有,"格罗巴回答,"他经常问起泰山。每到一个村子,他就会问当地人有没有见过泰山,泰山在哪儿,不过没人回答得上来。"

"好了,"泰山说,"你可以走了。"

Chapter 5

狮子进犯

丛林北部边缘数英里处有条小河,帕斯莫尔勋爵就驻扎在岸边一块空地上。太阳已经下山两个小时,几个健壮的搬运工和土著兵蹲在做饭的火堆旁,相互打趣。帕斯莫尔勋爵正一丝不苟地穿着晚宴服,享用晚餐,身后还站着一个土著男孩,随时准备听候差遣。

帕斯莫尔勋爵的露营餐桌摆在帐篷外的帆布帐子下,这时,一个又高又壮的黑人朝帐篷走来。"老爷,您找我吗?"他问。

帕斯莫尔勋爵抬头看着英俊睿智的黑人,尊贵的嘴角浮现出一丝若有若无的笑容,问道:"有什么事情要报告吗?"

"没有,老爷,"黑人回答,"东边、西边都没有猎物的踪迹。或许老爷您更幸运,有所发现。"

"嗯,"帕斯莫尔说,"我确实运气不错,在北边发现了猎物的踪迹。也许明天我们就能好好打一场猎了。明天我——"他突然停住了。两人都变得警觉起来。丛林的夜晚,声音稀稀疏疏,他们竖起耳朵,花了几秒时间,仔细分辨其中一丝微弱的声响。

黑人疑惑地看着主人,问:"老爷,你听到了吗?"帕斯莫尔点点头。黑人问:"老爷,这是什么声音?"

"听起来很像机关枪,"帕斯莫尔回答,"声音来自南边,到底是哪个冒失鬼,敢在这里用机关枪,还是在晚上?"

"老爷,我也不知道,"黑人回答,"要我去看看吗?"

"不用了,"帕斯莫尔说,"明天再说吧,明天我们就知道了。去睡觉吧。"

"好的,老爷。晚安。"

"晚安。对了,告诉站岗的士兵,让他们警觉一点。"

"好的,老爷。"黑人深深鞠了一躬,静静地走开,光滑黝黑的皮肤倒映着火堆上的金色火苗,黝黑的皮肤下,健硕的肌肉在不停抖动。

"这才是生活嘛,"位于丛林某处的"神枪手"帕特里克说,"我都好几个星期没见过警察了。"

拉斐特·史密斯笑了笑:"如果你只是害怕警察的话,那你的神经还可以多放松好几个星期。"

"你哪里看出来我怕警察了?"帕特里克问,"我还没遇到过让我怕的警察呢,他们不过就是群废物,更何况他们没抓住我的任何把柄。只不过大家都要提防被抓而已。不过,老天啊,在这儿有什么好怕的。"他放松地躺回折叠椅上,缓缓吐出一口烟,丛林夜间柔和的空气中,烟雾懒洋洋地盘旋上升着。"老天,"他安静了一会儿,又说,"我从来不知道一个人可以这样平静。对了,你知道吗?这是我多年来第一次没在身上放把杆子。"

"放什么?"

狮子进犯 | 041

"杆子、铁的、枪杆子,就是枪啦。"

"你干吗不一开始就这么说?"拉斐特笑着说,"你就不能试着说会儿英语吗?"

"老天!"帕特里克大声说,"你倒是好意思叫别人说英语。那天我们穿过一片大平原的时候,你非要跟我说什么来着?我倒是硬记下来了——'断裂层晚期形成的一片浅浮雕',还叫我说英语,看看你都说了些什么,逆断层、峭壁、火山臼,还有什么硫质喷气孔,我的天哪!"

"丹尼,你学了不少嘛。"

"学什么学?每个行业都有自己的术语,我干吗要学你的?可是每个人都想知道什么是杆子——如果他知道什么东西对健康有益的话。"

"根据奥格尼奥跟我说的,你还是带着你的'杆子'吧。"拉斐特说。

"为什么?"

"他说我们马上就要进入狮子王国了。很有可能我们附近就有狮子,虽然它们一般不在丛林里出没,但是再过一天,我们就要进入更开阔的地带了。"

"管它呢,说英语好吗?老天,那是什么声音?"营地周围有片密不透风的树林,漆黑一团,里面传来阵阵咳嗽般的"咕噜"声,然后又是一阵撼天动地的雷霆怒吼。

"是狮子!"一个黑人大叫,五六个人立马往火堆里倒燃料。

帕特里克跳起来,冲进帐篷,过了片刻,又端着一把冲锋枪冲出帐篷,说道:"这就是我跟你说过的杆子,我要用冲锋枪好好教训教训那个小家伙。"

"你要去干掉那头狮子吗?"拉斐特问。跟"神枪手"丹尼·帕特里克一起相处几个星期后,拉斐特倒是学到了不少知识。

"不,"帕特里克说,"除非它自己找上门来。"

狮子的怒吼再次划破寂静的夜空,只是这次听起来更近,两人都开始紧张起来。

"它好像正有此意。"拉斐特说。

"它什么?"帕特里克问。

"它要送上门来了。"

"看来黑人也这么觉得,"帕特里克说,"快看他们在干什么。"

搬运工显然都很害怕,紧紧地围在火堆旁边,土著兵一个个都把手放在步枪扳机上,众人都紧盯着外围漆黑的空气。帕特里克朝他们走去。

"狮子在哪儿呢?"帕特里克询问酋长奥格尼奥,"你看见它了吗?"

"老爷,在那里,"奥格尼奥说,"那里好像有东西在动。"

帕特里克顺着奥格尼奥说的方向看去,可是太黑了,什么也没看到,但他听到火堆另一边的树叶在"窸窣"作响。突然,帕特里克扣动扳机,枪口冒出一阵火光,发出"嗒嗒嗒"的响声。众人的耳朵"嗡嗡"作响,有那么一会儿什么声音也听不到。过了一会儿,大家才恢复听觉,耳朵最灵的几个人听到狮子正穿过灌木丛,发出"沙沙"的声响,最后消失在远处。

拉斐特朝帕特里克走过来,站在他身后。"我应该打中它了。"帕特里克对他说。

"它还没死,"拉斐特说,"应该是受伤了。"

"老爷,那狮子没有受伤。"奥格尼奥说。

"你怎么知道?"帕特里克问,"这么黑,你什么都看不见。"

"如果它被打伤了,会朝我们冲过来的,"奥格尼奥解释道,"可

狮子进犯 | 043

它却跑了,应该是被枪声吓到了。"

"你觉得它还会回来吗?"拉斐特问。

"老爷,我也不知道,"奥格尼奥回答,"没人知道狮子会做什么。"

"它才不会回来,"帕特里克说,"它被冲锋枪吓死了。我要睡觉了。"

年迈的狮子饿极了,它原先一直在空旷的原野上狩猎,虽然它的肌肉依旧强壮,但还是不如鼎盛时期了。它先后追赶斑马和羚羊的时候,速度总是不如从前快,猎物就这样逃走了。狮子只好在丛林里游荡,后来便循着人的气味找到了这块营地。黑人升起的火堆晃得它什么也看不见,不过,它的嗅觉依旧很灵敏,除了黑人,它还嗅到了新鲜的血肉气息,狮子更加饥肠辘辘。

狮子越来越饿,不得不将避开人类的本能抛诸脑后,慢慢靠近讨厌的火堆。它紧紧贴着地面蹲伏着,每一次只往前移动几英寸。就在狮子即将发起进攻的时候,突然——前方闪现一阵火光,冲锋枪的声音震耳欲聋,子弹呼啸着擦过狮子的头顶。

突然的巨响引起了意外骚乱,打破了营地上可怕的寂静,狮子被眼前的混乱局面吓坏了,它不自觉地立刻掉头,跑进丛林里。

丛林里,"神枪手"帕特里克的枪声异常刺耳,狮子并不是唯一听到这枪声的生物,在这看似密不透风的黑暗之中,还暗藏着许多生物。有那么一瞬间,万籁俱寂,随即又炸开了锅,大家都焦虑起来。它们害怕这奇怪的声响,纷纷远离人类的营地。但是,至少有一个生物没有跑,出于好奇,它决定靠近营地探个究竟。

营地逐渐在黑夜中安静下来。两个老爷退回各自的帐篷,搬运工渐渐放松下来,大多数人都躺下来睡着了,还有几个盯着火堆,营地两边各站着一个站岗的土著兵。

暗夜某处,狮子低垂着脑袋站着。枪声非但没有减弱它的胃口,反而让它变得更加暴躁——也更加谨慎。狮子盯着营火,愈加愤怒,它抑制住心中的恐惧,不再因为腹中空空而喘粗气。

营地里的人渐渐沉入梦乡,营火舞动着火光,这头黄褐色的狮子悄悄地靠近火堆,黄绿色的眼睛紧紧盯着一个毫无察觉的土著兵,他正倚着步枪昏昏欲睡。

土著兵打了个哈欠,换了个姿势。他看了看火堆,发现需要再添点燃料,于是转身朝柴火堆走去。他背对着丛林,停下来拾柴火,就在这时,狮子发起了进攻。

狮子想要悄无声息地迅速抓住土著兵,但它抑制不住与生俱来的本能,喉咙深处发出不祥的低吼。

狮子的猎物听到了这声低吼,立刻掉头,想要逃离可怕的狮子。帕特里克躺在行军床上毫无睡意,也听到了狮子的吼声,他从床上一跃而起,抓起冲锋枪,冲到空地上,正好看到狮子在黑暗中腾空而起,然后用爪子按住士兵的肩膀,张开血盆大口,朝他的脸咬去,惨遭厄运的士兵发出惊恐的尖叫。

绝望的尖叫声充满恐惧,整个营地的人都惊醒了。大家意识到发生了大事,十分害怕,纷纷站起来,许多人刚好看到狮子半提半拖地带着猎物跑回黑暗之中。

帕特里克最先发现狮子,也是唯一一个有所反应的。他来不及蹲下身子,直接把枪举到肩上,他对凶残事件早已见怪不怪,因此狮子对他来说无足轻重。他通过瞄准器,轻而易举就找到了士兵。过去的他可能会觉得那个士兵早就死了,但是现在,他没有浪费时间在无端的猜测上,环境和习惯真是会改变一个人啊。

黑暗中,隐约还可以看到那头狮子,于是,帕特里克扣动心爱的冲锋枪,这回,他终于打中了。但不幸的是,一头受伤的狮子,

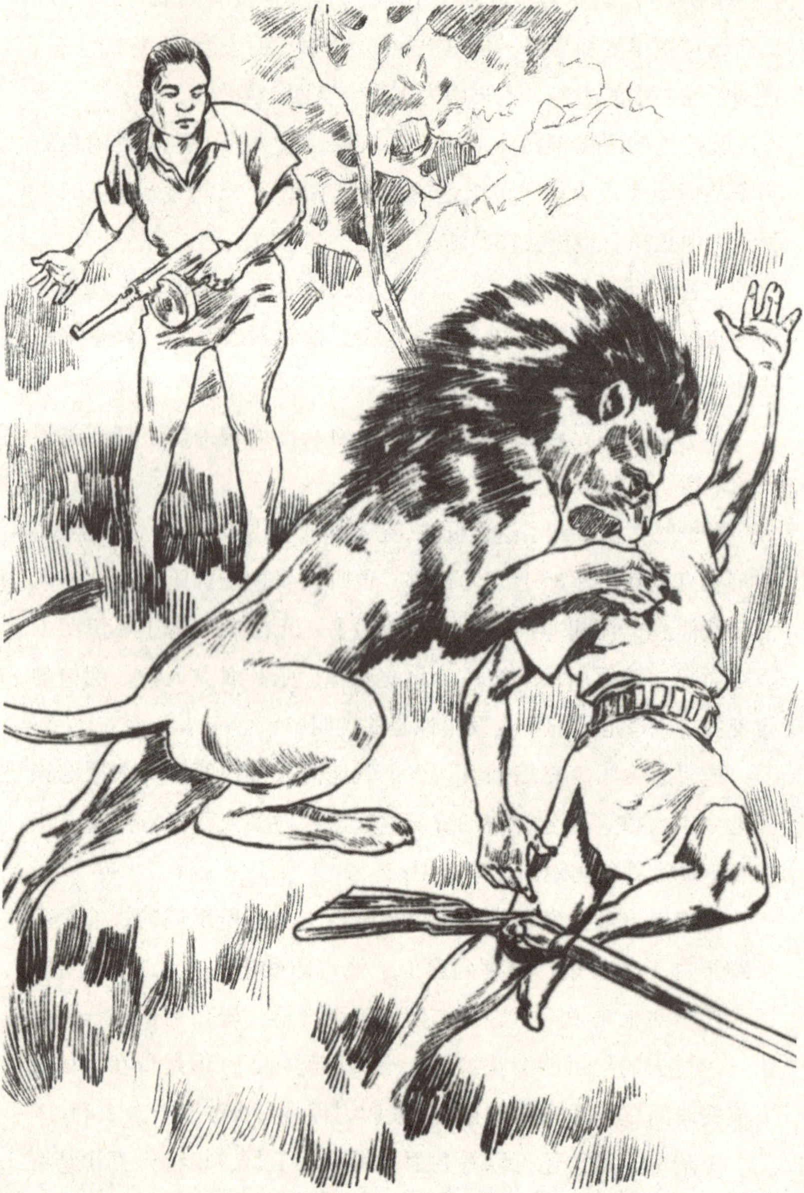

和上帝创造的破坏机器一样危险。

狮子被震耳欲聋的枪声和身上的子弹激怒了，觉得有人要抢走到手的猎物，决心来一次快速而又残忍的报复。它放下士兵，转身直直朝帕特里克袭去。

帕特里克正蹲在地上，准备瞄得更准一些。拉斐特就站在他身后，手里拿着一把镀镍的点32口径左轮手枪，这还是多年前某个朋友送给他的。两人身旁有一棵参天大树，拉斐特本该爬到树上避难，但他从未想过逃跑，事实上，他一点儿也不为自己和朋友感到害怕。他非但不害怕，还很兴奋，在帕特里克和冲锋枪的保护下，无论是人还是动物，他觉得都不会有任何危险。就算最不可能的事情发生了——帕特里克失败了，不是还有他自己吗？他可是充分武装了的。想到这里，他更加用力地握住那把金闪闪的"玩具枪"，心里再次充满安全感。

搬运工三三两两缩在一起，瞪着眼睛等待危机结束。从帕特里克击中逃跑的狮子到现在，才过去短短几秒钟。

狮子一跃而起，朝帕特里克急速冲去，突然，几件令人惊讶的事几乎同时发生了。

发生的事虽然令人感到惊讶，但也有点儿让人尴尬——至少帕特里克觉得有点儿尴尬。

狮子一转身，帕特里克立刻再次开枪。冲锋枪的设计是这样的：只要帕特里克一直按住扳机，冲锋枪就会持续射击，枪筒里还有一百发子弹。但此时，枪口却只是冒了点儿火花，然后就哑火了。

该如何用慢动作来描绘一秒钟内产生的想法和发生的事情，同时又体现出这一秒钟的速度呢？

帕特里克是否火急火燎地拿掉堵住枪口的弹药筒？他的手指有没有因为害怕不停颤抖，不听使唤？拉斐特做了什么？又或者，

狮子进犯 | 047

他打算做什么？因为他没有任何机会做出反应，只能呆站着，做个安静的旁观者。

没等他们两个想出应对之策，就有一个白人从树杈上跳下来，直直挡在冲过来的狮子前面。来人有着古铜色的皮肤，赤裸着上身，手里拿着一支长矛。他从树上轻轻落在松软的泥地上，随后立即绷紧全身，准备用矛尖抵挡狮子的进攻。

狮子巨大的身躯本可以把一个普通人撞倒在地，但眼前的男人却扎稳脚步，手中的长矛刚好刺进狮子的胸膛，足足有两英尺深。刺中后，男人立刻跳到一旁。狮子进攻受阻，还来不及继续抓捕猎物，现在突然又来了个人阻拦自己，原先的敌人又近在咫尺，它一时摸不着头脑。就在这短短一瞬间，陌生男子跳到狮子背上，粗壮的手臂勒住它的喉咙，钢铁般的双腿紧锁它的腰，一把锋利的匕首直插它的胸膛。

拉斐特、帕特里克还有一群随从不可置信地看着这一幕，全都目瞪口呆。只见狮子迅速转身，想要抓住背上的人，它又跳又蹦，还翻倒在地，一直想把背上的人甩下身去。但背上的男人却用另一只手，不停地把匕首插入狮子黄褐色的胸膛，狮子疯狂怒吼着。

男人和狮子纠缠在一起，周遭全是骇人的咆哮声。最让拉斐特和帕特里克害怕的是，这嘶吼的声音不仅仅是凶残的狮子发出来的，男人也在咆哮。

战斗很快就结束了，狮子早已身受重伤，还被长矛刺穿心脏，全靠它非凡的毅力，才坚持了这几秒，最后，男人给了它致命一击，狮子支撑不住了。

狮子轰然倒地，男人全身而退。他低头看着奄奄一息的狮子，这场面凶残而又原始，拉斐特和帕特里克深受震撼。男人走近狮子，一只脚踩在尸体上，然后仰天长啸。黑人吓得倒地不起，拉斐特和帕特里克都觉得头皮发麻，汗毛倒竖。

丛林再次陷入沉寂，刚才的恐怖气氛消失了。突然，远处隐约传来回应，应该是暗夜某个地方，一只雄性猿猴被唤醒，回应了同伴胜利的嚎叫声。更远的地方，又传来狮子的吼叫声，只是声音更加微弱。

陌生男子弯腰抓住长矛，一脚踩在狮子肩背上，用力拔出长矛，然后转身看向拉斐特和帕特里克，第一次显露出他早就发现有两个人站在那儿。

"天啊！"帕特里克惊呼，除此之外，他完全不知道该说些什么。

陌生男子冷冷地审视两人一眼，问："你们是谁？在这儿干什么？"

发现男子会说英语，拉斐特既惊讶，又觉得松了一口气。他突然没那么害怕了。"我是个地质学家，"他回答，"我叫拉斐特——拉斐特·史密斯，我的朋友叫帕特里克。我来这里是为了做些田野调查，是纯粹的科学考察。"

陌生男子指着冲锋枪："这也是地质学家进行正常田野调查时该带的？"

"不是的，"拉斐特回答，"我也不知道帕特里克为什么坚持带上它。"

"这儿全都是些不熟悉的东西，我才不会冒险呢，"帕特里克说，"再说了，我在船上遇到一个女的，她说这里有的人还会吃人肉呢。"

"你是不是要用这把冲锋枪来打猎？"陌生男子说，"对这把枪来说，一群羚羊可是绝佳猎物。"

"老天！"帕特里克大叫，"这位先生，你把我当成什么人了？屠夫吗？我带着这把枪仅仅是为了防身——虽然这次没派上什么用场。"

狮子进犯 | 049

帕特里克气恼地说:"关键时候掉链子,不过话说回来,幸好有你在。我把这枪送你了,先生,你是个好人,要是我能做点什么回报你的话——"说罢,帕特里克摆了个慷慨的手势,表示给点儿回报再自然不过了。

高大的陌生男人点点头,说:"别用那把枪打猎。"然后,他又对拉斐特说:"你要去哪儿做调查?"

帕特里克突然眼前一亮,脸上露出痛苦的表情。"老天爷!"他生气地对拉斐特说,"我就知道不会有这么好的事。"

"你说什么?"拉斐特问。

"我以为这里真的没有警察。"

"你们要去哪里?"陌生男子再次发问。

"我们现在正准备去肯兹山。"拉斐特回答。

"哎,你到底是谁?"帕特里克问,"我们去哪儿关你什么事?"

陌生男子没有理他,继续对拉斐特说话:"到了肯兹山,你们要非常小心,据我所知,那里有一群买卖奴隶的人,如果你的随从知道了,可能都会逃跑。"

"谢谢你,"拉斐特说,"多谢你的提醒,请问你是谁呢?"陌生人没有回答,转身走了。

正如来时一般悄无声息,他纵身一跃,跳到树上,然后消失不见了。拉斐特和帕特里克面面相觑。

"天啊!"帕特里克说。

"我和你一样惊讶。"拉斐特说。

"哎,奥格尼奥,"帕特里克说,"这家伙是谁?你或者你的手下,有谁知道吗?"

"老爷,我知道,"奥格尼奥回答,"他就是人猿泰山。"

Chapter 6

基尼烈湖

米甸山谷就是一个古老的火山口,谷底有个湖,湖边有条小路蜿蜒向上,通往米甸村。芭芭拉·柯利斯正沿着这条尘土飞扬的小路慢慢往下走,右边是亚伯拉罕,左边是金发少女杰泽贝尔,一群使徒跟在三人后面,围着一个年轻女孩向前走。女孩面露愁容,时不时害怕地看几眼正押着自己往前走的使徒。其他村民跟在使徒后面,由老人领着向前走。一行人就这样分成几队往前走,乍看起来,队伍十分松散,就像一群羊,时而集结在一起,时而分散开来,有人挤到小路边上,有人往前走几步,然后又落到队伍后面。

芭芭拉有点儿担心。过去几周,她一直被困在这群奇怪的村民之间,学到不少东西,其中就包括他们的语言。学会当地的语言后,芭芭拉大开眼界,通过许多新渠道了解了不少东西。她知道——或者说她相信,亚伯拉罕开始怀疑她不是上帝的使者。

芭芭拉到米甸的第一个晚上，就亲眼目睹了当地残忍的宗教仪式，这些人就是早期基督教的堕落后裔。芭芭拉学会了当地的语言，又被当地首领奉为尊贵的女神、上帝的发言人，因此，她利用自己的影响力，阻止甚至禁止了许多残忍而又落后的宗教仪式。

虽然亚伯拉罕头脑不甚灵光，但他仍旧清晰地记得，芭芭拉从云端飞落时那不可思议的场景。正因如此，芭芭拉才能成功制止当地的暴行。然而，亚伯拉罕经常与这位天外来客交谈，久而久之，心中对她的敬畏也就逐渐消散了。芭芭拉下的所有禁令都违背了亚伯拉罕的心愿，也不符合耶和华说的话——这些话都是远古的先知流传下来的。因此，亚伯拉罕越来越怀疑芭芭拉，芭芭拉也开始感觉到他的态度起了变化。

今天，亚伯拉罕不顾芭芭拉的反对，硬要她与众人一起见证这个叛教的女孩接受惩罚。接下来会发生什么？芭芭拉不仅清楚亚伯拉罕是个残忍的疯子，还听杰泽贝尔说了好几个小时有关纵欲罪的详细描述。不知为何，她感到惴惴不安，但她还是决定奋力一搏，重新树立逐渐削弱的权威。

"亚伯拉罕，你要想清楚了，"芭芭拉对走在身旁的亚伯拉罕说，"要是耶和华看到你胆敢违背他，会有多么生气。"

"我循的正是先知走过的路，"亚伯拉罕说，"一直以来，我们惩罚违抗耶和华的人，耶和华会据此奖赏我们，怎么可能会生气？这个女孩必须为自己犯下的罪恶付出代价。"

"但她不过就是微微笑了一下而已。"芭芭拉争辩道。

"耶和华认为这就是犯罪，"亚伯拉罕说，"大笑就是纵欲，因为它会带来欢乐，所有欢乐都是魔鬼的诱饵，都是邪恶的，而微笑又必然引发大笑。"

"别说了,"杰泽贝尔用英语说,"你这么做只会激怒他,他发起怒来很可怕。"

"女人,你在说什么?"亚伯拉罕问。

"我在用天堂的语言向耶和华祈祷。"杰泽贝尔回答。

亚伯拉罕皱起眉头看着杰泽贝尔:"你最好是在祈祷,耶和华好像对你不太满意。"

"那我就继续祈祷了,"杰泽贝尔恭顺地说,然后又用英语对芭芭拉说,"这老魔头正盘算着该怎么惩罚我,他一直都很讨厌我,就因为我们长得不一样,他们一直都很不喜欢我们这些可怜人。"

芭芭拉一直觉得很奇怪,为什么杰泽贝尔和其他米甸人长得如此不同,心智也大不一样,这个难以解释的现象恐怕要一直困扰芭芭拉了,因为她无从知晓,在漫长的一千九百年之后,那小小金发女奴的强健人格,仍在努力影响后代。杰泽贝尔在教授芭芭拉米甸语的同时,也学会了英语,芭芭拉惊讶于杰泽贝尔的才能,她居然比愚昧的同族人聪明这么多。芭芭拉时常真诚地感谢老天爷将杰泽贝尔赐予自己。

一行人走到湖边,传说这片湖水是个无底深渊,湖底由几块巨大的熔岩石组成,熔岩石之下仍是深不可测的湖水。使徒们走到亚伯拉罕前面,把女孩围在一块石头上。约巴比了个手势,六个年轻男子走上前来,其中一个手里拿着一张网,另外两个捧着一块巨大的火山岩。女孩惊恐地尖叫起来,六个人迅速用网罩住她,又用岩石把网固定在地上。

亚伯拉罕把手举过头顶,众人纷纷跪下。亚伯拉罕用快速而又含糊的语言祈祷着,他的话听起来不像米甸语。在杰泽贝尔看来,他说的根本不是人话,尽管只有先知和使徒才能用这种语言,但杰泽贝尔觉得他们也不知道自己在说什么。六个男子牢牢抓住手中的网，女孩跪在地上，轻声抽泣，有时还会强忍住低沉的呜咽。

亚伯拉罕突然不用先知的语言祈祷了，他开始用米甸语说话。"这个女子犯了罪，应受惩戒，"他大声说，"这是耶和华的意愿，以仁慈的耶和华之名，这女子不必受火刑，但她必须被浸在基尼烈湖中整整三次，以此洗去身上的罪孽。让我们一起祈祷，祈祷这惩罚不会太痛苦，否则她必将死去。"亚伯拉罕朝六个年轻男子点了点头，他们看起来似乎受过良好的教导。

其中四个男子抓着网的四角，一起用力把网抬起来，剩下两人则拉着系在网上的两根长绳。

四个人提着网左右摇摆，女孩不停尖叫，乞求原谅，宁静的基尼烈湖上响起一阵恐惧的旋律。旁边的村民尖叫着、呻吟着，他们脆弱的神经经受不住刺激，癫痫又发作了，众人倒地痛苦地抽搐着。

四人前后摆荡着惊惧不已的女孩，速度越来越快。突然，其中一个人倒在巨大的熔岩石上，不停地抽搐，口吐白沫，女孩柔软的身体重重摔在坚硬的岩石上。约巴打了个手势，另一个年轻人立即上前替换倒下的人。这时，一个使徒也尖叫着倒下了。

不过，没有任何人注意发病的人。不久之后，女孩开始在湖面和坚硬的岩石上方荡来荡去。

"以耶和华之名！以耶和华之名！"亚伯拉罕伴着网袋前后摇摆的节奏吟唱着，"以耶和华之名！以耶和华之子——"亚伯拉罕停顿了一下，当女孩再次被荡到湖面上时，他才继续道："——保罗的名义！"

这就是指令。四个年轻人松开手中的网，女孩径直落入漆黑的湖水中。湖面溅起一阵水花，尖叫声随之消失。水面渐渐合拢，只留下一圈涟漪向外荡漾，还有两根绳子一直延伸到用于惩戒的祭坛之上。

几秒钟后，连空气也沉寂不动了，周遭只有村民的呻吟声，还有不停抽搐的身体。发病的人越来越多，他们都是受米甸复仇女神迫害的人。亚伯拉罕再次发话，六个行刑者迅速拉住两根绳子，把女孩拖上来，女孩再次悬在湖面上，不停呛水，浑身湿漉漉的。

没过多久，亚伯拉罕再次下令，行刑者再次把女孩丢到水里。

"你是个杀人犯！"芭芭拉再也控制不住怒火，大声喊道，"快把她拉上来，不然她会淹死的。"

亚伯拉罕转身瞪着芭芭拉，眼神野蛮而又狂乱，瞳孔泛着白光，芭芭拉被吓得一动不动。"安静！你这个亵渎上帝的人！"亚伯拉罕大吼，"昨晚我和耶和华谈过了，他说你就是下一个受刑的人。"

"芭芭拉，"杰泽贝尔用力拉了拉芭芭拉的袖子，小声说，"别再惹他了，不然你也会遭殃的。"

亚伯拉罕回过身去，再次下令，女孩又被拽出水面。芭芭拉被这恐怖的场景吓呆了，情不自禁地走到巨石边缘往下看，可怜的女孩全身无力，不停地喘着粗气。她还活着，不过要是再浸一次水，恐怕就要没命了。

"哦，以仁慈的上帝之名，别再把她扔进水里了。"芭芭拉对亚伯拉罕乞求道。

亚伯拉罕没有回应芭芭拉，而是再次下令。女孩早已失去意识，第三次被扔进湖里。芭芭拉跪在地上开始祈祷，她抬头看着天空，热切地乞求造物主赐予亚伯拉罕怜悯之心，乞求造物主以仁爱之心，把这个女孩从一群误入歧途的人手中拯救出来，女孩看上去快要死了。芭芭拉整整祷告了一分钟，但女孩仍旧沉在湖水里。亚伯拉罕命令芭芭拉站起来。

"如果耶和华觉得她已经洗清罪孽，"亚伯拉罕大声说，"她就会从湖里冒出来。如果她死了，那也是耶和华的旨意，我只不过是遵循先知们的做法。"

六个年轻人把网袋拉到岩石上，然后把毫无意识的女孩扔在芭芭拉旁边。这会儿，亚伯拉罕总算猜到原来芭芭拉是在祈祷。

"你在做什么？"他问。

"我在向上帝祈祷，为这可怜的孩子祈祷。上帝的力量和仁慈之心，是你永远无法参透的。"芭芭拉回答。

"上帝对你的祈祷做出了答复，"亚伯拉罕瞥了一眼一动不动的女孩，冷哂一声，"她死了，耶和华已经向所有人证明，我才是他的先知，你不过是个骗子。"

"我们完蛋了。"杰泽贝尔悄声说。

芭芭拉也这么觉得，她飞速思索着，此时的境况十分危急。过了一会儿，芭芭拉站起来，看着亚伯拉罕，说："她确实死了，但耶和华可以救活她。"

"耶和华确实可以，但他不会这么做。"亚伯拉罕说。

"耶和华才不是为了你救活她。耶和华很生气，你胆敢自称是他的先知，还违背他的旨意。"

芭芭拉朝失去知觉的女孩快速走去，继续说："但是耶和华会为了我救活她。杰泽贝尔，过来帮我一下。"

芭芭拉是个爱运动的年轻女孩，和大多数现代人一样，她很清楚该如何救助溺水的人。她立刻着手救助昏迷的女孩，不仅仅是出于同情心，还因为救醒女孩至关重要。她时不时给杰泽贝尔下些简单的指令，嘴里还不停地唱着"圣歌"。芭芭拉先唱了一首《六百男儿行》，唱了两节之后，突然想不起来下一句，便唱起了《鹅妈妈》，唱到半途又唱起了《爱丽丝梦游仙境》里的歌，还唱了英国诗人吉卜林、波斯诗人欧玛尔·海亚姆的诗。十分钟后，经过芭芭拉的奋力抢救，女孩又有了生命迹象，这时她刚好唱完林肯的《葛底斯堡演说》节选。

亚伯拉罕、使徒、老人们还有六个行刑者都围在她们身边，外面的村民挤上来，想要看看奇迹是不是真的出现了。

"一个'民有、民治、民享'的政府将在这个地球上永存。"唱完这句，芭芭拉站起身来。她对六个目瞪口呆的行刑者说："把这孩子放到网上，送回她父母的洞穴去，小心点儿。杰泽贝尔，我们走。"芭芭拉看都没看亚伯拉罕一眼。

当晚，芭芭拉和杰泽贝尔坐在洞穴入口，望着对面未知的米甸山谷。火山口北边，高耸的崖壁上方高悬着一轮圆月，散发出银色的光辉。不远处，寂静的基尼烈湖就像一块光滑发亮的盾牌。

"真美啊。"杰泽贝尔感叹道。

"唉，但是因为人，这一切都变得如此可怕。"芭芭拉打了个哆嗦说。

"每到夜晚独自一人的时候，我会试着忘掉周围的人，只去看美丽的景色，"杰泽贝尔说，"芭芭拉，你的国家也是这样，充满残暴和邪恶吗？"

"只要有人在的地方，就会有残暴和邪恶，不过我的国家没那么糟。可是在这儿，一切都是教会说了算，而教会唯一会做的事，就是施行残酷的刑罚。"

"大家都说那边的人很残酷，"杰泽贝尔指着对面的山谷说，"但他们和我们不一样，都长得很漂亮。"

"你见过他们吗？"

"见过。有时候，他们会到这儿来找走丢的羊，不过只是偶尔。他们会把我们赶回洞里，我们就会往下滚石头，以防他们冲上来杀人。每到这种时候，他们就会偷走山羊，要是抓到我们的人，就会直接杀掉。不过，要是只有我一个人遇到他们的话，我倒是很乐意被他们抓住，因为他们长得很漂亮，我觉得他们不会杀我，反而会喜欢我。"

"我也觉得他们会喜欢你，"芭芭拉说，"不过如果我是你，就不会让他们逮到。"

"为什么？我在这儿还有什么希望？指不定哪天我就会被逮到大笑或者唱歌，然后就会被杀掉，先知杀人的方法太多了，你还没全部见识过呢。就算不死，我也会被某个可怕的老人带回洞穴，一辈子做他和他妻妾的奴隶，但是老女人比男人还要残酷。要是我不怕那横在中间的基尼烈湖，一定会逃去北米甸。"

"我们已经向亚伯拉罕证明我们比他更有力量，你和我一起待在这儿，也许会更开心、更安全。要是有一天我的人找到我，或者我自己找到逃跑的出口，你可以和我一起走，但是我不能保证你在英国会更安全。"

"为什么？"杰泽贝尔问。

"你太漂亮了，没人能保证你绝对安全，或者拥有绝对的幸福。"

"你觉得我很漂亮？我也这么觉得。虽然我和米甸其他女孩长得不一样，但是每当看着湖面或者盛水瓦罐里自己的倒影时，我就会觉得自己长得很美。你也很美，我却长得和你不一样。你有过安全感和幸福感吗？芭芭拉。"

芭芭拉笑了："杰泽贝尔，我才没那么漂亮。"

突然，洞外的陡峭小路上，传来一阵轻微的脚步声。"有人来了。"杰泽贝尔说。

"现在很晚了，"芭芭拉说，"没人会在这个时候来我们的洞穴。"

"说不定是北米甸人，"杰泽贝尔猜测，"我的头发没乱吧？"

"我们最好还是先推块石头过来，别想头发的事了。"

"唉，他们长得多美啊！"杰泽贝尔感叹道。

芭芭拉从口袋里掏出一把小匕首，拔出刀刃。"我可不喜欢'美丽'的人。"芭芭拉说。

脚步声越来越近，但是两人都坐在洞穴入口内部，看不到外面的路。很快，洞口出现了一个人影，片刻之后，一个高高的老人进入视线，来人正是亚伯拉罕。

芭芭拉站起来，看着亚伯拉罕，问道："你为什么半夜来我的洞穴？什么事情这么重要，不能明早再说？为什么要现在来打扰我？"

亚伯拉罕盯着芭芭拉，许久没有开口回答。过了一会儿，他才开口说话："我在月光下和耶和华谈过话了，耶和华和我——保罗的先知——说话了。"

"所以你来此是因为耶和华命你与我和谈？"

"耶和华才没有命令我这么做，"亚伯拉罕说，"相反，他很生气，你竟敢欺骗他的先知。"

"那么和你说话的一定是别人了。"芭芭拉厉声说。

"不，和我谈话的正是耶和华，"亚伯拉罕坚持说，"你欺骗了我。你使用诡计，或者是巫术，违背了耶和华的意愿，救活那个已经死去的女子。耶和华很愤怒。"

"你听过我的祈祷，也亲眼见证我用神迹救活了那个女孩，"芭芭拉提醒亚伯拉罕，"你竟认为我的力量比耶和华更大？是耶和华救了那个女孩。"

"耶和华早就知道你会这么说，"亚伯拉罕说，"他叫我证明你骗了大家，让所有人都知道你罪孽深重。"

"如果你说的是真的，倒是很有趣，"芭芭拉说，"可惜，你说错了。"

"你竟敢质疑先知的话？"亚伯拉罕怒吼，"明天你就知道自己是在自吹自擂了。耶和华会审判你。明天，我要把你绑在加重的大网里，扔进基尼烈湖，这个网上可没有绳子，不会有人把你从湖里拉上来。"

Chapter 7
贩卖奴隶的人

莱昂·斯塔布奇坐在马背上，焦躁不安地朝未知的命运走去。就在不久之前，其中一个强盗差点儿就杀了他，从这些人的外貌和对他的态度来看，斯塔布奇觉得他们可能会随便找个理由杀了自己。

斯塔布奇完全不知道他们想做什么，至于他们为什么还让自己活命，他只能想到一个理由。但是如果他们想要赎金的话，难以想象这些半野蛮人会用什么办法联系他在俄罗斯的朋友或上司。因此，斯塔布奇不得不承认，自己的未来毫无希望。

索马里强盗洗劫了斯塔布奇的营地，马背上都是抢来的赃物，所以他们不得不放慢前进速度。不过，就算没有这些战利品，他们也走不快。抓到斯塔布奇以后，一行人很快就进入一条崎岖的山路。

山路通向一个狭窄、堆满岩石的峡谷，然后又蜿蜒向上，最后到达山顶，山顶是块平地，尽头被岩石峭壁围着，峭壁下面有个木栅栏围成的村子。

显然，这里就是绑匪的目的地，他们就是把斯塔布奇的随从吓得半死的那伙人。但是，他们却没有白人首领，斯塔布奇很失望，他原以为自己会和一个欧洲人讨价还价，这可比跟野蛮人谈判简单多了。

一行人慢慢走向村庄，村庄外围的木栅栏虽然很粗糙，但却很坚固，后面还站着几个哨兵，进入村庄的人都要接受检查。

不一会儿，村子的大门缓缓打开，强盗带着囚徒骑马走进围栏，哨兵纷纷冲他们打招呼。不一会儿，村里一大群男人、女人和小孩——都是些粗暴的野蛮黑人——都好奇地看着斯塔布奇。

虽然他们看起来并不凶残，但也绝对不友好，原本就很忧虑的斯塔布奇更加害怕了。一行人走到村子中心，周围都是小窝棚，斯塔布奇陷入了绝望。

就在这时，斯塔布奇看到一个白人从一间破旧的屋子里走出来，他身材矮小，留着胡子，斯塔布奇原先压在心头的绝望情绪突然好转了一点儿。

众人下马，然后粗鲁地把斯塔布奇从马背上拉下来，推到白人首领面前。白人首领一直站在屋子门口，一边阴沉着脸审视斯塔布奇，一边听刚刚回来的强盗头目做报告。

强盗头目说完后，白人首领面无表情地对斯塔布奇说了几句话。斯塔布奇听出他说的是意大利语，可是他既不会说，也听不懂，于是他用俄语向首领解释，但白人首领只是耸耸肩，摇摇头。斯塔布奇又用英语说了一遍。

"用英语就好多了，"首领断断续续地说，"我会一点儿英语。你是谁？刚和我说的是什么语言？你又是哪个国家的？"

"我是个科学家，"斯塔布奇回答，"我刚刚说的是俄语。"

"你是俄罗斯人？"

"是的。"

白人首领目不转睛地盯着斯塔布奇看了一会儿，好像要看透他内心深处的秘密似的。斯塔布奇也看着白人首领，只见他身材健壮，嘴唇很薄，又黑又密的胡子遮住了部分嘴唇，眼神冷酷而又狡猾。斯塔布奇猜想他也在黑人手上吃了苦头。

"你说你是一个俄罗斯人，"白人首领说，"那你属于红军还是白军？"

斯塔布奇真希望自己知道该怎么回答这个问题。他知道不是所有人都喜欢苏联红军，而且大多数意大利人从小就被教育要憎恨红军。但是，这个陌生人身上有种特质，让斯塔布奇觉得他更喜欢红军，而不是白军。况且，承认自己属于红军的话，筹集赎金要容易得多，毕竟世人都知道白军又弱又穷。因此，斯塔布奇决定实话实说。

"我是个红军。"斯塔布奇说。

白人首领沉默了一会儿，仔细考虑着斯塔布奇说的话。过了一会儿，他比了个手势，除了红军共产党员，谁都看不懂。斯坦布奇暗自松了口气，不过脸上却没有露出任何表情，表明自己认出了这个秘密动作。他按照组织的惯例做出回应，对方紧紧盯着他。

"同志，你叫什么？"白人首领的语气变了。

"莱昂·斯塔布奇，"斯塔布奇回答，"同志，你叫什么？"

"多米尼克·加皮埃特罗。跟我来，我们进去说话。我有瓶酒，我们可以喝点儿，彼此熟悉熟悉。"

"你带路吧，同志，"斯塔布奇说，"我确实需要来点儿东西放松一下，过去几个小时，我可遭了不少罪。"

"我为手下对你造成的不便道歉,"加皮埃特罗一边带路,一边说,"以后他们不会这样了。请坐。正如你所见,我过得很简单。有哪个皇位比大地母亲的怀抱更奢华呢?"

"确实没有。"斯塔布奇环顾四周,一切正如加皮埃特罗所说,一张椅子都没有,就连小板凳也没有。"而且还有个友善的主人招待我呢。"斯塔布奇又说。

加皮埃特罗在一个破旧的帆布包里不停翻找,终于翻出了一瓶酒。他拔出瓶塞,把酒递给斯塔布奇。"斯塔布奇同志,金制高脚杯都是暴君用的,"他慷慨陈词,"我们可不用,是吧?"

斯塔布奇把瓶子放到嘴边,喝了一口瓶中的烈酒,液体顺着喉咙流到胃里,一股酒气冲到头顶,冲散了最后一点恐惧和疑虑。"跟我说说,"斯塔布奇边说边把酒瓶递给加皮埃特罗,"你们为什么抓我,你是谁,接下来打算拿我怎么办?"

"手下跟我说,当时你就一个人,探险队的人都抛下你逃走了。他不知道你是敌是友,只能先带你回来见我。同志,你很走运,今天刚好是东戈带队搜查,换成其他人,可能会先杀了你,然后再做调查。他们都是些杀人犯和小偷,不过都是好人。他们曾经遭受主人的残酷压迫,过着惨无人道的生活,所以他们对所有人都怀有敌意,因此也不能怪他们。

"他们都是很好的人,很听我话,他们出力,我负责筹划,行动结束后,大家平分收益——我一半,他们一半。"加皮埃特罗咧嘴笑了笑。

"什么行动?"斯塔布奇问。

加皮埃特罗沉下脸来,过了一会儿才恢复正常:"虽然你是同志,但是我告诉你,好奇心害死猫。"

斯塔布奇耸耸肩,说:"那就什么都别跟我说,我无所谓,又不关我的事。"

"很好,"加皮埃特罗说,"至于你为什么来非洲,也不关我的事,除非你愿意告诉我。咱们继续喝酒吧。"

两人继续边喝边聊,但都避免谈及个人问题,尤其是对方的职业——尽管这是两人最想知道的。酒过三巡,两人渐渐放下心中的猜忌,放松了警惕,态度逐渐变得友好起来,同时也对对方更加好奇了。

两人并肩坐在又脏又破的地毯上,周围躺着两个空酒瓶,还有一瓶刚刚打开的酒。加皮埃特罗率先开口,想要满足自己的好奇心。他一边大声说话,一边把手亲密地搭在斯塔布奇肩上道:"我很喜欢你,能入得了我眼的人可不多。我有句座右铭:喜欢个别男人,爱所有女人。"说完,他放声大笑。

"为你的座右铭干杯,"斯塔布奇跟着大笑,"'喜欢个别男人,爱所有女人',说得好!"

"同志,我第一眼看到你就知道咱们志趣相投,"加皮埃特罗继续说,"同志之间怎么能有秘密呢?"

"就是,怎么能有秘密?"斯塔布奇同意道。

"我要跟你说说我为什么要和这群堕落的盗贼、杀人犯一起待在这里。我原先是个意大利军人,我们团当时驻扎在阿比西尼亚北部的厄立特里亚。我发动了一场兵变,然后法西斯的某个走狗向指挥官揭发了我,我就被捕了。我本该被处以死刑,但我逃跑了,一路逃到阿比西尼亚,可意大利人在那儿不受待见,不过当他们知道我是个逃兵后,倒是待我不错。"

"过了一段时间后,我受雇于一个王子,帮他训练送往欧洲前线的士兵,就是那个时候,我学会了阿比西尼亚的官方语言阿姆哈拉语,还学会了盖拉语,王子国家的大部分人口都是盖拉人。

我极其厌恶任何形式的君主统治,所以自然而然就开始向老国王的侍从灌输伟大的革命理想。可是又有一个告密者揭发了我,全凭运气,我才能再次死里逃生。"

"不过这一次,我成功吸引了一些人追随我。我们偷了王子的马和武器,一路向南,然后加入一支索马里强盗团伙,更确切地说,是他们加入了我们。"

"这群盗贼训练有素,我们一有机会就拦路抢劫旅客和商队,但没什么收益。所以我们漫无目的地走,最后来到偏远的肯兹,开始买卖'黑象牙'(黑人奴隶的代称),倒是赚了不少钱。"

"黑象牙?我从来没听过这东西。"

加皮埃特罗大笑着解释说:"这象牙有两条腿。"

斯塔布奇吹了个口哨,说:"哦,我知道了,你是做奴隶买卖的。但是除了资本主义国家那些拿工资的奴隶,现在哪里还有奴隶市场呢?"

"同志,你可别惊讶。现在还是有很多奴隶市场的,有几个国家虽然也签署了国际法庭废奴公约,但他们的托管地和保护国还是有奴隶市场。我确实是个买卖奴隶的人,对于我这个大学毕业生、著名报纸的前编辑来说,这的确不是什么了不起的职业。"

"你喜欢做这一行吗?"

"我别无选择,我得活下去啊。至少我自认必须活下去,正常人都这么想。我原先工作的那家报社就是反法西斯的。好了,说说你吧,同志,苏维埃政府在非洲做什么'科学研究'呢?"

"姑且称之为人类学研究吧,"斯塔布奇回答,"我在找一个人。"

"非洲沿岸的人可比肯兹多多了,你怎么大老远跑到内陆来找人了。"

"我要找的人就在肯兹山南边某个地方。"斯塔布奇说。

"或许我能帮你。我认识不少这一片的人,至少知道他们姓甚名谁,都做些什么。"加皮埃特罗说。

要是斯塔布奇完全清醒,他本该犹豫一会儿,到底该不该把消息告诉一个完全陌生的人,但是酒精让他变得盲目自信。"我在找一个英国人,人猿泰山。"他说。

加皮埃特罗眯起眼睛,问:"他是你朋友?"

"才不是。"斯塔布奇回答。

"你说他就在肯兹?"

"我也不清楚。我问过一些当地人,可他们都不知道他在哪儿。"

"他的领地在肯兹山南部很远的地方。"加皮埃特罗说。

"你听说过他?"

"当然,谁不知道人猿泰山?你和他是什么关系?"

"我从莫斯科来就是要杀了他。"斯塔布奇脱口而出,但又立刻后悔自己不该鲁莽地承认。

加皮埃特罗放松下来。"这我就放心了。"他说。

"为什么?"斯塔布奇问。

"我本来还害怕你们是朋友,"加皮埃特罗解释道,"要真是这样的话,我们就做不成朋友了。但如果你是来杀他的,我会衷心祝愿你能成功,还会尽我所能,帮你一把。"

斯塔布奇大大松了一口气。"你也和他有仇?"他问。

"他对我的买卖构成了不小的威胁,"加皮埃特罗回答,"要是他死了,我就安全多了。"

"同志,那你会帮我吗?"斯塔布奇急切地问。

"我还没和他打过交道,"加皮埃特罗回答,"要是他不插手我的事情,我是不会招惹他的。所以同志,这次冒险,我不会加入。"

"但是你把我实现计划必须的东西都拿走了。没有探险队,我不可能找到泰山。"斯塔布奇抱怨道。

"这倒是,"加皮埃特罗承认,"或许我可以弥补我手下犯的错。你的装备和货物都完好无损,我都还给你。至于人手,还有谁比我这个做人口买卖的更会找人?"

帕斯莫尔勋爵和他的探险队绕过肯兹山西麓,一路朝北行进。搬运工体格强健,像训练有素的军人一样向前挺进,相互之间保持一定距离,没有一个人落后。三个士兵在前面开路,士兵身后一百码处,帕斯莫尔勋爵和他的背枪随从还有黑人酋长一起走着。搬运工队伍前后都有一队全副武装的土著兵,看起来很精干。整个探险队组织精良,监管得当,所有人都自觉遵守纪律——除了伊萨,帕斯莫尔勋爵的贴身随从兼厨师。

伊萨想去哪儿就去哪儿,看到人就和他们嬉戏玩笑,伊萨的敦厚善良影响了整支队伍,人人都笑意盈盈,放声歌唱。显然,帕斯莫尔是个经验丰富的旅行家,知道该怎么对待随从。

肯兹山东部几英里处的陡坡上也有一支队伍,但氛围却完全相反。整个队伍拉到一英里长,土著兵夹在搬运工中间一起走,两个白人远远走在前面,身边只跟着一个随从和一个背枪仆人。

"老天!你的工作真讨厌!我本来可以舒舒服服地待在家里,要是想的话,还能去谢尔曼酒店,想吃就吃,想喝就喝。"

"不,你可不行。"拉斐特说。

"怎么不行?还有谁能阻止我不成?"

"你的警察朋友。"

"那倒是,不过那群废物可不是我的朋友。对了,你到底要去哪儿?"

"我觉得这里的山脉有水平挤压造成的上冲断层,不过我们现在离得太远,所以我想靠近一点儿,仔细研究一下断层的地表特征。

所以我们得爬到山上,毕竟它们不会自己跑过来。"拉斐特回答。

"你怎么会喜欢这种工作?"帕特里克问,"没有一点儿赚头,真没意思。"

拉斐特和气地笑了笑。

他们正穿过一片草地,山间溪流穿过草地,弯弯曲曲的,草地边上有一片森林。"这地方很适合扎营,我可以在这儿工作几天,研究一下周边的地表,你也可以打打猎,然后我们再继续往前走。"拉斐特说。

"太好了,我早就不想爬山了。"帕特里克说。

"你先和大家一起在这儿扎营吧,"拉斐特建议道,"我和随从再往前走一段,看看有没有什么发现,现在还挺早的。"

"没问题,"帕特里克欣然同意,又说,"我就在树林边上扎营,你别迷路了,最好还是带上我的冲锋枪吧。"帕特里克朝背枪仆人点了点头。

"我又不打猎,不用带了吧。"拉斐特说。

"那就带上我的手枪,你可能用得上。"帕特里克准备解下身上的枪带。

"谢谢,我自己有一把。"拉斐特一边说,一边拍拍身上的点32口径手枪。

"老天,你管这叫手枪?"帕特里克轻蔑地说。

"有这把枪就够了,我是去找岩石,又不是找麻烦。奥班比,走吧。"拉斐特招呼随从跟着自己,然后沿山坡向上走。

"老天,"帕特里克嘟囔着,"这人比我见过的所有坏家伙都要难对付,不过他倒是个好人,招人喜欢。"说完,帕特里克开始找地方扎营。

拉斐特走进草地高处的树林里,周围地势陡然升高,地上灌

贩卖奴隶的人 | 069

木丛很浓密，路越来越难走。拉斐特艰难地向上爬，奥班比紧跟着他。过了一会儿，拉斐特终于爬上一块高地，这里地面都是岩石，没有土壤覆盖，所以周围树丛变得稀稀疏疏。拉斐特停下来检查地表构造，然后再次出发，掉头朝右边走去。

拉斐特走走停停，不时检查一下地表构造。他慢慢向上爬，最后到达山顶，远处群山起伏，脚下有一片峡谷，将两座山分隔开来。对面那座山的崖壁引起了拉斐特的兴趣，他决定靠近好好研究一番。

拉斐特一停下来，奥班比就瘫倒在地，看起来已经精疲力竭。其实奥班比并不累，而是厌烦透顶。他觉得老爷太疯狂了，他完全不知道为什么要这样毫无意义地爬山，还要时不时停下来检查岩石。奥班比很肯定，要是找岩石的话，山脚下就有一大堆。更奇怪的是，这位老爷从来不打猎，他原先以为所有来非洲的老爷都是来打猎的。可这位老爷却不是，真是疯了。

拉斐特看了看随从，心想：让奥班比跟着自己爬山不太好。这男孩帮不上什么忙，看他这么累，心里真是不好受，自己还是一个人走吧。于是，拉斐特转身对奥班比说："奥班比，你回营地去吧，这里不用你了。"

奥班比惊讶地看着拉斐特，现在他确定老爷绝对是个疯子。不过，待在营地可比爬山好多了。他站起来问道："老爷您不需要我了？"奥班比有些良心不安，知道自己不该让老爷一个人去。

"没什么要你帮忙的，奥班比，"拉斐特向他保证，"你先回去，我马上也回去了。"

"好吧，老爷。"说罢，奥班比转身朝山下走去。

拉斐特沿着山壁爬下山谷，山谷比他想的要深。到达谷底后，他又爬上另一座山，这山也比他想的要陡峭。不过他觉得很值得，崖壁构造很有趣,他专心致志,没有留意到时间的流逝。

拉斐特爬到山顶,才发现天渐渐黑了,夜晚马上就要降临,不过他并不担心。他知道自己回到山谷另一边时,天应该很黑了,但他突然想到,要是沿着这座山脊一直走,就能走到峡谷尽头,峡谷尽头就连着原先那座山。这么走的话,自己就不用费力攀爬了,虽然没有缩短回营地的距离,但还是可以节约很多时间。

拉斐特迈着沉重的步伐沿着山脊向上走。天完全黑了,但他没有停下来,一路摸索着慢慢往前走。好几个小时过去了,拉斐特完全没有发现自己迷路了。

Chapter 8

狒 狒

　　非洲大陆又迎来新的一天,古老而又神奇的太阳从山峦东边露出脸来,灿烂地笑着。大部分夜行动物都藏匿起来,把世界让给昼出动物。

　　一只狒狒守在一块岩石上放哨,俯视四周,说不定还在欣赏美景。毕竟,我们凭什么说上帝用美感动了无数生灵,但只赐予一种生灵欣赏美的能力呢?

　　狒狒苏加什的部落成员们正在进食,显得有些凶狠的母狒狒把年幼的孩子背在背上,大一点儿的则在周围玩耍,学着成年狒狒的样子,不停地搜寻食物,周围还有许多乖戾粗暴的成年公狒狒,老苏加什是其中最凶狠的。

　　狒狒目光敏锐,一直盯着顺风方向,它发现脚下的小山坡上有东西在移动,刚开始只看得到一个人的头顶,慢慢地,这人的整个头都露出来了。狒狒发现这是个白人,不过现在它还不觉得有什么危险,白人离得还很远,有可能不会朝部落走过来。狒狒要再观察一下,以便做出准确判断,要是没有任何危险的话,打断整个部落进食就太蠢了。

过了不久,白人整个出现在视野中,狒狒真希望自己的嗅觉能和视觉一样灵敏。比起眼睛,狒狒更愿意相信灵敏的嗅觉,可惜此时风向不对。

狒狒觉得很奇怪,它从没见过这样的白人——身上几乎一丝不挂,就和自己一样,要不是这人的皮肤是白色的,狒狒倒会觉得他是个黑人。正因为来人是个白人,狒狒才一直在找他身上有没有带可怕的"雷棍"(枪的代名词)。不过狒狒没看到"雷棍",所以一直没有发出警示。不久,它发现白人正径直朝部落走过来。

白人早就发现了狒狒的部落,他处在下风口,敏锐的嗅觉老早就察觉到狒狒浓重的气味。此外,狒狒发现他的时候,他也看到了狒狒。但他还是大摇大摆地向上走,就像狮子一样,强壮而又野蛮。

狒狒突然跳起来,发出尖锐的叫声,整个部落立刻行动起来,爬上附近较低的悬崖。爬上悬崖后,它们才停下来,转身瞪着入侵者,一边挑衅地尖叫,一边兴奋地来回跑动。

狒狒们发现入侵者孤身一人,也没有带"雷棍",便不再那么害怕,反而发起怒来。它们吵吵闹闹,咒骂入侵者打断了它们进食。苏加什国王和几只体格庞大的公狒狒爬下悬崖,想要吓跑入侵者,但白人却继续往前走,它们更加愤怒了。

苏加什气得发狂,不停地咆哮怒吼,恐吓对方。"快滚开!"它吼道,"我可是苏加什,我会杀了你的!"

入侵者停在悬崖脚下,审视苏加什。"我是人猿泰山,"他说,"我不是来狒狒的领地杀人的,我想和你们交个朋友。"

狒 狒 | 073

整个部落安静下来，十分震惊。在此之前，它们还从没见过白人或是黑人会说猿语，也从没听说过人猿泰山，因为泰山的领地在南边很远的地方。虽然如此，它们还是很惊讶，这人居然听得懂苏加什说话，还能用猿语回答。但无论如何，他仍旧是个陌生人，苏加什再次命令他离开这里。

"我并不想和你们待在一起，只想安静地借个道。"泰山回答。

"快滚开！我会杀了你，我可是苏加什。"苏加什咆哮着说。

泰山像狒狒一样轻松跃上悬崖，以行动回答了苏加什。他比在场所有人都清楚，狒狒力大无穷，胆量过人，而且凶狠残暴，但他也知道，自己可能要在这一带待上一段时间，要想活命，就必须让狒狒清楚地知道，泰山无所畏惧，不能轻易招惹。

狒狒疯狂地尖叫着向后撤退，泰山占领了悬崖顶峰，母狒狒和小狒狒四散逃跑，许多狒狒朝更高的山坡跑去，成年公狒狒则留在原地，堵住泰山的去路。

泰山站在悬崖顶峰，一群公狒狒围着他嘶吼，面对着这么一群力大无穷、凶残成性的狒狒，泰山极有可能寡不敌众，败下阵来。换成别人，可能早就被吓得陷入绝望了。但泰山十分了解非洲丛林里的野生动物，它们不会无缘无故地发动进攻，也不会像人类一样滥杀无辜，所有动物中，只有人类才会这么做。不过，泰山很清楚自己的处境很危险，某只狒狒可能会比同伴更紧张、更多疑，以致误解泰山的意图，或是误判一些微小的动作，以为泰山准备发动进攻。

泰山知道，只有某个意外事件才会触发狒狒进攻，如果不给它们任何理由进攻，它们很有可能欣然放行，不来骚扰自己。但泰山原先是想和狒狒结交，毕竟它们很了解这片土地和这里的动物，这对泰山来说很有价值，所以最好还是能和苏加什的部落结盟，而不是和它们敌对。因此，泰山再次尝试，想要取得对方的信任。

泰山对怒气冲冲的苏加什说："苏加什，请你告诉我，这里是否出现过一群白人？我在找一个很坏的白人，他身边跟着很多黑人。他们都是坏人，会用'雷棍'杀人，他们会杀了你们的。我来就是要把他们赶出去。"

苏加什没有回答，只是继续咆哮，还挑衅般用脑袋顶住地面。其他公狒狒在一旁不安地移动，高耸肩膀，弯着尾巴。有些年轻公狒狒学着国王的样子，用头顶住地面，以示挑衅。

苏加什朝泰山做起鬼脸，快速上下挑动眉毛，还不停翻白眼。凶残的老国王苏加什想用鬼脸吓死敌人，但泰山只是淡定地耸耸肩膀，继续向前走，好像已经确定狒狒不会和自己结盟。

公狒狒拦住泰山的去路，做出挑衅姿态，泰山从容不迫地朝它们走去，不过他还是眯起眼睛，绷紧神经，保持警惕。其中一只狒狒僵着腿，挺起胸脯，不情愿地让到一旁，还有一只却原地不动。泰山知道，决定性时刻到了。

双方面对面站着，靠得很近，突然，泰山怒吼一声，发起了进攻。狒狒也以怒吼回应，然后像猫一样，轻盈地跳到一边。泰山跳出包围圈，赢得了这次恐吓之战，任何具有想象力的高等动物都会玩这一招。

看到泰山没有去追母狒狒和小狒狒，公狒狒放下心来，只是冲泰山的背影不断咒骂，做些侮辱性的动作。这些举动并不危险，所以泰山没有理会。

泰山刻意避开母狒狒和它们的孩子，打算绕开它们走，不然公狒狒会以为自己要伤害它们，那狒狒可真要发动进攻了。于是，泰山沿着一条浅浅的山涧往前走。但谁都没料到，一只年轻的母狒狒也带着孩子往山涧里逃了。

泰山还没有走出狒狒的视线,不过只有他一个人能看到山涧。突然,三件事情同时发生,打破了平静:一阵轻风拂过山涧附近的树丛,一直吹到山涧边缘,泰山嗅到了猎豹的气味。一只狒狒发出惊恐的尖叫,泰山向下看去,发现一只年轻的母狒狒正背着孩子,向自己飞奔而来,后边跟着凶狠的猎豹。

泰山立即做出反应,举起长矛往下跳,公狒狒听到母狒狒失声尖叫,也马上飞奔过去。

泰山在高处看着这场悲剧的几个主人公,猎豹已经跳到母狒狒头上,他意识到在救援到达之前,猎豹就能抓住母狒狒,于是,他孤注一掷,投出手中的长矛,想要制止猎豹,哪怕稍稍延缓一刻也好。

只有泰山这样的能手才敢这样孤注一掷,万一扔偏了,刺中的很有可能不是猎豹,而是母狒狒。

苏加什和手下的公狒狒笨拙地往前跑,到达山涧边沿后,刚好看到长矛擦过母狒狒的头顶,直直刺入猎豹的胸膛。公狒狒赶紧往下跑,焦躁地咆哮着,泰山——一位英国爵爷——和狒狒一起往下跑,一下子跳到猎豹身上,此刻的猎豹又惊又怒,身上疼痛难忍。

狒狒也跳过来撕咬天敌,然后又迅速跳开,泰山跳上来用猎刀刺中猎豹,动作和狒狒一样迅速敏捷。猎豹发狂了,开始朝进攻的狒狒乱扑。

猎豹的利爪抓到了两只狒狒,受伤的狒狒全身血肉模糊,瘫倒在地,但泰山灵敏地躲过了猎豹的攻击。

激烈的战斗很快就结束了,参战者发出凶残的嘶吼,不远处,母狒狒兴奋地跳来跳去。猎豹抬起上半身,朝泰山猛扑过去,就在这一瞬间,猎豹直直扑倒在地,一根长矛刺穿它的心脏——它死了。

健壮的泰山——曾经的巨猿之王——立刻跳到猎豹旁边，一脚踩在猎豹的尸体上，然后抬头看向太阳，发出恐怖的吼声，这是赢得战斗的公猿在示威。

山林陷入沉寂，狒狒满怀敬畏，不再焦躁不安地动来动去，不再吵吵闹闹。泰山弯腰从猎豹颤抖的身上拔出长矛，狒狒们对他刮目相看。

苏加什走上前来，这回可没有挑衅地以头顶地。"苏加什部落的雄性成员愿意与人猿泰山交朋友。"它说。

"泰山愿意成为你们的朋友。"泰山回应道。

"我们见过一个白人，身边跟着很多黑人，这些人带着很多'雷棍'，坏透了，也许他们就是你要找的人。"苏加什说。

"很有可能，"泰山同意道，"他们在哪儿？"

"他们在山岩一边扎营，就跟前面这座一样。"苏加什朝悬崖点了点头。

"具体在哪儿？"泰山再次问道。这一次，苏加什指了指山麓南边。

Chapter 9

大裂谷

清晨,阳光直射基尼烈湖湖底,微风荡起涟漪,就像一支庞大的军队正在接受检阅,数不清的长矛在阳光下熠熠闪光,耀眼夺目。

芭芭拉·柯利斯可不觉得眼前的景色很美丽,虽然湖面波光粼粼,但水下却暗藏危机,这才是真正的基尼烈湖。亚伯拉罕走在最前面,后面跟着老人和村民,芭芭拉被一群使徒围着向前走。走到湖边,她情不自禁地颤抖起来,她知道,六个行刑者正拿着大网和纤绳,走在人群之中。

六个行刑者就像基尼烈湖,披着虚伪的虔诚外衣,底下却暗藏阴险冷酷的真实面貌。走到湖边,芭芭拉不再拿行刑者和基尼烈湖对比了,因为它简直太美了。她望着周围人的脸,再次颤抖起来。"上帝以自己的形象创造了人,那么又是谁造出了这些人?"芭芭拉沉思着。

芭芭拉在米甸已经待了好几个星期，一直在想这群奇怪的人到底是哪儿来的，她很聪明，猜得离真相不远了。这里的人长得很极端，和之前见过的人完全不一样，还经常犯癫痫。芭芭拉觉得，他们一定有共同的祖先，然后经过近亲交配繁衍，而且先祖一定有外貌缺陷，还患有癫痫。

这一结论确实能解释大部分现象，但却解释不了杰泽贝尔的存在，杰泽贝尔一直说自己的父母就是这里的人，而且就她所知，米甸人从未和外人通婚，没有其他血统混杂进来，但芭芭拉就是觉得，一定有不一样的血统混杂进来——尽管她猜不到真相，也不知道古老的真相就埋藏在一个小女奴的墓穴中。

米甸人的宗教啊！想到这里，芭芭拉又颤抖起来。简直完全扭曲了基督教义！米甸的宗教胡乱杂合了早期基督教和犹太教，又经过半弱智的米甸人口口相传——当地没有文字。他们混淆了使徒保罗和耶稣基督，完全摈弃基督教义的核心，还在其中加入自己创造的残忍仪式。有时候，芭芭拉觉得这种极度扭曲的宗教，和外面文明世界中某些所谓的基督分支教派很像。

一行人逐渐靠近湖边，打断了芭芭拉的思绪。眼前是一块表面平整的熔岩石，芭芭拉想起了之前的可怕经历：她曾看着六个行刑者把女孩扔到水里，而且就在这块磨得十分平整的石头上，虽然这事已经过去很久了，但芭芭拉还是觉得仿佛就发生在昨天，而这次轮到她自己了。亚伯拉罕和使徒用谁也听不懂的语言吟唱着，想让村民觉得他们博学多识，掩盖头脑空空的事实——山谷外面，有些更加文明一点的教派也用这一招。

多年以来，人们把岩石踩得十分光滑，可见基尼烈湖边上发生了无数残酷的宗教仪式。芭芭拉站在岩石上，仿佛再次听到女孩的尖叫声。但是芭芭拉没有尖叫，也绝不会尖叫，她不会让这

大裂谷 | 079

些人幸灾乐祸。

亚伯拉罕示意六个行刑者走到前面来。六个人立即照做,手里拿着网和绳子,脚边还有几块碎石块,用来增加网的重量。亚伯拉罕把手举过头顶,众人立即下跪。芭芭拉看到杰泽贝尔跪在人群最前面,美丽的脸上露出极度痛苦的表情,可爱的眼睛里满是泪水。芭芭拉很感动,至少还有一个人心中有爱,懂得怜悯。

"我和耶和华谈过了。"亚伯拉罕大声说。芭芭拉心想,他总和耶和华谈话,嘴巴一定会起泡。芭芭拉胡乱想着,嘴角不自觉地露出笑容。亚伯拉罕看到了,愤怒地说:"你居然敢笑,你应该像别人一样,尖叫、乞求怜悯。你为什么要笑?"

"因为我没什么好怕的。"虽然很害怕,但芭芭拉还是硬着头皮回答。

"女人,你为什么不害怕?"亚伯拉罕问。

"我也和耶和华谈过,"芭芭拉回答,"他叫我不要害怕,因为你是个假先知,而且——"

"闭嘴!不准再亵渎神灵,耶和华马上就要审判你了。"亚伯拉罕怒吼道。"把她扔到网里!"他对六个行刑者说。

六人立刻执行命令,开始前后摆荡芭芭拉,准备晃到一定速度后再松手,把她扔到湖里。这时,芭芭拉听到亚伯拉罕一直在重复她的罪行,还说耶和华要用特别的方式审判她。周围不时传来村民的尖叫声、呻吟声——他们又犯病了,芭芭拉对此早已见怪不怪,她和米甸人一样情感麻木了。

芭芭拉从口袋里掏出唯一的武器——一把小折刀,然后打开刀片,紧紧握在手里,为下一步做好准备。这把折刀有什么用?自然不是用来了结自己,刀太小了!但是,人在恐惧到极点的时候,会感到彻底的无助和绝望,即使毫无可能的事情,也愿意冒险一试。

终于，行刑者把芭芭拉远远地荡到基尼烈湖上。岩石祭坛上，没有犯病的使徒和老人唱着怪异的圣歌，为即将到来的死亡兴奋不已。

亚伯拉罕突然发话了。芭芭拉害怕地倒吸最后一口空气，然后屏住呼吸，六个行刑者松开手中的网。村民挤作一团，人群中传出一声女人的尖叫声。芭芭拉直直落入漆黑的湖水，她知道，这是杰泽贝尔在痛苦地哭嚎。不一会儿，神秘的基尼烈湖完全吞没了芭芭拉。

同一时刻，拉斐特·史密斯正在步履艰难地攀爬山壁，这座山壁围着一个巨大的火山口，火山口底部正是米甸和基尼烈湖。拉斐特完全不知道悬崖另一面的惨案，也不知道自己正朝着营地完全相反的方向走。要是有人告诉拉斐特他迷路了，拉斐特一定会反驳对方，因为他坚信自己在走捷径，而且马上就要到营地了。

虽然拉斐特错过了晚饭和早饭，但他并不觉得饿，或许是因为他身上带了点儿巧克力，大大缓解了饥饿感。而且他十分专注于研究地质结构，完全感觉不到饥饿、口渴或是身体不适。拉斐特沉迷于研究时，常常不顾自身安危，也不关心其他现实问题。

因此，拉斐特并未察觉有个黄褐色的东西正在靠近，也没发现有双冷酷的黄绿色眼睛正牢牢盯住自己，他太专注了，连第六感也没有感应到潜在的危险。不过，即便拉斐特察觉到任何危险，也绝对会选择忽视，因为他觉得有了那把镀镍点32口径手枪，自己十分安全。

拉斐特沿着锥形山峰底部朝北走去，越来越专注于研究岩石构造。大自然写就了这部地质史书，其中的故事令拉斐特激动不已，连营地都忘记了。他距离营地越来越远，一只狮子一路尾随着他。

狮子不知道自己为什么要一路跟着拉斐特，它刚刚捕过猎，所以一点儿也不饿，而且它也不想吃人，但自然造就了狮子，它天生就很容易觉得饿，时不时就得找点儿吃的。一开始，狮子可能只是觉得好奇，又或者像所有猫科动物一样，天生爱玩闹，只想跟着找找乐子。

狮子跟了一个小时，双方都全神贯注，兴致勃勃。当然，拉斐特比狮子开心得多，不过，要是他知道狮子就跟在身后，就没那么开心了。过了一会儿，拉斐特停在一座悬崖下，看着上面一道垂直、狭窄的裂缝。

这部地质史书翻到了有趣的一页。究竟是多么强大的力量，才能劈开这座大山坚固的岩石？这力量必定有其存在的意义，但究竟是什么呢？说不定山体四周地貌不一，这里险峻，别处又是另一副模样。拉斐特抬头望着直插云霄的峭壁，先往前看了看，然后又回头看了看来时的路——终于看到了狮子。

好一会儿，双方一直瞪着对方。拉斐特既惊讶，又觉得有趣，狮子则是疑惑而又兴奋。

"真有趣，是个绝佳样本。"拉斐特心想。不过，他仅仅是出于学术才对狮子感兴趣，观察了一阵后，马上又把注意力转回到裂缝上，真是一心一意啊。拉斐特的这种行为让人认为，他不是个勇士，就是个傻子，不过，可能两者都不是，尤其不可能是个傻子。他只是缺乏经验，而且比较不切实际罢了。虽然他知道狮子很危险，但他觉得狮子没有理由攻击自己。他拉斐特可没有惹到这头狮子，更不用说其他狮子了。他管自己做研究，作为一个绅士，他觉得别人也应当如此——包括狮子——体贴周到地不来打扰自己。更糟的是，拉斐特还幼稚地相信，身上那把点 32 口径镀镍手枪足以保护自己。于是，他不管狮子，又继续研究起有趣的裂缝来。

大裂谷 | 083

裂缝有几英尺宽，向上一直延伸到悬崖顶部，而且极有可能深入地底，只不过被山体的碎石堵住了。拉斐特看不出裂缝嵌入山体的深度，他希望裂缝有个大开口，这对研究断层起源很有帮助。

拉斐特全神贯注地思考着，完全把狮子抛诸脑后。他走进裂缝的狭窄入口，发现裂缝逐渐向左延伸，一直到山体另一面，裂缝底部显然比较宽，光线和空气就是从这里进来的。

拉斐特兴奋不已，很为自己的发现感到骄傲。裂缝里，到处都是上面落下来的岩石，他踩着碎石向里攀爬，想先找到完整的出口，然后再悠闲地慢慢往回走，仔细研究裂缝岩壁上的地质信息。拉斐特完全忘记了饥渴，连营地和狮子都扔在了脑后。

但狮子可不是个地质学家，对大裂缝一点儿兴趣都没有。它才不会因为大裂缝而痴迷到忘我，它只是好奇拉斐特为何要走进裂缝里。看到拉斐特全不在意，不慌不忙地走进裂缝，狮子知道他绝对不是为了逃跑，它很清楚逃跑的时候，动物是什么样子的，因为所有动物看到它都会跑。

狮子觉得大自然待它很不公平，几乎所有动物看到它都要跑，尤其是那些自己想吃的，比如它最爱的斑马和羚羊，真是肉质鲜美，可惜它们也是最会跑的，要是乌龟和羚羊能互换一下速度就好了。

可是拉斐特却不像是在逃跑，也许这是个阴谋，狮子毛发倒竖，小心翼翼地靠近裂缝，一路跟踪，它已经有点儿饿了，所以想吃了拉斐特。狮子走近裂缝往里看，却看不到拉斐特，很不高兴，愤怒地吼了一声。

拉斐特朝裂缝里走了一百码，听到狮子的吼声，立刻停下脚步，惊呼道："我居然忘了那头该死的狮子！"他突然想到，这里很有可能就是狮子的巢穴，如果是真的，那就太不走运了。想到自己正处于困境之中，拉斐特终于不再想着研究地质了。该怎么做呢？

拉斐特回想起狮子的庞大身躯，点 32 口径手枪似乎不那么可靠了，不过抓着枪柄还是让他安心不少。

　　拉斐特觉得这时候原路返回不是好办法，狮子很有可能还没有进入裂缝，而且极有可能没打算进来。另一方面，要是根本没有任何危险，那他原路返回就太丢人了。也许可以等一会儿，狮子说不定会走开。最好还是再往里走一点儿，就算狮子真的进来了，也不会往这么深的地方走。更何况，说不定可以在前面找个地方避避——前面说不定有洞穴，也有可能有个高一点儿的平台，可以爬上去躲一躲，又或者会出现什么奇迹，这当口，拉斐特什么都能想得到。

　　于是，拉斐特继续往前走，大裂缝好像没有尽头，滚落的岩石很锋利，划破了衣服和皮肤。一想到后面可能有头狮子，他倒是希望能一直走下去。裂缝蜿蜒曲折，拉斐特老觉得一拐弯就会看到一堵墙，吓得一直打哆嗦。他还幻想自己背对着死胡同，一手紧握手枪，双眼盯紧前方，狮子随时都有可能出现，发现自己就站在这儿。

　　拉斐特只能幻想到这里，因为他不知道狮子接下来会做什么。也许狮子会被人的瞪视吓到，急急转身逃走。不过，拉斐特觉得，更有可能的是，狮子完全不会被吓到。他不了解野生动物，在这方面没有什么权威。不过之前一次野外考察的时候，他倒是被一头母牛追过。但那次经历也起不了什么作用，拉斐特完全不知道母牛为什么追着他跑，只是往前跳了两次就把母牛甩掉了。

　　拉斐特完全不知道狮子在想什么，心里很困惑，他觉得自己必须想好可能会发生的场面，为最终对决做好准备。

　　地面坑坑洼洼的，拉斐特一直向前走，心里很害怕，时不时回头看一眼，再次想象自己背对着死胡同，看着狮子慢慢靠近，自己则耐心等待，以免错过进攻的时机。他想象自己异常冷静地看着狮子，然后稳稳举起手枪准备射击。

拉斐特一边想象，一边后悔自己没有多练习一下射击。虽然从未开过枪，但他也没有太过担心。他一直觉得，用枪指着活物，一定是致命的。

拉斐特想象着，自己小心翼翼地瞄准，正在用着瞄准镜——事实上，手枪上并不能安装瞄准镜。他扣动扳机，狮子蹒跚着没有倒地，第二枪之后，狮子终于倒下了，拉斐特松了一口气。他发现自己太过紧张，正在微微颤抖。于是，拉斐特不再幻想，伸手从口袋里拿出手帕，擦擦额前的汗水，想到自己竟如此兴奋，不禁笑了笑。"狮子一定把我忘了，管自己做别的事儿去了。"拉斐特自言自语。

拉斐特很满意刚刚的猜想，回望来时的方向，突然，就在一百英尺开外的地方，狮子从裂缝的拐角处冒了出来。

Chapter 10

陷落敌手

帕特里克很担心,天已经亮了,拉斐特还是不知所踪。昨晚大家一直找到半夜,现在又准备再次出发搜寻。酋长奥格尼奥听从帕特里克的指令,把手下的人两两分队,从各个方向仔细搜索拉斐特的踪迹,只留下四个人看守营地。

帕特里克让奥班比跟着自己,可奥班比却很不高兴。昨天下午,帕特里克一发现他把拉斐特一个人丢在山里,就一直冲着他骂骂咧咧。

帕特里克冲奥班比骂道:"你这个废物,不管他怎么跟你说的,你都不能把他一个人留在那里。这下我要让你跟我出去好好走一走,要是找不到拉斐特,你也别想回来。"

"是,老爷。"奥班比应道,虽然他一点儿也不知道帕特里克在说什么。不过,有一件事倒是让奥班比觉得很高兴,老爷一定要亲自背枪,奥班比只要拿两人的午饭,还有两个各五十发的弹匣。

一把汤姆逊冲锋枪重九磅十三盎司，奥班比并不觉得很重，但只要能少背点儿东西，他总是觉得很高兴。即使少个十三盎司，他也会很感激。

帕特里克设想如果自己是拉斐特，在当时的情况下，回营地可能会怎么走。他最后一次看到拉斐特，就是在营地偏北的山坡上，于是，帕特里克决定沿着山麓再往北搜索，显然，在当时那样的紧急情况下，任何人都会选择往下走，而不是向上爬。

中午时分，天气很热，帕特里克精疲力竭，大汗淋漓，心里很厌烦。他对非洲简直是厌恶透了。"该死的非洲，简直跟地狱一样。"帕特里克对奥班比说。

"天啊，我的腿都要走断了，要是在芝加哥，走上这么久，顶多才走到西塞罗的卢普区。而且我居然走了六个小时，在芝加哥，我打个车只要二十分钟。虽然非洲没有警察，但也没有出租车。"帕特里克抱怨道。

"是啊，老爷。"奥班比说。

"闭嘴！"帕特里克咆哮着说。

两人正坐在山坡上的一棵大树下，一边休息，一边吃午饭。山坡下面不远处，有一座五十英尺高的悬崖，十分陡峭，不过两人的位置看不见悬崖，更看不见崖底那个栅栏围成的村庄。悬崖边上有堆灌木丛，里面蹲着一个男人，帕特里克和奥班比自然也看不见他。男人背对着帕特里克和奥班比，正透过灌木丛看着下面的村庄。

泰山认为自己要找的人就在这儿，但还是想花几天时间观察观察，好好确认一下。对泰山来说，时间算不了什么——对丛林里的其他动物来说也是如此。泰山时常回到这个高地观察一阵，用不了多久，就能验证自己的猜想是否正确。泰山觉得下面村庄里的白人之一就是那个买卖奴隶的人,他就是为了寻找这人才南下的。因此,他像狮子一样蹲伏着,监视下面的猎物。

崖底的村庄里,多米尼克·加皮埃特罗和莱昂·斯塔布奇懒洋洋地倚在屋外一棵大树下,悠闲地吃着迟到的早餐,周围有六个女奴服侍。

昨天狂欢之后,两人早上醒来都不大精神,毕竟几杯烈酒下肚,虽然现在精神好转了许多,但也称不上最佳状态。

加皮埃特罗比往日更乖戾、更爱抱怨,一直冲倒霉的奴隶发脾气。斯塔布奇则沉着脸安静地吃东西,过了不久,他终于开口谈起自己的任务。

"我得动身往南去了,据我所知,这一片没有关于人猿泰山的消息。"斯塔布奇说。

"你干吗这么着急找他?难不成是我招待不周?"加皮埃特罗说。

"同志,还是先办正事要紧。"斯塔布奇安抚加皮埃特罗。

"那倒是。"加皮埃特罗咕哝。

"等我从南边回来,会再来拜访你的。"斯塔布奇说。

"你很有可能回不来。"

"我会回来的。我一定要为彼得·兹弗利报仇。"

"那人猿杀了兹弗利?"

"不,是一个女人杀了他,兹弗利没有完成任务都是因为人猿泰山,所以是他间接害死了兹弗利。"斯塔布奇回答。

"你想做得比兹弗利好是吗?祝你好运吧,不过我可不羡慕你的任务。泰山不仅像狮子一样勇猛,还像人一样聪明。他既野蛮,又恐怖,而且在他自己的地盘上,他也很有势力。"

"无论如何,我一定会杀了他,"斯塔布奇自信地说,"如果可以的话，我一看到他就要杀了他，让他来不及怀疑；要是不行，我就设法获取他的信任，和他做朋友，然后在他毫无防范的时候杀了他。"虽然斯塔布奇声音不大，但却传得很远，泰山蹲伏在崖顶，冷酷地扯了扯嘴角。

格罗巴说这个"罗斯"人在打听泰山，原来就是为了这个吗？泰山也许想过这一点，但他还是很高兴有了确凿证据。

"要是你真的杀了他，我会很开心。要是他知道我在做什么的话，绝对会断了我的生意。真卑鄙，不让别人好好赚钱。"加皮埃特罗说。

"同志，很快你就不必再担心了，"斯塔布奇向他保证，"他必死无疑。给我一点儿人手，我马上就动身往南走。"

"我的人已经备好马鞍，准备出发给你找些人手。"加皮埃特罗边说，边朝村子中心指了指，二十几个人正在装马鞍，准备袭击远方一个叫盖拉的村子。

"祝他们好运，"斯塔布奇说，"我希望——那是什么？"他突然跳了起来，因为房子后面的悬崖上滚下许多岩石，尘土跟着飞扬而下。

加皮埃特罗也站了起来。"是泥石流，"他大叫，"一定是悬崖哪个地方塌了。快看！那是什么？"他指着半山腰上的一个东西——那是个裸身白人男子，此刻正吊在一棵树上，树就长在岩石里，很小，被男人的体重压弯了。慢慢地，树枝支撑不住男人的重量，开始发出断裂的声音。突然，白人男子向村子俯冲下来，但房子挡住了斯塔布奇和加皮埃特罗的视线，两人看不到白人男子下落的身影。

不过斯塔布奇观察这个裸身白人很久了，他一路从莫斯科来到这儿，为的就是寻找人猿泰山，他把眼前的白人同要找的人做了对比,他确信,世上绝不会有第二个这样的人。"他就是人猿泰山!快!加皮埃特罗,他送上门来了。"斯塔布奇大喊。

加皮埃特罗立即喊来几个强盗,准备抓捕泰山。

不幸的是,命运女神从不只站在勇敢和善良的人那一边,她还常常站在懦夫和恶棍那一边。例如今天,她就完全抛弃了泰山。泰山原本蹲伏在悬崖边缘,俯视着加皮埃特罗的村子。突然,感觉到脚下的大地在晃动,他立刻像猫一样跳起来,双手举过头顶,想要保持平衡,或是找个支撑物,但都太迟了。地面开始崩塌,岩石滚落下来,泰山滑下悬崖边缘。幸好绝壁中间长了一棵树,接住了泰山,有那么一瞬间,泰山有了希望,觉得自己可能不会掉到下面的村子里去,要是真掉下去了,就算没有摔死,也会被敌人杀了。但希望只是一瞬间的事,树干突然断了,希望随之而去,泰山直直朝村子俯冲而下。

吃完午饭,帕特里克点燃一支烟,随意欣赏周围的风景,眼前正是非洲大陆的全景图,壮丽无比。帕特里克长在城市,没见过太多自然风景,而且并不懂得欣赏,但他觉得眼前的景色有种寂寥的感觉,让人印象深刻。他自言自语道:"天啊,真是个藏身的好地方!没人能在这儿找到要找的人。"突然,他看到前面有个东西,心里十分好奇。"喂,那是什么?"帕特里克指着那东西,低声问奥班比。

奥班比朝那个方向看了看,看到帕特里克指的东西后,立即认出那是什么。"老爷,那是个人。那天晚上就是他在营地杀了狮子,他就是人猿泰山。"奥班比说。

"你怎么知道?"帕特里克问。

"世上只有一个泰山,除了他没别人。丛林里、高山上、平原中,只有一个白人会裸着身子。"奥班比回答。

陷落敌手 | 091

帕特里克站起来往下走，想和泰山谈一谈，或许他能帮忙找找拉斐特。但就在帕特里克准备站起来的时候，泰山跳了起来，双手举过头顶，然后就消失了，就像被大地吞没了一样。帕特里克皱起了眉头。

"天啊，真悲惨。"帕特里克对奥班比说。

"老爷，您说什么？"奥班比问。

"闭嘴。"帕特里克猛地说。"真有意思，"他咕哝着，"不知道发生了什么。""走，我们跟上去。"帕特里克对奥班比大声说。

帕特里克从上次的失败中吸取了教训，若要追求生命、自由和幸福，关注细节极为重要。帕特里克快速而又谨慎地朝泰山消失的地方走去，一边走一边仔细检查汤姆逊冲锋枪，弹药上了膛，射击操纵杆也已经设置为全自动发射。

下面的村子里——帕特里克既看不到，也绝对想不到会有个村子——强盗成群结队向前冲，斯塔布奇和加皮埃特罗冲在最前面，他们知道泰山掉在哪儿。突然，泰山从村子最靠后的房子里走出来。大家都没有料到，原来泰山就掉在茅草屋的屋顶上，而且撞破了屋顶，掉到房子里去了。虽然摔得不轻，但泰山没受一点儿伤。

泰山居然毫发无损，真是太神奇了，斯塔布奇和加皮埃特罗惊讶地停住脚步，后面的人也跟着停下来，聚在两人旁边。

斯塔布奇第一个缓过神来，从枪套里拿出手枪，准备开枪，可加皮埃特罗却拦住他，大吼："等一下，别急，我才是这儿的头。"

"他可是人猿泰山啊。"斯塔布奇大叫。

"我知道，正因如此，我才想活捉他，他很有钱，能给我一大笔赎金。"加皮埃特罗回答。

"去你的赎金，我要的是他的命。"斯塔布奇冲口而出。

"等我拿到赎金，你再杀他。"加皮埃特罗说。

两人说话的时候，泰山一直看着他们，知道自己处境异常危险。两个人都想杀了自己，其中一个想要赎金，可以暂时拖延一下，但泰山知道，要是这人觉得自己有机会逃跑，绝对会毫不犹豫地动手。更糟的是，那个俄罗斯人显然已经打定主意要杀了他。泰山可以肯定，就算另一个人反对，俄罗斯人还是会想尽一切办法杀了他。

如果能设法穿过他们中间，那他们就不会开枪，因为这样很有可能伤到自己人。泰山觉得，凭着自己的力量和速度，还有敏捷的身手，或许可以突围到村子对面的栅栏，到了那儿，逃跑就轻松了。一旦泰山以猴子的速度爬上栅栏，除了担心两个白人有可能射中自己，根本不用害怕其他人。

听到加皮埃特罗命令手下活捉他，不等强盗冲上来，泰山便直直朝两个白人冲去，喉咙深处爆发出野兽般的嘶吼声。过去多少次，这吼声可都把敌人吓得不轻。

这次也不例外，斯塔布奇立马被吓得失去了斗志，往后退了几步。加皮埃特罗并不打算杀死泰山——除非有必要，于是也跳到一边，命令手下活捉泰山。

一时间，村子里乱作一团。强盗们叫骂着围住泰山乱转，泰山则赤手空拳，抓住一个强盗，用他的身体当武器，冲其他强盗扔去，以击退众人。

几只恶犬在强盗围成的圈子里跑来跑去，不停地叫唤，圈子不远处，女人和孩子大声尖叫，为男人呐喊助威。

泰山慢慢朝栅栏推进，为了躲避迎面一击，他迅速后退，却不小心被一只叫唤的狗绊倒了，摔在十几个强盗身上。

悬崖顶上，帕特里克目睹了这一切。"这群人一定把他抓住了，他可是个好人啊,我得去帮他一把。"他大声说。

"是啊,老爷。"奥班比热心地说。

"闭嘴。"说完,帕特里克把汤姆逊冲锋枪架到肩上,扣动扳机。

冲锋枪发出急促的"嗒嗒"声,下面的村子里,受伤的强盗咆哮着、咒骂着,吓得不轻,女人和孩子发出惊恐的尖叫声。就像春雨冲散冬日的积雪一样,围住泰山的人四散而去,不是朝屋子里跑,就是往装好马鞍的马匹奔。

加皮埃特罗和斯塔布奇也朝马匹跑去,还没等泰山反应过来发生了什么,两人就已经跑出了村子大门。

这一轮射击效果很好,帕特里克停止射击,但还是时刻做好准备,有必要的话,他会再一次扫射下面的村子。帕特里克刚刚只敢打圈子外围的人,怕会不小心击中泰山。不过,要是有人胆敢靠得太近,他会冒险瞄准,好好教训他们一番。

帕特里克看到泰山正独自一人站着,就像一只陷入困境的狮子,不停扫视周围,想找到救自己一命的枪声到底来自哪里。

"兄弟,在这儿呢!"帕特里克大声喊道。

泰山一抬头就找到了帕特里克。"等一下,我马上就上来。"他喊道。

Chapter 11

受 刑

基尼烈湖完全淹没了芭芭拉，杰泽贝尔突然跳起来，朝巨大的熔岩石快速跑去。岩石上还站着一群人，正是因为他们的残忍与执迷不悟，芭芭拉才会被扔到湖里。跑到岩石上后，杰泽贝尔粗鲁地推开使徒，跑到岩石边缘，眼里满是泪水，不停地哽咽着。

亚伯拉罕径直拦住杰泽贝尔，他第一个猜到杰泽贝尔想跳湖，追随亲爱的女主人而去。但亚伯拉罕并不是出于人道主义，而是出于自私的阴谋，他早就想好该怎么处置杰泽贝尔了。于是，就在杰泽贝尔马上要跳湖的时候，亚伯拉罕抓住了她。

杰泽贝尔转身反抗，想从亚伯拉罕手中挣脱，她像只母老虎一样，不停抓挠、啃咬、踢打。要不是亚伯拉罕喊来六个行刑者帮忙，杰泽贝尔完全可以摆脱他。两个行刑者按住杰泽贝尔，发现自己已经无力挣脱，杰泽贝尔放弃抵抗，开始冲亚伯拉罕咒骂，发泄满腔怒火。

"你这个杀人凶手！撒旦的儿子！真希望耶和华能处死你。我诅咒你，诅咒你们所有人。你们今天犯了这样的罪孽，都应该下地狱。"杰泽贝尔嘶吼着。

"闭嘴，你这个亵渎神灵的人！"亚伯拉罕尖声叫道，"你还是赶快祈祷吧，今晚你就要受火刑了。"说罢，亚伯拉罕命令两个押着杰泽贝尔的人："把她带回村子，关在洞穴里，别让她跑了。"

"不管是被烧死还是淹死，对我来说都一样。只要能将我带离这该死的米甸就行，我再也不想看到你，你成天装模作样，谎称自己是耶和华的先知，其实你就是头疯狂的野兽。"杰泽贝尔大喊着，行刑者拖着她往前走。

两个行刑者押着杰泽贝尔走回村子，一众村民跟在后面，女人们一直在咒骂杰泽贝尔。亚伯拉罕和先知走在最后面，地上还躺着几十个犯癫痫的村民，不停翻滚蠕动，但却没人理睬他们。

芭芭拉跌落水中，差点儿就被水波撞晕了，但她还是设法恢复理智，保持冷静，好好维持体力。只有这样——尽管还是很晕——她才能实施计划，其实，一察觉到亚伯拉罕会对自己做什么后，她就开始谋划方案了。

芭芭拉是个游泳健将，还很会潜水，所以在湖里潜几分钟完全不是问题。唯一令人担心的是，她很有可能会在落水的时候受伤，或是昏迷过去，这样一来就不能逃出大网了。但是幸好落水的时候没受伤，芭芭拉觉得很有希望逃生，于是立即拿出小折刀，准备切开困住自己的那张大网。

芭芭拉按照计划，一根一根地沿直线迅速劈砍着，与此同时，网上挂着的岩石正拽着她往湖底沉。芭芭拉一直在心里警告自己："保持冷静！保持冷静！"万一情绪崩溃，哪怕只有一瞬间，自己都将必死无疑。基尼烈湖就像个无底深渊，绳子似乎永远砍不完，

受刑 | 097

刀刃越来越钝,芭芭拉很快就没有力气了。"保持冷静!保持冷静!"芭芭拉的肺都要炸了。"再坚持一会儿!保持冷静!"芭芭拉渐渐失去意识——终于,网打开了一个缺口,她挣扎着钻出大网,早已头晕目眩。全凭本能,她才能迅速上浮。

芭芭拉钻出水面,岩石上的人把注意力都集中在杰泽贝尔身上,后者正在踢打亚伯拉罕的小腿肚。芭芭拉不知道发生了什么,但她很幸运,没有米甸人看到她从湖里钻出来。芭芭拉悄悄游到岩石下面,她就是从这块岩石上被扔到湖里的。

虽然芭芭拉很虚弱,但谢天谢地,大岩石下面,有一片窄窄的浅滩,她全身无力地爬到岸边。就在这时,她听到岩石上面的动静——是杰泽贝尔在咒骂亚伯拉罕,亚伯拉罕则在恐吓她。

杰泽贝尔竟如此勇敢,芭芭拉心里暖暖的,觉得很自豪,她竟有这样一个忠诚的朋友,完全不顾自身安危,公开指责杀害芭芭拉的凶手。杰泽贝尔真了不起,竟敢这样咒骂亚伯拉罕。芭芭拉完全可以想象岩石上面的场景:杰泽贝尔直挺挺地站着,反抗米甸最有权威的人,鹅蛋脸两边披散着金发,眼睛里冒着怒火,轻蔑地撇着嘴,纤细的身躯充满愤怒。

杰泽贝尔的咒骂、反抗亚伯拉罕时的无助,完全改变了芭芭拉原先的计划。她原本打算在这儿一直藏到天黑,然后找机会逃离这可怕的深谷,远离这些愚蠢而又疯狂的村民。大家都以为她已经命丧湖底,所以不会有追兵,她完全可以放心地寻找出谷的路,不必担心受到米甸人的阻挠。

芭芭拉和杰泽贝尔常常猜想火山岩壁上可能有出口,她们曾站在洞口,在西面崖壁中间选了一个地方,那里刚好向内凹陷,还有许多岩石,一直从谷底堆到火山口顶部,是个逃生的绝佳出路,因此,芭芭拉原本打算先去那儿试一试。

但现在情况却完全不一样了。她不能抛弃杰泽贝尔，正是因为对自己忠诚的友谊，杰泽贝尔才陷入危险。但该怎么做呢？要怎么帮杰泽贝尔？芭芭拉完全没有主意，但有一件事她很清楚——那就是必须试一试。

芭芭拉见多了米甸发生的种种惨事，知道不管亚伯拉罕打算对杰泽贝尔做什么，都会等到天黑后再开始，亚伯拉罕喜欢在夜晚执行更恐怖的刑罚——即所谓的宗教仪式。只有那些必须在村子外面执行的刑罚，比如沉湖，才会在白天进行。

想到这里，芭芭拉决定在这里安全待到天黑，然后再设法靠近村子。太早回村子很有可能会再次被抓，给亚伯拉罕再送一个受害者，这样一来，就没法救杰泽贝尔了。

上面的声音停住了，远处传来女人们的咒骂，芭芭拉知道大家已经回村子里去了。她精疲力竭，身上还挂着湿衣服，岩石下面太冷了，于是她又重新滑入水中，沿岸边游了几码后，终于找到一个地方，可以爬上去，躺在上面晒晒太阳。

芭芭拉休息了几分钟，然后小心翼翼地爬上岸边，默默观察周围的动静。不远处，有个女人面朝下趴着，正准备坐起来，显然，她很虚弱，恍恍惚惚的。芭芭拉知道她犯了癫痫，村子里几乎所有人都有这种病。女人旁边还有其他人，有的昏迷不醒，有的还在抽搐。村子那边，有几个已经恢复力气的人正往回走。

芭芭拉一动不动地躺着，把头藏在一个低矮的灌木丛里，等了一个小时，直到最后一个人恢复意识，有力气走回肮脏的村子。

现在，芭芭拉独自一人，没人会发现她，可衣服还是湿漉漉的，很不舒服，于是她迅速脱下衣服，晾在太阳底下晒干，自己则悠闲地晒起了日光浴，还时不时到湖里泡一会儿。

太阳还没下山，衣服就干了，芭芭拉坐起来，重新穿戴整齐，等待着天黑。下面是平静的湖水,对岸隐隐约约可以看到北米甸村,杰泽贝尔梦寐以求的神秘而又"美丽"的人就住在那里。

芭芭拉心里想着,在杰泽贝尔的想象中,梦中情人一定就像希腊神话中留着络腮胡的美少年阿多尼斯,手里还拿着一根粗糙的木棍。不过,即使是这样,也很难想象出比南米甸人更丑的人了。所有人——就算是只大猩猩——都比他们讨喜。

夜幕降临,北边的村子里渐渐亮起火光,他们一定在生火煮饭。芭芭拉站起来,转身朝亚伯拉罕的村子走去,前方危机四伏,她很有可能会死在米甸。

芭芭拉沿着熟悉的道路,朝村子走去,但心里却很焦虑,眼下的难题似乎毫无解决的希望。与此同时,和所有人一样,在这陌生而又充满敌意的地方,芭芭拉害怕孤身一人走在黑夜之中。杰泽贝尔曾告诉她,米甸有很多未知的凶猛野兽,芭芭拉想象着黑暗中有鬼鬼祟祟的身影,身后传来野兽的脚步声,还有粗犷的呼吸声。但是,前方的村子也许比野兽的尖牙利爪更可怕。

芭芭拉回想起那些从狮子口中幸存下来的人曾经说过,狮子杀死猎物的速度很快,不会让人觉得害怕。她还知道,研究动物的学生曾提出一个理论,认为食肉动物捕杀猎物时,速度很快,令猎物没有痛苦,从某种程度上说很仁慈。芭芭拉心想,人类驯化了野兽,可为什么只有人类如此残忍,滥杀生命,而且只是为了取乐?

芭芭拉离村子已经很近了,不会再有"仁慈"的野兽进攻,只有残忍的人类可能会伤害她——万一不小心被抓到的话。为了不被抓到,芭芭拉绕着村子外围走,潜到洞穴所在的悬崖脚下,希望能在这儿找到杰泽贝尔,然后设法救出她。

芭芭拉抬头看着悬崖,那里好像没人,大部分人都聚集在悬崖底下的房子旁边，围着一堆篝火做饭。他们常常这样一起做饭，顺便一起聊天、祈祷，谈谈最近发生的事情，说说自己接受的启示——他们和耶和华聊天的时候，都会获得启示，其实不过是犯癫痫罢了。

村民中有些人比较聪明，往往能够接受更伟大的启示。但是，由于大多数人都很蠢，耶和华从未给过他们特别伟大，或是特别具有启发性的启示——至少芭芭拉在这儿的时候从未见过。村民目光短浅，谈的都是些低劣卑鄙的事情，每个人都想抓到别人的错处，或是随意杜撰丑闻，嫁祸别人是异教徒。要是亚伯拉罕或使徒不喜欢被揭发的那个人，众人就会落井下石，幸灾乐祸。

看到村民们都围着篝火，芭芭拉开始沿着陡峭的岩壁向上爬。上面的路蜿蜒曲折，她慢慢地向上移动，时不时停下来探查四周，十分谨慎。虽然一路上担惊受怕，但芭芭拉最终还是安全到达先前住过的洞穴。可惜杰泽贝尔并不在这儿，不过幸好这里也没有其他人。今天真是危机重重，天一亮，芭芭拉就一直焦躁不安，但是回到洞穴，她觉得安全多了。她爬进洞穴，瘫倒在简陋的稻草床上。

终于到家了！洞穴很简陋，就跟野兽的巢穴一样，芭芭拉曾经可是住在威姆兹伯爵的大理石城堡里的，但现在，这里对她来说就是家。洞穴里到处都是两个人的回忆，虽然两人来自不同的地方，身世背景也完全不一样，但却因为奇妙的友情渐渐走到一起。就在这个洞穴里，她们学习对方的语言，一起欢笑，一起歌唱，互相倾吐心事，一起规划未来，决心永远不分开。阴冷的岩壁默默见证了这一切，似乎也被她们的友情和忠诚暖化了。

但是此刻，芭芭拉却孤身一人。杰泽贝尔到底在哪儿？一定要找到她。芭芭拉想起亚伯拉罕的话"今晚你就要受火刑了"。要救杰泽贝尔,一定要抓紧时间。但是,眼下的困难似乎难以克服,到底该如何搭救杰泽贝尔呢?芭芭拉不知道杰泽贝尔身在何处,也不知道究竟有多少敌人。万一侥幸救出杰泽贝尔,可自己却并不了解这里,完全不知道怎么逃出去。

但是躺在这里,什么也做不了,芭芭拉在心里默默鼓励自己,然后站起来,往下面的村子看,杰泽贝尔就在那儿,她马上警觉起来。杰泽贝尔站在两个行刑者中间,许多村民围在四周,但和他们保持一定距离。不一会儿,村民们让出道来,几个男人搬着一个重物走进圈子。究竟是什么东西?他们把重物放在杰泽贝尔面前的空地中间,芭芭拉终于看清那是什么——是一个巨大的木质十字架。

一个男人站在圈子中心挖坑,其他人则在搬运树枝和柴火。押着杰泽贝尔的两个人把她推倒在十字架上,然后把她的两只胳膊按在木质的架子上。

芭芭拉很害怕,难道他们要把杰泽贝尔钉在十字架上吗?亚伯拉罕站在十字架旁边,双手摆出祈祷的姿势,故作虔诚,但芭芭拉却很清楚,没人比他更残暴,同时,她也知道自己无力阻止这一暴行。芭芭拉放弃了思考,不顾自身安危,沿着崎岖的山路迅速朝村子冲去,同时大声尖叫,打破了夜晚的寂静。芭芭拉要为了伟大的友情,牺牲自己。

村民们被叫声吓到了,每个人都看着芭芭拉,但是天太黑了,没人认出她。看到有东西从悬崖上俯冲而下,愚蠢的村民既疑惑又害怕。芭芭拉还没冲到圈子旁边,许多人就被不速之客吓坏了,又犯起了癫痫。

芭芭拉越跑越近,终于有人认出了她。众人臣服于芭芭拉,这简直就是个神迹,居然能够死而复生,比淹死的女孩重获新生还要神奇。

芭芭拉推开没来得及让开的人,急急地朝圈子中间走去。亚伯拉罕看到芭芭拉,突然变得面无血色,连连倒退,差一点儿也要犯癫痫。

"你是谁?到这里来做什么?"亚伯拉罕大喊。

"你知道我是谁,若你不知道我是耶和华派来的使者,为何要颤抖?你憎恨耶和华,想毁了他。我来就是为了救下杰泽贝尔,耶和华马上就会让所有米甸人知道,他对你们犯下的罪恶有多愤怒。"芭芭拉回答。

"我什么都不知道啊,告诉耶和华我真的什么都不知道,帮我乞求耶和华的原谅吧,我把我所有的东西都给你。"亚伯拉罕大声恳求着。

事情居然转变至此,芭芭拉十分震惊,不知所措,她原本还以为会受到攻击,但真实情况却完全出乎意料,芭芭拉不知道该怎么办。想到自己准备搭救杰泽贝尔以来,一直担惊受怕,芭芭拉差点儿笑出声来。现在事情变得简单多了。

"放了杰泽贝尔,给我们拿点儿食物来。"芭芭拉命令道。

"快点!把她拉起来放了。"亚伯拉罕大声说。

"等一下!"亚伯拉罕身后传来一声怒吼,"我和耶和华谈过话。"所有人都看着说话的人,原来是使徒约巴。

"快点!放了她!"芭芭拉再次命令,她知道,约巴是米甸人中最偏执、最狂热的使徒,要是连他都敢打断亚伯拉罕,还以这样的口吻说话,那么很快就会有更多的人反对亚伯拉罕。芭芭拉很了解这些人,一旦抓住任何借口,他们绝对不会轻易放弃施虐带来的快感。

"等一下!"约巴尖声说,"我和耶和华谈过,他跟我说:'使徒约巴,看哪,基尼烈湖会出现虚假的神迹,别被骗了,那是撒旦作的恶,无论是谁,只要信了,都要毁灭。'"

"哈利路亚!"一个女人尖叫起来,其他人立刻跟着叫起来。周围的村民过于激动,都发病了。几十个人躺在地上,全身抽搐,口吐白沫,喘不过气来,整个场面更吓人了。

亚伯拉罕一言不发地思考了一会儿,狡猾的眼睛里突然闪过一道光,他发话了:"阿门!我们要按耶和华的旨意行事,就按他对使徒约巴所说的那样,让约巴向我们传达耶和华的话,让他来接受这份荣耀吧。"

"再搬一个十字架,"约巴大喊,"再搬一个十字架。让两盏明灯照亮耶和华在天上的路。如果其中有耶和华的孩子,他就不会烧死她们。"就这样,亚伯拉罕先把责任推给约巴,约巴又推给耶和华,多少个世纪以来,耶和华承担了多少次这样的责任啊。

无论芭芭拉再怎么威胁、争辩,都已无力阻止米甸人的杀戮。村民们搬来第二个十字架,挖好第二个洞,芭芭拉和杰泽贝尔都被绑到象征着爱的十字架上,然后,村民们把十字架立起来,底部插到挖好的洞里,用土填实,好让十字架立得更稳。又有人自发搬来柴火,堆成柴堆。

芭芭拉看着众人做准备,一言不发。看着这些退化堕落的人,就算在如此危急的时刻,芭芭拉发现在内心深处,自己也无法狠狠地谴责他们。毕竟人类过去也曾以宗教的名义对人施加酷刑,而且那些人要文明得多。

芭芭拉看着杰泽贝尔,发现她也在看着自己。"你不应该回来,你本来可以逃走的。"杰泽贝尔说。芭芭拉却摇摇头。"你这么做都是为了我,愿耶和华能够赐福于你,因为除了感谢,我什么也给不了你。"杰泽贝尔继续说。

"在基尼烈湖的时候,你原本也打算为我做同样的事,我听到你反抗亚伯拉罕了。"芭芭拉回答。

杰泽贝尔笑了:"你是我唯一爱过的人,也是唯一爱我的人,我当然愿意为你而死。"

亚伯拉罕正在祈祷,年轻男子举着燃烧的火把,做好了准备。火把闪着火光,映在村民丑陋的脸上,映在两个巨大的十字架上,映在两个受害者美丽的脸庞上,火光仿佛在跳着怪诞的舞蹈。

"再见,杰泽贝尔。"芭芭拉低声说。

"再见。"杰泽贝尔回答。

Chapter 12

死里逃生

拉斐特没想过狮子会突然出现,也没有在心里排演过自己该如何反应。此时此刻,他正和狮子面对面站着,但却没有按刚刚想象的计划做。看到狮子从裂缝拐角出现,拉斐特吓得惊慌失措,完全没法冷静地瞄准狮子开枪。事情和他想象的完全不一样,首先,狮子离得太近了,其次,这头狮子太大了。他的枪似乎变小了,完全起不了作用。

一切发生得太突然,拉斐特一看到狮子,没来得及瞄准就开了枪,然后立刻掉头逃跑。

拉斐特踩着横七竖八的岩石,猛地冲向未知的深渊,他害怕极了,每转一个弯,都觉得前面就是裂缝的尽头。拉斐特一边跑,一边想象着狮子正如饥似渴,想要吃了他。狮子敏捷的脚步声好像就在身后,呼出的热气好像就在耳边,拉斐特跑得更快了。

这就是想象的力量。事实上,狮子确实正沿着裂缝飞奔,只是方向与拉斐特完全相反。拉斐特很幸运，刚刚胡乱开枪的时候没有打中狮子，但是在狭窄的裂缝里，枪声显得格外响亮，狮子被吓得不轻，也转身逃跑了。

如果狮子真像拉斐特想的那样紧追不舍，他一定会吓个半死，根本跑不快，也坚持不了多久。拉斐特毕竟体力有限，意识到自己体力不支，他觉得再往前跑也没用了。

于是，拉斐特转身站定，虽然累得浑身发抖，但他还是再次给手枪装上子弹，心里很冷静。然而，他却惊讶地发现狮子并没有跟在身后，不过狮子可能马上就会从拐角出现。拉斐特坐在一块平整的岩石上，边休息，边等狮子出现。时间一分一秒地流逝，狮子却没有出现，拉斐特越来越觉得不可思议。

不久之后，拉斐特又恢复了学者心态，看到周围岩壁的结构，注意力便越来越集中于地质信息，渐渐忘记了狮子，并将其抛诸脑后。他又想起了刚刚的计划，于是决定继续往前探索裂缝，直到裂缝尽头。

恢复体力之后，拉斐特再次开始探索之旅。沿着神秘的裂缝往前走，他重新找到了探索的乐趣，忘记了饥饿、疲惫，也不顾自己的人身安全。

走了一段时间，地面突然开始向下倾斜，越来越难走，裂缝也越来越狭窄，好像前方就是尽头了。突然，前面的路变得昏暗起来，拉斐特艰难地挤过狭窄的裂缝。他抬头探查，发现高高的岩壁顶端逐渐合拢，头顶上方只有一丝缝隙，可以看到外面的天空，再往前走一点儿，裂缝很快就完全封闭了。

拉斐特继续向前推进，虽然地面还是十分陡峭，很不好走，裂缝顶部也已经完全闭合，但脚下的碎石头少了许多，岩壁也不再凹凸不平。可每往前走几码，四周就越来越黑，最后，拉斐特不得不摸索前进,尽管如此,他还是毅然决然地朝未知的前方走去。

拉斐特想过,下一步可能就是无底深渊,然而,他太缺乏世俗经验了,完全不顾自己的生命安危,反而把科学研究放在首要位置。幸好前面没有深渊,走了一段时间,拐角处出现了光亮,但只有一小块。拉斐特走到光射进来的地方,似乎就此完成了探索计划——前面没有路了。

拉斐特却趴下来,想要慢慢爬进缝隙,进去之后,他发现缝隙很宽,完全可以容纳整个身体。不久之后,他直起身子,惊讶地看着眼前的景象。

拉斐特站在高耸的悬崖之下,俯视着下面的山谷,他很有科学经验,立刻认出这是个长期休眠的火山口。山谷高低起伏,点缀着许多茂密的树林,巨大的熔岩石饱经风霜,山谷正中间横卧着一片湛蓝的湖水,午后的阳光照在湖面上,波光粼粼。

当年,西班牙人巴尔博亚立于加勒比海最南部的达连湾之巅,俯视宽广无垠的太平洋时,内心一定也是如此激动不已。如今,拉斐特也是异常激动,或许这就是此次探险最大的收获。他暂时忘记了考察地质,准备好好探查这个被遗忘的山谷,看看它的形成历史,极有可能从未有白人到过这里。

可拉斐特的脑子里又冒出另外两个想法,其一是应该继续寻找营地,其二是那头狮子很有可能还在身后。一想到狮子,他这才意识到自己正站在裂缝出口,要是狮子跟上来的话,绝对会从这个出口冒出来。因此,绝对不能再穿过这个裂缝,原路返回到火山岩壁另一边了。

看到一百码以外有棵大树,拉斐特立刻朝大树走去,万一狮子再出现,可以就近躲藏起来。他爬上大树,跨坐在一根树枝上,然后靠着树干,在这儿可以不受任何打扰,好好想想接下来该怎

108

么办。

大树光秃秃的,没有树叶遮挡,眼前的景象一览无遗。拉斐特向远处眺望,看到山谷南边的山脚下有什么东西,和周围的景物很不协调。他一直盯着那里,想确认那到底是什么。不一会儿,他看出了那是什么,但又觉得完全不可能,他觉得山谷里绝不可能有其他人。但是,他越看越觉得,那就是个小村子,里面都是茅草屋。

根据先前的观察,拉斐特原本认定,这个巨大的火山口里不可能有人,但是这会儿却偏偏看到一个孤零零的村子,他究竟会怎么想?

拉斐特首先想到的是食物。自从迷路之后,拉斐特还是第一次觉得很饿,想到过去二十几个小时里,除了几块巧克力,自己什么都没吃,饥饿的感觉一下子涌上来,突然,拉斐特又觉得很渴。

湖水离大树有一段距离。拉斐特回头看看裂缝出口,没有看到狮子,于是跳下大树,朝湖水走去。途中,他不停地调整路线,确保附近随时有棵树可以藏身。

湖水很凉,让人精神一振。拉斐特喝足了水,立马又觉得很疲惫,这还是一天里头一遭。喝进去的水暂时缓解了饥饿感,于是他决定先休息一会儿,然后再朝远处的村子进发。湖边有片高高的草丛,旁边还有棵小矮树,可以挡住炽热的阳光,再次确认狮子没有跟上来以后,拉斐特终于可以平躺下来,好好放松疲惫的身子了。

拉斐特原本并不打算睡觉,但他实在太累了,所以一放松下来,睡意立刻涌上来。四周有许多昆虫懒洋洋地叫着,一只鸟儿从头顶的树上飞下来,悄悄端详着他。太阳渐渐西沉,拉斐特进入了梦乡。

死里逃生 | 109

拉斐特梦到狮子正匍匐在高高的草丛中,慢慢朝自己爬过来,他很想站起来,却没有力气。他太害怕了,想用尖叫声吓跑狮子,但喉咙却发不出声音。他用尽全身气力,终于叫出声来,一下子就把自己惊醒了。拉斐特坐起来,全身是汗。他惊恐地环视四周,没有看到狮子,长舒一口气:"天哪,还好只是虚惊一场。"

拉斐特看看太阳,发现自己睡了一下午。这时,饥饿感又来了,他这才想起远处的村子,于是重新站起来,又喝了几口湖水,然后再次朝山谷南边走去,希望能遇到友好的村民,讨一点儿吃的。

湖太大了,拉斐特一直沿着湖岸走。夜幕渐渐降临,天太黑了,路越来越难走,根本看不见地上散落的石块,所以只能小心翼翼地慢慢往前走。

夜晚,村子里燃起篝火。太好了,火光让村子看起来更近了些,拉斐特振奋精神,觉得马上就要到目的地了。可是,他越走越觉得村子只是个幻影,每前进一步,火光好像就会往后退一步。

拉斐特走了好久,终于在火光中,隐约看到一些破烂的草屋,火堆周围,还围着一些人影。他走近村子,才惊讶地发现村民都是白人,就在这时,他又看到了另一样东西,立即停下脚步。有两个比村民还高的十字架,上面绑着两个女孩,火光映在她们脸上,拉斐特觉得两人都很漂亮。

这究竟是什么仪式?如此古怪,如此邪恶。这里住的到底是什么人?这两个女孩又是谁?村民们相貌丑陋,两个女孩明显和他们不是一类人。

拉斐特犹豫了。显然,这是某种宗教仪式或是盛大庆典。他觉得贸然打扰的话,一定会给村民留下极差的印象,而且他们长得太可怕了,拉斐特心生厌恶。即使找到好机会上前打招呼,他也不觉得会受到礼遇。

突然，人群移动了一下，闪出一条路，拉斐特可以直接窥见圈子中心，看到里面的场景，他惊骇不已。十字架底部堆着干柴，旁边站着几个年轻男人，手里拿着火把，随时准备点燃柴火。

有个老人在吟诵祷告词，周围有许多村民躺在地上抽搐，拉斐特以为他们为宗教发了狂。不久之后，老人发出指令，年轻人按照指令，用火把点燃干柴。

拉斐特忍不住了，立刻跳起来，冲过惊讶的人群，跑到十字架前面。他穿着靴子，于是直接抬脚踢开燃烧的柴火，然后举起点32口径手枪，转身看着又惊又怒的村民。

一开始，亚伯拉罕惊呆了，一动不动。所有人都不认识这个人，他很有可能是天上来的使者。然而，亚伯拉罕已经收不住，完全疯狂了，他的脑子里充满了折磨别人的欲望，就算是耶和华显灵，他也会不管不顾，不愿放弃火刑带来的快感。

过了一会儿，亚伯拉罕终于反应过来，开口说话："哪来的异教徒？"他尖叫道："快抓住他，给我把他大卸八块。"

"要是不想被杀，赶快开枪。"有人在后面用英语对拉斐特说。

拉斐特意识到是十字架上的女孩在说话，在这个神秘的村子里，这沉着冷静的英国口音又是另一个谜团。就在这时，其中一个拿着火把的人疯狂地朝他跑来，嘴里发出刺耳的尖叫声，拉斐特立即开枪。枪声一响，冲过来的男子应声倒下，周围的人原本也往前冲，此刻全都往后退，很多人过于兴奋，又犯了癫痫，地上三三两两躺着不停抽搐的人。

看到同伴死了，村民们应该吓得不轻，暂时不敢上前。于是，拉斐特立刻把注意力放到两个女孩身上。他把手枪放回枪套，立马用小刀去割女孩们身上的绳子，以免亚伯拉罕重新召集人马冲上来。

割断女孩脚上的绳子后，拉斐特不得不一边割女孩腰间的绳子，一边用两只手分别撑住两个女孩，以免女孩的身体重量一下子全部压在腰间，勒断肋骨或是扭伤肌肉，所以他花了好长时间才割断所有绳子。

拉斐特先救下芭芭拉，然后芭芭拉再帮他一起解救杰泽贝尔。但杰泽贝尔被绑得太久了，完全站不住。就在这时，亚伯拉罕已经冷静下来，足以重新进行思考，对三人采取行动。

芭芭拉和拉斐特一起撑住杰泽贝尔，好让她麻痹的双腿重新找回知觉。三人背对着亚伯拉罕，趁他们不注意，亚伯拉罕从后面悄悄靠近，手里拿着一把粗制滥造的匕首——虽然不锋利，但足以杀死任何人。这把刀沾染过许多受害者的鲜血，此时此刻，原本就冷酷无情的亚伯拉罕愤怒不已，手中握着的这把刀就更可怕了。

亚伯拉罕愤怒、憎恨的对象就是芭芭拉，是她害自己蒙受耻辱，屡屡受挫。于是，他悄悄靠近芭芭拉，村民们被他的眼神吓得一动不动，屏住呼吸看着他。

杰泽贝尔很虚弱，拉斐特和芭芭拉的注意力全在她身上，因此当亚伯拉罕突然站在芭芭拉身后时，三人都没有发现他。亚伯拉罕高高举起右手，准备把匕首深深刺入芭芭拉背部。然而，他却突然发出沙哑的尖叫，拉斐特和芭芭拉听到后，立刻转身，看到亚伯拉罕不受控制地松开匕首，然后抓住脖子，倒在地上。

奥古斯塔斯已经被深埋于地下两千年了，今天却救了芭芭拉一命。不过，要是他知道发生了什么，一定会吓得从坟墓里坐起来。

Chapter 13

"神枪手"现身

泰山跳上村子的围栏,像只体形巨大的猫一样,轻盈地越过栅栏,落在地上,然后爬上村子南边的悬崖——那里没有那么陡峭,比较好爬。泰山本可以走大门,但这条路比较近,对母猿卡拉的养子来说,越过栅栏完全不是问题。

"神枪手"帕特里克站在村子后面的崖顶等候,两个完全不同的人再次相遇了。虽说大不相同,但两人还是有些相似之处。两人都沉默寡言、自力更生,在各自圈子里都是数一数二的人物,但相似之处仅此而已。他们生活在地球的两边,生活环境千差万别,因此各自的心理构造也大不一样。

泰山生长在雄伟壮美的大自然之中,终日与丛林中的野兽为伴,野兽虽然凶猛,却不会贪婪嫉妒、相互背叛、小气吝啬,也不会残忍地滥杀无辜。但帕特里克从小见识的却是脏乱不堪的城市,奇形怪状的建筑四处林立,到处都是钢筋水泥、沥青柏油,废弃易拉罐和各种垃圾随处可见。周围的人从事各行各业，个个都自私自利、一毛不拔。

"看来冲锋枪还是有点儿用处的。"泰山笑着说。

"他们差点儿就抓到你了。"帕特里克说。

"原本我自己也可以脱身，不过还是要谢谢你。你怎么会在这里？"泰山说。

"本来我一直在找一个朋友，后来刚好看到你摔下悬崖。奥班比提醒我，把我从狮子手里救下的人就是你，所以我很乐意帮你一把。"

"你在找谁？"

"我的朋友拉斐特。"

"他在哪儿？"

"要是我知道他在哪儿，怎么还会找他？他一个人迷路了，昨天下午以后就不见了。"

"跟我说说你打算去哪儿找，也许我能帮你。"泰山说。

"我正打算请你帮我找他呢，"帕特里克说，"麦迪逊大街南边我倒是很熟悉，可是在这儿，我就是个废物。我也不知道该去哪里找他。老天，看看这些山，想在这里找到他，倒不如去橡树波尔克大街的街角碰碰运气，看能不能遇上什么人呢。我跟你说说拉斐特怎么迷路的吧。"帕特里克简要地和泰山说了说情况。

"他带武器了吗？"泰山问。

"他觉得自己带了。"

"什么意思？"

"他带了把闪闪发亮的'玩具枪'。要是我发现有人用那把枪打我，我绝对会把他按在地上好好揍一顿。"

"他可以用那把枪打猎，找点儿吃的，这比什么都有用。只要不是遇到人,或者饿得没东西吃,他就没什么危险。你的营地在哪儿?"泰山问。

帕特里克朝南边点了点头道:"就在那边。"

"你最好还是回去待在营地里,要是他找到路,会回去找你的。如果我找到他,也能去营地找你。"

"我想跟你一起找。虽然他总是一本正经,但还是个不错的人。"

"我一个人走得更快。要是你也跟着一起找,说不定我还得再去找你。"泰山说。

帕特里克咧嘴笑笑,说:"那倒是。好吧,我这就回营地等你。你知道我们的营地具体在哪儿吗?"

"我能找到,"说完,泰山用黑人说的班图方言问了奥班比几个问题,然后再次对帕特里克说,"这下我知道你们的营地在哪儿了。小心刚才那个村子里的人,用冲锋枪守住营地,别让你的人在营地外面乱走。"

"为什么?他们是什么人?"帕特里克问。

"他们都是些强盗、杀人犯,还会买卖奴隶。"泰山回答。

"老天,非洲也有人干这些勾当?"帕特里克惊讶地问。

"我不知道你说的是什么,不过有人的地方就有罪恶。"说完,泰山转过身去,没打招呼就往山上去了。

"老天,看来这家伙很讨厌他们。"帕特里克喃喃自语。

"老爷,你说什么?"奥班比问。

"闭嘴。"帕特里克训斥道。

帕特里克和奥班比快要走到营地的时候,天都快黑了。虽然帕特里克早就精疲力尽,而且还腰酸背痛,但他还是走得很快,生怕回到营地之前天就黑了。和大多数来自城市的人一样,帕特里克觉得夜里的荒野神秘莫测,无论是嘈杂还是寂静,都会让人觉得很压抑,很害怕。只要太阳一下山,他就想待在火堆旁边,希望旁边有人陪着,因此,两人回营地的速度比平时快了许多。

热带地区的黄昏十分短暂,帕特里克看到营地的时候,天已经完全黑了,营地里已经生起做饭的篝火。若是帕特里克眼睛够尖,一定能看出营地和早上离开时大不一样。但帕特里克只对美女、警察和运啤酒的卡车敏感,而不是非洲的营地和探险队。因此,他没有在黑暗中看出营地的人比离开时多,也没发现营地后面拴着一群马,原先那儿可一匹马都没有。

最后还是奥班比的话,让他觉得营地有些不寻常。"老爷,营地里有白人,还有很多马,也许是他们找到犯傻的老爷,把他带回来了。"奥班比说。

"白人在哪儿?"帕特里克问。

"老爷,就在营地中间的大火堆旁边。"奥班比回答。

"老天,我看到了,"帕特里克确认道,"他们一定找到拉斐特了,不过我怎么看不到他,你看到了吗?"

"没有,老爷,也许他在帐篷里。"

帕特里克和奥班比走进营地,却引起了骚乱,营地里的人表现得和以往不太一样。白人跳起来,举起手枪,其中一个下了命令,黑人应声抓起步枪,警觉不安地站着。

"别开枪,是我和奥班比。"帕特里克大声说。

白人走上前来,双方在火堆前面对面站着。就在这时,其中一个白人看到了汤姆逊冲锋枪,立即举起手枪对准帕特里克。

"把手举起来!"他急促地命令。

"搞什么啊?"帕特里克问,但他像所有被枪指着的人一样,明智地举起手,否则对方很有可能真的会开枪。

"人猿在哪儿?"陌生白人问。

"什么人猿？你在说些什么？你是干什么的？"

"你知道我说的是谁，就是泰山。"来人恶狠狠地说。帕特里克迅速环视四周，看到自己的手下正由一群恶狠狠的黑人看守，这些黑人穿着脏兮兮的白袍。人群后面还拴着一群马，可就是看不到拉斐特。帕特里克立刻找回了黑社会人士的职业操守。

"我不认识他。"他阴沉地回答。

"你今天就和他在一起，就是你朝我们开的枪。"长着胡子的白人咆哮道。

"谁啊，我吗？"帕特里克一脸无辜，"你看错了吧，先生，我今天一整天都在打猎，什么人都没看到，也没开过枪。现在该我问你们了。你们和这伙'三K党'在这儿干什么？要是抢劫，就快点抢吧，把我们的东西都拿走，没人拦着你们，赶紧的，我饿死了，要吃饭了。"

"把他的枪拿走，"加皮埃特罗用盖拉语对手下说，"还有手枪。"这下，帕特里克只好两手空空举过头顶。紧接着，白人又下令让人押着奥班比去和其他俘虏待在一起，又命令帕特里克跟着自己一起去大火堆边，火堆后面就是拉斐特和帕特里克的帐篷。

"你的同伴呢？"加皮埃特罗问。

"什么同伴？"帕特里克反问。

"就是和你一起旅行的那个人，不然还能是谁？"加皮埃特罗怒气冲冲地说。

"你们可以搜我的身。"帕特里克说。

"什么意思？你身上还藏了什么东西？"

"如果你说的是钱，我还真是一分都没有。"

"你没有回答我的问题。"加皮埃特罗说。

"什么问题？"

"你的同伴在哪儿？"

"我没有同伴。"

"你手下的酋长跟我说，你们是两个人一起的。你叫什么？"

"布鲁姆。"帕特里克回答。

加皮埃特罗很疑惑："那个酋长说你们一个叫拉斐特，一个叫帕特里克。"

"别听他乱说，他骗你的。我只有一个人，名叫布鲁姆，来这里打猎。"帕特里克说。

"你今天没见过人猿泰山？"

"从来没听过叫泰山的人。"

"要么他在说谎，要么在村子里开枪打我们的是另外一个人。"斯塔布奇说。

"你们说的肯定是另外两个人，"帕特里克说，"嘿，我什么时候可以吃饭？"

"你先说泰山在哪儿，说完了就可以吃。"斯塔布奇说。

"看来我是没得吃了。老天，我不是说了没听说过叫泰山的吗？难不成我要知道非洲每只猴子叫什么？得了吧，你到底是干什么的？要是想要什么，赶紧拿了滚开，我不想再看到你这副嘴脸了。"帕特里克说。

"我英语不是很好，他说的我有些听不懂。"加皮埃特罗对斯塔布奇小声说。

"我也是，不过我觉得他在说谎。说不定他在拖延时间，等同伴和泰山回来。"斯塔布奇说。

"很有可能。"加皮埃特罗恢复正常音量。

"杀了他然后就走吧，"斯塔布奇建议道，"我们把俘虏都带走，东西能拿多少拿多少，明天一早我们就能走出很远了。"

"老天，我想起了芝加哥，我太想家了。"帕特里克大声说。

"要是我们不杀你的话，你能给多少钱？"加皮埃特罗问，"或者说你朋友能给多少？"

帕特里克大笑："哈哈，先生，这下你可想错了。"帕特里克心想，要是有人能联系到芝加哥北边几个帮派，杀了他反而比放了他拿的钱更多。不过也许这是个机会，能拖延一下时间，他才不想死呢。于是帕特里克改变策略，张口说道："我的朋友不是很有钱，大概能给个几千吧。你想要多少？"

加皮埃特罗心想，这人肯定是个有钱的美国人，只有有钱人才雇得起这么庞大的狩猎队。"像你这么有钱的人，十万不算多吧。"加皮埃特罗说。

"别开玩笑了，我可不是有钱人。"帕特里克说。

"那你能给多少？"加皮埃特罗问，看到帕特里克一脸不置可否，他觉得刚刚要价显然太高了。

"大概两千吧。"帕特里克说。

"两千什么？"加皮埃特罗问。

"美金。"帕特里克说。

"两千美金！"加皮埃特罗大叫，"这点儿钱，都不够从美国寄钱过来这段时间我养你的，五万里拉，就这么定了。"

"五万里拉？里拉是什么？"

"意大利货币，一里拉相当于二十美分。"斯塔布奇解释道。

帕特里克在心里快速算了一下，得出结果后，他好不容易才克制住不露出笑意。但他还是装出一副很不情愿的样子，说："这可是一万个子儿啊，不是小数目。"

"子儿？什么意思？"加皮埃特罗问。

"就是铜子儿。"帕特里克简单地说。

"铜子儿？美国有这种钱吗？"加皮埃特罗问斯塔布奇。

"应该是那边的方言。"斯塔布奇回答。

"老天，你们也太笨了吧，人人都知道一个铜子儿就是一美金。"帕特里克抱怨道。

"你直接说美金不就好了，我们都知道一美金值多少。"斯塔布奇说。

"一美金可比大部分美国人想的值钱多了，"帕特里克说，"我刚才一直在说的意思就是，一万美金也太多了吧。"

"你自己决定吧，我不想再讨价还价了，只有美国人才会用命来讨价还价。"加皮埃特罗说。

"那你刚才一直在干吗呢？不是你先开始跟我讨价还价的吗？"帕特里克问。

加皮埃特罗耸耸肩，说："反正不是我的命，没有一万美金，我就杀了你。你自己选吧。"

"好吧，我给。现在我可以吃饭了吗？要是不给我吃的，我可就一文不值了。"帕特里克说。

"把他的手绑起来。"加皮埃特罗下了指令，然后开始和斯塔布奇讨论计划。最后，两人达成一致，万一泰山找来帮手大举进攻的话，原先的村子围着栅栏，是个防守的好地方。之前有个手下报告说看到了帕斯莫尔勋爵的探险队，就算帕特里克撒谎了，至少还有另一个全副武装的白人，这可是个不小的威胁。奥格尼奥说还有个老爷孤身一人，很有可能迷路了，但他们不知道该不该信。要是泰山召集起这几支力量——加皮埃特罗知道他完全有能力做到——那么他们很有可能会向村子发起进攻。

几堆篝火照亮了整个营地，强盗押着被俘虏的黑人拆掉帐篷，把东西打包好。一切收拾妥当后，众人摸黑朝加皮埃特罗的村子走去。强盗骑着马走在前面,队伍左右和最后面都有强盗围着,没有一个人掉队,更没有任何机会逃跑。

帕特里克拖着沉重的步伐,走在搬运工前面,心里烦透了。这条路今天已经走过两次了,想到还得再走第三次,而且还是在黑漆漆的夜里,双手还被绑在身后,帕特里克一点儿也高兴不起来。更糟的是,他又饿又累,现在还很渴,全身无力。

他自言自语道:"老天,这可不是好人该有的待遇。我抓到别人的时候,就算他是个卑鄙小人,我也不会让他徒步走路。我一定要让这些坏蛋尝尝厉害,居然害我沦落到这个地步,还让我一直走路!"

Chapter 14

逃出生天

亚伯拉罕发出沙哑的尖叫声,芭芭拉和拉斐特转身,刚好看到他跌倒在地,手中的匕首"砰"的一声掉在地上。意识到刚刚死神就近在眼前,拉斐特吓坏了,芭芭拉更是面色苍白。约巴和其他人站在原地,邪恶的面庞因为极度愤怒而扭曲。

"我们得赶紧离开这里,他们很快就会冲上来的。"芭芭拉说。

"恐怕你得帮我一起扶着你的朋友,她没法儿自己走。"拉斐特说。

"你用左手扶着她,用右手拿枪,我扶着另一边。"芭芭拉说。

"别管我了,"杰泽贝尔恳求道,"我会拖累你们的。"

"别说废话了,把手搭在我肩膀上。"拉斐特说。

"腿部血液很快就能流通,然后你就可以自己走了。快!趁现在,赶紧离开这里。"芭芭拉说。

两人半搀着杰泽贝尔,朝围着他们的人群走去。先知在关键时刻倒下后,约巴第一个反应过来。"拦住他们!"他大喊,然后冲上前去,还从脏兮兮的外袍里掏出一把匕首。

"快让开!"拉斐特举起手枪威胁约巴。

"耶和华会冲你降下怒火,"芭芭拉用米甸语大声说,"要是不放我们安全离开,你会和那些想要伤害我们的人一个下场。"

"约巴,这是撒旦作的恶,别被他们的谎言吓退,别让他们跑了!"蒂莫西尖声叫道,他的神经高度紧张,说话的声音都在颤抖,肌肉也不停发抖。突然,他也像亚伯拉罕一样倒下了。约巴站在原地,用匕首威胁三人。圈子越来越小,人群不断向内收缩,组成一道密不透风的人墙。

"真不想开枪。"拉斐特略微提高嗓门,然后举起手枪对准约巴。约巴就站在拉斐特前面一码左右的地方,拉斐特对准他的胸膛,扣动扳机。

约巴丑陋的脸上混杂着惊讶、愤怒。拉斐特也很惊讶——他居然没有打中约巴。太不可思议了,一定是枪出了问题。

约巴也觉得没被打中太神奇了,但他的理由更崇高、更神圣。这是来自耶和华神圣的启示。约巴突然开始相信,虽然这个奇怪的武器刚刚杀死了拉米切,但这"雷火"却伤不了自己。耶和华就是守护自己的盾牌!

枪响过后,约巴呆立片刻,幻想自己得到启示,不会受这把枪的伤害,片刻之后,他立即冲向拉斐特。约巴毫无预警地冲到枪口前,手枪竟从拉斐特手中滑落,周围的村民立刻拥上来,包围了他们。村民亲眼目睹奇怪的武器突然失灵,这对拉斐特来说太危险了。

敌人正怒不可遏,而且狂热地迷信宗教,如果没人阻止的话,双方一定少不了一场恶斗。幸亏有人可以阻止这场争斗——现场

逃出生天 | 123

除了村民，还有芭芭拉呢。

发现拉斐特枪法拙劣，芭芭拉惊愕不已。看到他丢了手枪，还被约巴抓住，而且周围的村民都拥上来，准备杀了他，芭芭拉知道，此刻三人正命悬一线。

看到手枪就躺在脚边，芭芭拉立即弯腰捡起手枪，凭着自我保护的本能，不顾一切地把手枪对准约巴，然后扣动扳机，约巴应声倒下，发出凄厉的惨叫。芭芭拉又把枪口对准冲上来的村民，再次开枪。这下终于足以吓退他们了，米甸人尖叫着转身逃跑，吓得魂飞魄散。芭芭拉突然觉得一阵恶心，身体左右摇晃，差点儿跌倒，幸好拉斐特扶住了她。

"我没事，很快就能恢复过来。太可怕了！"芭芭拉说。

"你很勇敢。"拉斐特说。

"没有你勇敢，"芭芭拉虚弱地扯出一丝笑容，"我只是射得比较准。"

这时，杰泽贝尔大声说："我还以为我们又要被抓住了。不过现在他们只是被吓跑了，我们还是快走吧。只要哪个使徒一声令下，他们又会冲过来。"

"没错，"拉斐特同意道，"你们有什么东西要带走吗？"

"只有身上这件衣服。"芭芭拉说。

"出谷走哪条路最容易？"拉斐特希望除了来时的裂缝，还有更近的路可以逃跑。

"我们不知道哪里有路可以出谷。"杰泽贝尔说。

"那就跟我来吧，一起从我进来的地方出去。"拉斐特说。

三人走出村子，进入漆黑的平地，朝基尼烈湖走去，一路上三人都没有说话。走出米甸村一段距离后,三人觉得不会再有追兵，才再次开口说话。拉斐特禁不住好奇心驱使，问了一个问题。

"你们怎么会不知道出谷的路呢？你们不能按进来时的路原路返回吗？"拉斐特问。

"我不能，因为我就出生在这里。"杰泽贝尔回答。

"出生在这儿？"拉斐特惊讶地说，"那你的父母也一定住在这里了，我们可以去找他们。他们住在哪儿？"

"就在刚刚那个地方。杰泽贝尔就住在我们逃出来的那个村子里。"芭芭拉解释道。

"那些禽兽杀了她的父母？"拉斐特问。

"你不会理解的，那些人和杰泽贝尔是同族。"芭芭拉说。

拉斐特目瞪口呆，差点脱口而出："太可怕了！"但还是忍住没有说出口。"那你呢？你也和他们是同族？"拉斐特又问，声音里带着恐惧。

"不，我是英国人。"芭芭拉回答。

"但却不知道你是从哪里进来的？"

"不，我知道——我使用降落伞跳进来的。"

拉斐特停住脚步，看着她。"你就是芭芭拉·柯利斯！"他惊讶地叫道。

"你怎么知道？你在找我吗？"芭芭拉问。

"那倒不是，但是我经过伦敦的时候，报纸上都是关于你驾驶飞机失踪的事情——都是些图片和文字报道，你知道的。"

"然后就刚好撞见我？真是太巧了！我太幸运了。"

"跟你说实话，其实我也迷路了，所以跟我一起走，说不定和先前一样糟。"拉斐特说。

"绝对不会，至少你把我从火葬场里救出来了，我不用提早被火化。"芭芭拉说。

"他们真的会烧死你们吗？如今这个文明时代，不大会有人这么做了吧。"

"米甸人落后了两千年,而且他们生来就信教,都是些狂热的疯子。"芭芭拉说。

火山口东边高悬一轮满月,拉斐特看向杰泽贝尔,月光下,她的脸庞清晰可见。芭芭拉或许猜出了拉斐特心中的困惑。

"杰泽贝尔不一样,我也不知道为什么,但她和那些人一点儿也不一样。她说村子里偶尔也会有和她一样的人出生。"芭芭拉说。

"但她会说英语,不可能和村子里的人是同族的,他们说的话太不一样了,而且和杰泽贝尔长得也太不一样了。"拉斐特说。

"我教她说的英语。"芭芭拉解释。

"她愿意离开这里,离开父母和族人吗?"拉斐特问。

"当然愿意,"杰泽贝尔说,"我为什么要待在这里等着被杀死?今天晚上,我的父母、兄弟姐妹就站在人群里。他们恨我。从我出生那天起,他们就恨我,就因为我和他们长得不一样。米甸根本就没有爱,只有宗教——宗教宣扬要爱人,但他们却只会憎恨别人。"

三人迈着沉重的步伐,沿着高低不平的路,朝下面的基尼烈湖走去。拉斐特没有说话,心里想着:命运意外地给了他这份责任,但他却觉得自己担不起这份责任。他渐渐觉得,在这个陌生而又野蛮的世界里,他连自保的能力都没有。

拉斐特越发清晰地意识到,自己已经迷路近三十个小时,在这期间,完全找不到任何吃的,他觉得自己越来越虚弱,快要坚持不住了。现在又多了两个人,他能给她们找到吃的吗?

要是遇到凶猛的野兽或是不友善的当地人,又该如何是好?拉斐特情不自禁地抖了一下,喃喃自语:"希望她们跑得够快。"

"谁?你在说什么?"芭芭拉问。

逃出生天 | 127

"哦，我——我不知道我竟然在自言自语。"拉斐特结结巴巴地说，怎么能告诉她，就算握着手枪，自己还是没有信心呢？当然不能。他从未觉得自己如此无能，无能对他来说，就像犯罪一样，太无耻了，简直就是在欺骗这两位年轻女士，她们有权要求获得他的引导和保护。

拉斐特很自责，尤其是在村子里经历过那样恐怖的事情以后，或许当时是他太紧张了，也有可能是因为他早已体力不支。拉斐特怪自己遣走了奥班比，很有可能这就是所有麻烦的源头。但他又想，如果没有遣走奥班比，就没人来救这两个女孩，没人帮助她们逃离可怕的命运了。这么一想，拉斐特恢复了信心，毕竟自己还是救了她们一命。

杰泽贝尔的腿恢复了知觉，已经自己一个人走了一段时间。三人很长时间没有说话，各自想着心事。拉斐特在前面带路，寻找裂缝入口。

非洲上空，一轮满月照亮大地，使得走夜路容易了许多。基尼烈湖就在右边，在月光的照耀下显得异常美丽，巍峨的岩壁就在头顶高高悬着，似乎在朝他们逼近——黑夜与月光总爱用透视法捉弄人。

刚过午夜不久，拉斐特绊倒了，但他迅速站起来，责怪自己太笨了。杰泽贝尔正好走在拉斐特后面，发现他的步伐很不稳，老是跌跌撞撞。没过多久，拉斐特再次摔倒，不过这次费了很大力气才站起来。第三次摔倒的时候，全靠芭芭拉和杰泽贝尔帮忙，他才站得起来。

"我真是太笨了。"拉斐特站在两个女孩中间，身体前后微微摇晃。

芭芭拉仔细地盯着他看了看，说："你太累了。"

"没有，我还好。"拉斐特坚持说。

"你上一次吃东西是什么时候？"芭芭拉问。

"我身上带了点儿巧克力，下午我吃完了最后一块。"拉斐特回答。

"我问的是你上一次吃饭是什么时候？"芭芭拉坚持问。

"昨天中午吃了点儿东西，准确地说是前天中午，现在一定已经过了午夜。"拉斐特不得不承认。

"从那以后你就一直在走路？"

"我还跑了一段时间呢，"拉斐特露出一丝虚弱的笑容，"当时后面有头狮子追着我。不过下午进村子之前，我已经睡了一会儿。"

"我们必须停下来，等你休息好了再走。"芭芭拉说。

"不行，"拉斐特提出抗议，"不能停下来。天亮之前，我们必须走出山谷，否则天一亮，他们就会追上来。"

"不会的，他们很怕北米甸人，不敢离村子这么远，而且我们已经走了一段时间，在他们追上来之前，我们一定能走到悬崖——就是你说有裂缝的地方。"杰泽贝尔说。

"你必须休息一下。"芭芭拉坚持说。

拉斐特只好不情不愿地坐下来，说："恐怕我帮不上什么忙，我对非洲很不熟悉，而且身上带的武器也不够，真希望丹尼也在这儿。"

"丹尼是谁？"芭芭拉问。

"他是我的朋友，陪我一起来的非洲。"

"他之前来过非洲吗？"

"没有，但是和丹尼待在一起很有安全感。他是个'保卫'，很了解枪械。"

"什么是'保卫'？"芭芭拉问。

"坦白说，我也不确定什么叫'保卫'。丹尼很少谈及过去，我也不愿意打探他的隐私。不过有一天他自己开口说，他原来是个大老板的'保卫'，听起来很可靠。"拉斐特回答。

"什么是大老板？"杰泽贝尔问。

"或许是个很厉害的猎人。"芭芭拉猜测。

"不，从丹尼的话来看，大老板应该是个很有钱的酒商，而且还管着一个很大的城市。估计大老板就是政党大佬的别称吧。"

"要是你朋友在这儿当然很好，但他不在这儿。还是和我们说说你自己吧，我们到现在都还不知道你的名字呢。"芭芭拉说。

拉斐特笑着说："说了这么多，原来你就是想了解我啊，我叫拉斐特·史密斯，现在你能介绍一下这位年轻女士吗？——我已经知道你是谁了。"

"她叫杰泽贝尔。"芭芭拉说。

一时间，三人都没有说话。

"就这样？"拉斐特问。

芭芭拉笑了："她就叫杰泽贝尔，要是我们能逃出这里的话，再给她起个姓氏。米甸人都没有姓。"

拉斐特躺下来，仰头看着月亮。休息了一会儿，他觉得舒服多了，于是开始回想过去三十个小时里发生的事。对一个平凡的地质学教授来说，真是一次大冒险。虽然称不上讨厌，但他从未对女孩产生什么兴趣，想到自己突然成了两位年轻美丽的女士的保护人，拉斐特觉得有点儿不安。月光照耀下，两位女士十分美丽，但也许在太阳底下就不一样了。拉斐特听说过会有这种事，觉得很好奇。不过阳光可改变不了芭芭拉那冷静清脆、高贵典雅的嗓音。拉斐特很喜欢听她说话，他一直很喜欢有教养的英国人说话时的腔调。

拉斐特一直想着问她点什么,好再次听到她说话的声音,问题是该怎么称呼她呢?他几乎没和贵族打过交道——除了一个俄国王子,就在他时常光顾的餐厅当门卫,大家都叫他迈克。拉斐特心想,叫芭芭拉好像太亲密了,柯利斯也不太合适。真想快点定下来叫什么,反正不能叫迈克。杰泽贝尔,真是个古老的名字。想着想着,拉斐特沉入了梦乡。

芭芭拉低头看了他一眼,然后把食指放在嘴唇上,示意杰泽贝尔不要吵醒他。随后,芭芭拉站起来往旁边走了一点儿,又招手让杰泽贝尔跟上来。

两人再次坐下来,芭芭拉小声说:"他已经精疲力尽了,可怜的家伙,遭了不少罪。想想看,一个人被狮子追着跑,而且身上只有一把小'玩具枪'。"

"你们是一个国家的吗?"杰泽贝尔问。

"不是,听口音他是个美国人。"

"他长得很好看。"杰泽贝尔长叹一声。

"这几个星期以来,我看的都是亚伯拉罕、约伯这样的人,就算你说甘地是个美男子,我也会同意的。"芭芭拉说。

"我不明白你的意思,你觉得他长得不好看吗?"杰泽贝尔说。

"比起他的外貌,我更在意他的枪法——简直糟透了。唉,但是他太勇敢了!他就这样直直走进村子,把我们从几百个人的眼皮底下救出来,身上还只有一把小枪。杰泽贝尔,这才是他最棒的地方。"

杰泽贝尔叹了一口气,说:"他比北米甸人好看多了。"

芭芭拉看着杰泽贝尔,足足有一分钟,然后也叹了一口气,说:"要是带你去了文明世界,恐怕你很难适应。"说罢,芭芭拉躺下来,很快就睡着了,她也经历了漫长的一天。

逃出生天 | 131

Chapter 15

牧羊人艾什巴尔

阳光照在脸上,拉斐特醒了,一时想不起发生了什么。

昨晚发生的一切就像一场梦,但当拉斐特坐起来,看到不远处睡着的两个女孩,思绪一下子回到现实世界。他的心往下沉了沉,到底该如何承担这么大的责任呢?坦白说,他也不知道。

拉斐特相信自己绝对能找到裂缝入口,把两个女孩带出山谷,但是带出去以后呢?他完全不知道,而且他也不知道营地在哪儿,他们在裂缝里很有可能再次撞上狮子,就算没有,维持生计也是个问题。他们能吃什么?又该如何去找吃的?

一想到食物,拉斐特又开始饥饿难耐了。于是,他站起来走到湖边,趴下来喝了一大口湖水。喝完水,拉斐特站起来,发现两个女孩正坐起来看着自己。

"早上好,"拉斐特和女孩们打招呼,"我刚吃完早饭,你们要不要也来点儿?"

两个女孩一边和拉斐特打招呼,一边站起来朝他走过去。芭芭拉笑着说:"感谢上帝,你很幽默,我想在我们走出山谷之前,非常需要你的幽默感。"

"我倒是更需要火腿和鸡蛋。"拉斐特可怜兮兮地说。

"这下我确定你是个美国人了。"芭芭拉说。

"我猜你想喝茶,再配点儿橘子酱。"拉斐特说。

"我在努力不去想吃的。"芭芭拉回应。

"喝点儿湖水吧,喝足了水,绝对会舒服很多。"拉斐特建议道。

两个女孩喝完水后,由拉斐特带头,三人再次出发寻找裂缝入口。"我知道入口在哪儿。"昨晚拉斐特向两个女孩保证过,现在他还是觉得找到入口一点儿也不难。然而,当他们到达悬崖脚下的时候,却找不到裂缝入口。

悬崖脚下,拉斐特疯狂地沿着突出的峭壁找来找去,却完全找不到进入米甸时走过的裂口。最后,他放弃了,对芭芭拉说:"我找不到入口了。"声音里带着一丝绝望,芭芭拉被打动了。

"没关系,一定就在某个地方,我们一直找,总会找到的。"芭芭拉说。

"这对你们两个来说太艰难了,你们一定很失望。我太难过了,你们只能依靠我,但我却如此令人失望。"拉斐特说。

"千万别这么想,"芭芭拉恳求道,"谁都有可能在洞里迷失方向,这些悬崖峭壁都长得差不多。"

"谢谢你能这么说,但我还是觉得很内疚。不过我知道入口一定离这里不远。我是从山谷西面进来的,我们现在就在山谷西面。相信我一定能找到入口的,不过没必要三个人一起找,你和杰泽贝尔坐着等一下,我再去找找。"拉斐特说。

"我们三个人还是待在一起吧。"杰泽贝尔建议道。

牧羊人艾什巴尔 | 133

"没错。"芭芭拉说。

"好吧,我们一直往北走,入口很可能就在那个方向。要是找不到,我们就回到这里,再往南找。"拉斐特说。

三人沿着悬崖一直朝北走,拉斐特愈发觉得马上就要找到入口了。从这里看向对面的山谷,拉斐特觉得有点儿熟悉,但是走了很长一段距离后,他们还是没有找到入口。

岩壁上有许多小山脊,形成岩壁,一直延伸到谷底。不久之后,三人爬上其中一个小山脊,拉斐特气馁地停住脚步。

"那是什么?"杰泽贝尔问。

"是片森林,可是从入口向外看的时候并没有森林。"拉斐特回答。

岩壁下面是一片开阔的森林,树木很矮小,从悬崖脚下一直延伸到湖边,看起来就像个公园,异常美丽。可拉斐特却完全没有心情欣赏美景,这片森林再一次证明了自己的愚昧无知。

"从悬崖到村子,一路上你都没有经过森林吗?"芭芭拉问。

拉斐特摇摇头,说:"看来我们得往回走,再往南找一找。我真是太叫人失望了,希望你们能原谅我。"

"别犯傻了,别人还以为你是个导游,带着游客走马观花地参观巴黎的艺术馆时,不小心迷路了,然后觉得自己会丢饭碗呢。"芭芭拉说。

"我的感觉比这还糟,这就很说明问题了。"拉斐特笑着说。

"快看!"芭芭拉大喊,"下面的森林里有好多动物,你们看到了吗?"

"是的,我看到了。"杰泽贝尔大叫。

"那是什么动物?看起来有点儿像鹿。"拉斐特说。

"是山羊,北米甸人会养山羊,他们常常在山谷这边放羊。"

杰泽贝尔说。

"在我眼里,它们就是一堆吃的,我们赶紧下去抓一只吧。"芭芭拉说。

"羊不会就这么束手就擒的吧。"拉斐特猜测。

"你有枪。"芭芭拉提醒他。

"这倒是,我可以用枪打只羊。"拉斐特说。

"也许可以。"芭芭拉说。

"我一个人下去吧,三个人可能会把羊吓跑。"拉斐特说。

"千万小心,你一个人也有可能吓跑它们,"芭芭拉提醒他,"你跟踪过猎物吗?"

"没有。"拉斐特说。

芭芭拉用口水沾湿手指,然后举在空中,过了一会儿才说:"风从右边吹过来,你只要别被羊看到,也别发出任何声音就行。"

"怎么才能不被发现?"拉斐特问。

"趴下来爬下去,靠一切可能的手段隐藏自己,比如藏在树木、岩石或灌木丛后面。爬几英尺就停一下,要是羊群出现骚动,一定要等它们平静下来再动。"

"这要花很长时间吧?"拉斐特说。

"再找别的吃的,可能要花更长时间,而且我们找到的任何食物,都不可能自己走过来躺在我们脚下,然后就这样死掉。"芭芭拉说。

"好吧,"拉斐特同意道,"我出发了,为我祈祷吧。"拉斐特趴在地上,沿着凹凸不平的地面,慢慢朝树林里的羊群爬去。才爬了几码,他就转身小声说:"膝盖磨得太疼了。"

"要是你失败了,我们的胃一定会疼得多。"芭芭拉说。

拉斐特苦着脸,继续往前爬。两个女孩也趴在地上,看着拉斐特往前爬，以免被羊群发现。

"干得不错。"静静地看了几分钟后，芭芭拉说。

"他长得可真好看。"杰泽贝尔叹息着说。

"这片土地上，现在长得最好看的就是那群山羊。要是他离得很近还是没打中，我就得饿死了——我觉得他一定打不中。"芭芭拉说。

"昨晚他就打中了拉米切。"杰泽贝尔提醒她。

"当时他瞄准的一定是别人。"芭芭拉立刻说。

拉斐特快速往前爬，按照芭芭拉说的，时不时停一会儿，终于慢慢靠近毫无察觉的羊群。每一分钟都很漫长，就像一个小时一样。拉斐特在心里告诫自己千万不能失败，但却不是常人猜测的理由。因为比起被芭芭拉轻视，找不到食物根本算不了什么。

终于，拉斐特距离最近的一只羊很近了，再往前几码绝对能打中。前面正好有一个矮矮的灌木丛，可以挡住山羊的视线。拉斐特爬到灌木丛后面，发现前面还有一个灌木丛离羊更近。那里有一只母羊，乳房很大，虽然看起来并不诱人，但拉斐特知道在羊皮下面，藏着的绝对是美味的羊排和肉饼。于是，他继续往前爬，膝盖磨破了皮，脖子也很疼，这种前进姿势太不自然了，他一点儿也不熟悉，却不得不这么做。

母羊喂奶时小心地护着自己的孩子，所以拉斐特没有看到它另一边藏着的小羊。刚刚爬出灌木丛，小山羊就看到了他，但却没有动。除非妈妈叫它动，或者它被什么东西碰到了，或是吓得不轻才会自己跑走。

小山羊看着拉斐特爬到另一个灌木丛后面——这是离它们最近的，也是最后一个灌木丛。不知道小羊在想些什么，但应该不是被拉斐特的外貌吸引了。

拉斐特爬到最后一个灌木丛后面，除了那只小羊，谁也没有发现。他小心翼翼地掏出手枪，生怕发出一点点声音吓跑晚餐。他悄悄站起来，直到视线与灌木丛持平，然后小心地瞄准目标。山羊离得太近了，绝对不可能再射偏。

拉斐特已经开始想象，自己把山羊的尸体扔在芭芭拉和杰泽贝尔脚下，心中不禁涌起自豪之感。然后——他开枪了。

母羊一跃而起，然后落到地上，和羊群一起朝北飞奔。拉斐特再次打偏了。

拉斐特站起来，还没来得及觉得惊讶或是羞耻，突然感觉有个东西从后面重重撞到脚上，膝盖都被撞弯了，他重重坐到地上。不，不是地上。他坐在一个软软的东西上面，那东西还在蠕动。拉斐特惊讶地往下看，发现一只小山羊的头正挤在两腿之间——小山羊被吓坏了。

"没打中！"芭芭拉大叫，"这都没打中！"她太失望了，泪水在眼眶里打转。

艾什巴尔一直在森林北部边缘找羊，这会儿，他竖起耳朵仔细听，这声音真奇怪！而且很近。昨天晚上，艾什巴尔听见南米甸就有这声音，但距离太远，声音比较微弱。寂静的山谷里，这声音响了四次，然后就没了。除了艾什巴尔，村里其他人都听见了。村里的先知——诺亚之子伊利亚也听见了。

拉斐特趁机抓住还在挣扎的小羊，甩到肩上，然后朝等着的两个女孩走去。

"他打中了！"杰泽贝尔大叫，"我就知道他不会打偏。"说完，她走下去迎接拉斐特，芭芭拉狐疑地跟在后面。

"太棒了！你真的打中了吗？我刚看到你打偏了。"走近以后，芭芭拉大声说。

"我确实没打中。"拉斐特可怜兮兮地承认。

"那你怎么抓到羊的？"

"如果必须承认的话，是我坐到了它。其实是它自己找上门来的。"拉斐特解释道。

"好吧，不管怎么样，你还是抓到它了。"芭芭拉说。

"这只可比我没打中的那只好多了，"拉斐特向她们保证，"那只又老又瘦，糟透了。"

"这只羊真可爱。"杰泽贝尔说。

"别，我们千万不能这么想，要记着我们快饿死了。"芭芭拉说。

"我们在哪儿吃？"拉斐特问。

"就在这儿，树林里有好多枯树枝。你有火柴吗？"芭芭拉问。

"我带了。你们俩去附近找点儿柴火，我来杀羊。这下我倒是希望刚刚能打中那只老羊。杀小羊就跟杀小孩一样可怕。"

树林另一边，艾什巴尔再次感到很惊讶，一直在找的羊群突然就蜂拥着自己跑回来了。

"一定是那奇怪的声音吓到它们了，也许这是个神迹。我找了一整天的羊居然自己回来找我了。"艾什巴尔自言自语。

山羊成群结队地冲过艾什巴尔，精明的牧羊人开始检查羊群。走丢的羊不多，数起来不难，他发现少了一只小羊，于是不得不回去寻找丢了的那只羊。因为先前那奇怪的声音，他小心翼翼地往前走着。

艾什巴尔身材矮小，但结实强壮，长着一双蓝色的眼睛，还有浓密的金色头发和胡须。他的长相比较正常，很帅气，只不过有些原始野蛮：身上只有一件羊皮外袍，没到膝盖，而且整个右手臂露在外面，手里拿着一根木棒，还有一把粗糙的匕首。

拉斐特宰了羊之后，芭芭拉开始烤羊肉。除了会把鸡蛋煮得过老,拉斐特什么烹饪知识都不懂,实在给不了什么建议。"还好我们没有鸡蛋。"他说。

拉斐特听从芭芭拉的指挥,从羊身上切下几块肋骨,三人拿着肋骨在架起的树枝上烤——树枝也是芭芭拉让拉斐特从附近的树上砍下来的。

"要烤多久?我可以生吃的,一顿饭我就能生生吃掉这只小羊,还能再吃点儿没打中的那只老母羊呢。"拉斐特说。

"我们不能吃太多,有力气往前走就行,要用羊皮把剩下的肉包起来带着。要是精打细算着吃,这些肉够我们坚持三四天。"芭芭拉说。

"当然,听你的,你总是对的。"拉斐特承认道。

"不过这次你可以多吃点,你比我们饿得更久。"芭芭拉对拉斐特说。

"芭芭拉,你也很久没吃东西了,我才应该少吃点。"杰泽贝尔说。

"我们都要多吃点,这次就放开吃吧,恢复恢复体力,剩下的再按量分配,撑个几天。说不定吃完这只羊之前,我又能坐到什么东西呢。"拉斐特说。

三人一起放声大笑。很快羊排烤好了,三人大快朵颐起来。"我们就跟快饿死的亚美尼亚人一样。"拉斐特边笑边说。

三人都忙着狼吞虎咽,没人发现艾什巴尔正躲在一棵树后观察他们。艾什巴尔认出杰泽贝尔是南米甸人,蓝色的眼睛里突然闪过一道火光。至于另外两个人,他却觉得很疑惑——尤其是他们还长得很奇怪。

不过有一件事艾什巴尔很确定:他终于找到走丢的那只小羊羔了,心里不禁涌起一阵怒火。艾什巴尔迅速瞄一眼三人,然后悄悄溜回森林，直到走出三人的视线，他才撒腿跑起来。

吃完羊排，拉斐特用羊皮把剩下的羊肉包起来，三人继续出发寻找裂缝。

一个又一个小时过去了，还是没有找到裂缝。巍峨险峻的岩壁上，完全看不到任何裂缝。三人也没有发现有二十来个矮壮的金发男人，正在艾什巴尔的带领下，悄悄靠近。

"我们刚刚一定不小心走过了裂缝，裂缝不可能在这么南边的地方。"拉斐特终于开口了，但其实再往前走一百码就是大裂缝的入口了。

"那我们必须找其他办法出谷了。我和杰泽贝尔曾经从我们的洞穴往南看，发现那里有一处岩壁，好像可以爬上去。"芭芭拉说。

"那我们去试试吧，"拉斐特说，"嘿，快看那儿！"他指着北边说。

"什么东西？在哪儿呢？"杰泽贝尔问。

"我好像看到那块岩石后面露出了人的脑袋。看，他又冒出来了。上帝啊，快看，我们被包围了。"拉斐特说。

艾什巴尔和同伴知道对方发现了他们，于是走进开阔地带，慢慢朝三人靠近。

"是北米甸人！他们真美啊！"杰泽贝尔激动地说。

"怎么办？千万不能被他们抓住。"芭芭拉说。

"先看看他们打算干什么，"拉斐特说，"也许他们没有敌意。而且无论怎么样，我们是跑不过他们的，一下子就会被追上。站到我后面，要是他们有要进攻的意思，我就开枪打几个人。"

"你还是走过去坐几个吧。"芭芭拉不耐烦地说。

"真对不起，我的枪法太差了。我的父母从未想过训练我当个杀手，真是太不幸了。我现在才发现他们大错特错，完全忽视了对我的教育。我只是个老师，只会教学生怎么开枪，自己却不会。"拉斐特说。

"对不起，我不是故意要发脾气的。"芭芭拉发现拉斐特自尊心受了伤，说话的口吻有点儿自嘲。

北米甸人小心翼翼地往前推进，时不时停下来小声讨论。没过多久，其中一个人开口对三人说："你们是谁？在米甸干什么？"

"你们听得懂吗？"拉斐特转头问。

"听得懂。"两个女孩同时回答。

"他和杰泽贝尔的族人说的是同一种语言，他想知道我们是谁，在这里干什么。"芭芭拉解释道。

"芭芭拉，你回应他。"拉斐特说。

芭芭拉走上前去，说："我们不是米甸人，在这儿迷路了，只想找路回自己的地方。"

"没有路能走出米甸，你们杀了艾什巴尔的一只羊羔，必须接受惩罚，跟我们走。"对方回答。

"我们太饿了，但是很乐意为这只羊付钱，放我们走吧。"芭芭拉解释。

北米甸人又小声讨论了一会儿，其中一个人再次发话："你们必须跟我们走，至少女人要跟我们走。男的要是自己离开，我们不会伤害他。我们不要男人，只要女人。"

"他说什么？"拉斐特问。芭芭拉解释了一番，他摇摇头说："告诉他们不行。再告诉他们，要是敢上前，我就杀了他们。"

芭芭拉向米甸人转达最后通牒，听完，他们却哈哈大笑。"一个男人能对二十个男人怎么着？"说完，领头的北米甸人朝三人走来，后面跟着剩下的人。众人挥舞着木棒，有的还发出挑衅的叫声。

"你得开枪了。他们至少有二十个人,你必须全部打中。"芭芭拉说。

"过奖了。"说完,拉斐特举起点32口径手枪,对准走过来的米甸人。

"快退回去!不然你们会死的!"杰泽贝尔大叫,但对方却往前走得更快了。

拉斐特开枪了。尖锐的枪声响起,米甸人停住脚步,十分惊讶,但没有人倒下。正当拉斐特准备再次开枪时,带头的人用力扔出手中的木棒,又快又准。拉斐特躲过木棒,但拿枪的手却被打到了,手枪从手中飞了出去。北米甸人一拥而上。

Chapter 16

追 踪

泰山刚刚打了一次猎,虽然只是一只小老鼠,但也足够撑到天亮了。发现拉斐特的踪迹没多久,天就黑了,于是泰山不得不等天亮再继续搜索。他发现的第一个踪迹很不明显,是个浅浅的脚印,还只是鞋后跟的一角,不过对他来说已经足够了。旁边的灌木丛有一丝难以察觉的白人气息,就算是夜里,泰山原本也可以循着气味继续找,但这样找起来又慢又费力,他觉得不大合适。于是,泰山杀了一只老鼠当晚餐,然后蜷缩在草地里开始睡觉。

野生动物或许不会睁着一只眼睛睡觉,但似乎总是会竖起两只耳朵。它们不会理会夜里常有的声音,可一旦出现异常的细微声响,预示可能有危险,它们绝对会立刻惊醒。刚过午夜不久,泰山就被这种异常的声音惊醒了。

泰山抬头仔细聆听,然后又低下头,把耳朵贴在地上。"是马和人。"他自言自语着站起来,健壮的胸口因为呼吸而起伏不停。

泰山专心地分辨声音，敏锐的嗅觉也在仔细搜寻着蛛丝马迹，他的鼻孔微微张大，分辨风带来的讯息。泰山嗅到了狒狒的味道，这味道太过浓烈，差点儿就掩盖了其他气味。远方又传来一丝微弱的气味，那是母狮子的气味，还有大象的气味，又腥又臭。泰山逐个分辨大风带来的隐形讯息，其中只有人和马的味道引起了他的注意。

人和马为什么要在夜里行走？这些人是谁？泰山很清楚后一个问题的答案，只是不知道他们为何要在夜里行走。

野兽和人类都需要了解敌人在做什么。泰山懒洋洋地舒展筋骨，然后走下山坡，朝敌人的方向移动。

帕特里克在黑夜里跌跌撞撞地往前走。二十几年来，他还从来没有这样精疲力尽过。每迈出一步，他都觉得自己再也迈不出下一步了。他拖着沉重的步伐，浑身无力，脑子一片糨糊，都没有力气咒骂这些绑匪了。

不过，再长的路也有走完的时候。一行人终于走进加皮埃特罗的村子，两个看守把帕特里克押进一间小草屋，然后解开他手上的绳子，帕特里克立刻倒在结实的泥地上，决定再也不站起来了。

看守送饭来的时候，帕特里克还在睡觉，但他还是爬起来吃了饭，因为实在是太饿了。吃完饭，帕特里克又倒头大睡。门外站着一个强盗，也是又累又倦，耷拉着脑袋，昏昏欲睡。

强盗一行人列队走进村子的时候，泰山刚好走到村子后面的悬崖上。圆月高悬，柔和的光线映出人和马的轮廓。泰山认出加皮埃特罗和斯塔布奇，探险队的酋长奥格尼奥，还有被绑着的帕特里克，他正痛苦地蹒跚前行。

泰山饶有兴趣地看着下面村子里发生的一切。他仔细地看了看帕特里克被推进去的那间屋子，然后又发现奴隶正在准备食物，加皮埃特罗和斯塔布奇则一边等晚饭,一边大口大口地喝酒,他们喝得越多,泰山越高兴。

泰山一边观察,一边想着,理性的生物怎么会觉得禽兽这个词是种羞辱,而人这个词却是种赞美。就他所知,禽兽和通常的定义完全相反,而且不像人那样愚蠢、堕落,它们太纯洁了,根本无法理解愚蠢堕落为何物。

泰山站在崖顶往下看,耐心地原地等待,直到村子里的人全都睡着。他发现栅栏后面的壕沟里有一群哨兵,不过没有看到帕特里克屋子外面的阴影下,也蹲着一个看守。

泰山满意地站起来,沿着悬崖向下移动,一直爬到村子正上方。这里的崖壁不再那么陡峭,于是他慢慢走下悬崖。泰山悄无声息地靠近栅栏,爬到哨兵的视线死角。月光照在泰山身上,不过他知道栅栏另一边一定很黑。他趴在原地仔细听了一会儿,以便确认没有引起任何怀疑。一旦自己跳上栅栏,整个人就立刻暴露了,要是能看见大门那边的哨兵就好了。刚刚这群哨兵还蹲在壕沟里,背对着这边的栅栏,昏昏欲睡,不知道哨兵现在又是什么情况?

必须冒一次险,于是泰山不再多想,以免后悔。刚刚看到的是什么状况,现在就当还是什么状况,如果不能改变,就只能选择忽视。于是,泰山轻轻向上一跃,抓住栅栏顶部,撑住身体翻了过去。爬上栅栏的时候,泰山迅速朝哨兵看了一眼,还好他们没有改变位置。

泰山蹲在栅栏下的阴影里探查四周,发现没什么可担心的,于是尽量躲在阴影里,朝帕特里克的屋子快速移动。那间屋子被另一间草屋挡住了,泰山靠近近一点儿的那间屋子,一个转弯,就发现有个强盗正坐在门口,膝盖间夹着一把步枪。

泰山没想到会遇上另一个看守,不得不立即改变计划。他悄悄退回屋子后面，趴在地上，然后再次往前爬，只露出半个头，用一只眼睛观察着毫无察觉的看守。泰山静静等待着，就像一只猛兽盯着猎物。

泰山趴了很长时间，他坚信自己很了解人类，一定会等到正确的时机。没过多久，看守的下巴抵在了胸口，但又立刻抬头，直起身子，然后又换了个姿势，坐在地上，两腿伸直，靠在屋子的外墙上。他的步枪仍旧横在膝盖上，要是他还醒着的话，这个姿势对进犯的人很危险。

不一会儿，看守的脑袋歪到一边，泰山紧紧盯住他，就像猫盯着老鼠一样。过了好一会儿，看守还是歪着脑袋，垂着下巴，嘴巴微微张开，呼吸渐渐平缓，最后终于进入了梦乡。

泰山悄悄站起来，慢慢朝看守走去。他像蛇一样悄悄进攻，用钢铁般坚硬的肌肉折断了看守的脖子，周围一片寂静，只有颈椎断裂的脆响。

泰山把步枪放在地上，然后把尸体提进黑漆漆的屋子里。他摸索了一阵，终于找到了还在沉睡的帕特里克，泰山蹲下身来，小心地摇晃帕特里克，另一只手随时准备捂住他的嘴，不让他发出尖叫，但帕特里克并没有醒过来。泰山又使劲摇了摇，还是没用，于是他用力扇了帕特里克一个巴掌。

帕特里克终于醒了，低声含糊地说："老天，就不能让人好好睡一觉吗？我说了会给你赎金的。"

泰山的嘴角露出一丝微笑，小声说："快醒醒。不要吵，我来救你了。"

"你是谁？"

"人猿泰山。"

"天哪！"帕特里克立即坐起来。

"小声点。"泰山再次提醒他。

"好的好的。"帕特里克小声地说,然后浑身僵硬地站起来。

"跟我来,"泰山说,"不管发生什么,一定要跟紧我。我会把你抛到栅栏顶上,翻过去的时候不要发出任何声音,落地也要千万小心,栅栏很高,膝盖一定要弯着。"

"你说要把我抛到栅栏顶上?"

"是的。"

"你知道我有多重吗?"

"不知道,不过无所谓。保持冷静,跟紧我,别被尸体绊倒了。"泰山站在门内向外看,然后迅速朝栅栏跑去,帕特里克紧跟在泰山身后。就算现在被发现了,在对方反应过来之前,泰山还是有时间完成刚刚的计划,除非哨兵开枪,而且能打中他们——这一点泰山倒是一点儿也不担心。

跑到栅栏边,帕特里克抬头向上看,心里更加怀疑了,怎么可能有人能把一百八十磅的自己抛上去!

泰山抓住帕特里克的衣领和裤腰,小声说:"抓住栅栏顶部!"说罢,立即抓着帕特里克往后一摆——就像抓着一袋五十磅的肉一样——再用力往上一抛,帕特里克立即伸手紧紧抓住栅栏顶端。

"老天,要是刚刚没抓着,我可就死翘翘了。"帕特里克喃喃自语。紧接着,泰山像只猫一样,轻松地跃上栅栏,然后翻过去,几乎和帕特里克同时落地。泰山一言不发地继续往崖壁走,准备再次帮帕特里克爬上去。

帕特里克说不出话来,部分是因为跑得喘不上气,但更多的还是因为太惊讶了。好家伙!他见过不少身强力壮的人,可从来没遇见过、也没想过会遇见像泰山这样的。

"我找到你朋友留下的痕迹了。"泰山说。

"找到什么?"帕特里克问,"他死了?"

"就是他的踪迹。"泰山边解释,边带头往山上爬。

"懂了,但是你没看见他本人吗?"帕特里克问。

"没有,我找到踪迹的时候天太黑了,我们天亮了再继续找。"

"要是我走得动的话。"帕特里克说。

"你怎么了?受伤了吗?"泰山问。

"膝盖以下都没知觉了,昨天我的腿都快走断了。"帕特里克回答。

"我背你吧。"泰山建议。

"不行!我可以爬,要是让人背着走,那可就太丢人了。"帕特里克激动地说。

"要是你现在就没力气了,接下来的路会更难走。这样吧,我先把你放在附近,等找到你朋友了再来接你。"泰山说。

"不行,就算走到整条腿都没力气了,我也要亲自去找拉斐特。"

"我一个人走得快一点。"泰山说。

"你先走吧,"帕特里克欢快地说,"我跟在你后面走。"

"然后你就迷路了。"

"就让我一个人走吧,我很担心那个小呆子。"

"好吧,其实也不会有什么大问题,在我们找到他之前,他顶多再饿一会儿,几天没吃东西饿不死的。"

"对了,你怎么知道我被他们绑走了?"帕特里克兴奋地问。

"他们带你进村的时候,我就在悬崖上。不过我等他们全都睡着了才来救你,现在我还没准备好对付他们。"

"你准备对他们做什么?"

泰山耸耸肩,没有回答。两人摸黑走了很长时间,都没有说话。泰山不时调整速度,好让帕特里克跟上,泰山不得不佩服他的勇气,但又觉得他没有耐力,没什么知识,有点儿瞧不上他。

沿着山坡爬了很长时间,两人终于到了泰山先前休息的地方。泰山停下来,好让帕特里克在天亮前好好休息一下。

"老天,这是我这几年来听过的最好听的话,"帕特里克叹息一声,然后在高高的草丛中躺下来,"可别以为你早就知道人睡觉的时候是什么样的,你还没真正见识过呢,看我的。"话音未落,他就沉入了梦乡。

泰山在不远处躺下来,很快也睡着了。第二天,天刚亮他就醒了,看到帕特里克还在睡,就悄悄地朝附近的小池塘走去。昨天遇到狒狒部落时,他就在悬崖附近的山涧里发现了这个池塘。

泰山沿着山坡慢慢往下走,新的一天,风向也变了,他希望能逆着风向往池塘走。泰山静悄悄地走着,就像消失的夜色一样悄无声息,他不停地扇动鼻孔,捕捉清晨微风中的每一丝气味。

池塘一边有一块很深的泥地,来喝水的动物在上面留了很多脚印。池塘边,泰山又闻到了刚刚一直在找的味道,腥甜腥甜的。

山涧底部比较阴暗,不像边缘地带常常受到太阳炙烤,所以土壤比较潮湿,树木都很矮,还有很多低矮的灌木丛。泰山欣赏着美丽的林间沼泽,不过这天早晨,引人入胜的可不只是美景,还有藏身于此的野猪。

野猪走到池塘边上喝水时,泰山悄悄移动到它对面的灌木丛旁边,手中握着弓箭,但树丛太高了,泰山怕射不准,于是直接走出灌木丛,整个暴露在野猪的视野中。泰山迅速移动,野猪立刻转身逃跑,但箭矢早已飞速插入它的左肩,这是致命一击。

野猪转过身来,愤怒地"呼哧呼哧"喘着气,然后直直穿过池塘,朝泰山冲去,就在这时,又有三支箭又准又快地插入它的胸膛。野猪挣扎着冲向泰山,想为自己复仇,下巴、獠牙上泛着

追 踪 | 149

血泡，邪恶的小眼睛里迸射出仇恨的火花。

泰山被茂盛的灌木丛包围，无法闪避快速冲过来的巨大身躯，只好扔下弓弩，用长矛迎接疯狂进攻的野猪。他双脚站定，等野猪一进入射程，立即扔出长矛，野猪无处躲避，也不能用獠牙撞开长矛。长矛深深刺入它的心脏，但它还是奋力向前冲，殊不知，泰山和它一样力大无穷。

不一会儿，泰山脚下，野猪已然奄奄一息，短暂挣扎一会儿后就断了气，滑倒在池塘边上的浅水滩中。泰山一脚踩在猎物身上，发出挑衅的嘶吼。

帕特里克突然从沉睡中惊醒，直直地坐起来。"天哪，这是什么声音？"发现没人回答，他环顾四周，"他不会被吃了吧？"他自言自语道："泰山不见了，不会丢下我自己跑了吧？他看起来不像这种人啊，但谁说得准呢，之前就有朋友出卖过我。"

加皮埃特罗的村子里，一个哨兵突然警醒过来，他的同伴也半蹲着，十分警觉。其中一个说："那是什么声音？"

"一定是某只野兽刚刚捕杀了猎物。"另一个人回答。

猎豹顺着风向，一路跟踪泰山和野猪，这时也停下脚步，转身轻松优雅地跑走了。没跑多远，它又停下来，逆着风向抬起鼻子，又是人的气味，不过不是同一个人，而且没有嗅到"雷棍"的味道——通常来说，白人的味道里都会混着这种气息。猎豹伏下身子，慢慢爬上山坡，朝帕特里克走去。

"该怎么办？"帕特里克心里默默想着，"天哪，我太饿了！到底是在这儿等他，还是管自己继续走？能去哪儿呢？现在麻烦大了，要去哪儿？吃什么？该死！"

帕特里克站起来四处走动，试探性地舒展筋骨，虽然还是很僵硬、很酸痛，但已经比原先好多了。于是，他伸头远眺，想找找泰山，却看到了猎豹匍匐在几百码以外。

帕特里克原先可是个流氓恶棍，经常敲诈勒索、持枪杀人，可这会儿还是吓得瑟瑟发抖，汗毛倒竖，全身冷汗直流。帕特里克很想撒腿逃跑，但他早就被吓得浑身僵硬，双脚不听使唤，完全动不了。没了枪的"神枪手"，真是什么也做不了啊。

出于对人类的先天性恐惧，猎豹很谨慎，停在原地盯着帕特里克。昨晚一整夜都在搜捕猎物，早上还被猎物吓个半死，猎豹不但生气，而且饥肠辘辘。它咆哮着，整张脸都皱在一起，帕特里克的膝盖都吓麻了。

突然，帕特里克看到猎豹后面的草地在动，立刻想到应该是猎豹的同伴。高高的草丛中出现了一条窄窄的裂缝，等这只动物从草地里出来，一定也会看到自己，一切全完了。一只猎豹也许还不敢攻击人类——他也不确定——但他知道两只猎豹绝对会毫不犹豫地扑上来。

帕特里克跪在地上，做起了很多年都没有做过的事——祈祷。突然，高高的草地裂开缺口，泰山走了出来，宽阔的肩膀上扛着一只野猪的尸体。泰山早就嗅到猎豹的气味，对眼前这一幕早有准备。

泰山放下野猪，突然发出一声嘶吼，把猎豹和帕特里克都吓到了。猎豹立即转身，摆出防御的姿势。泰山向前冲去，喉咙里发出阵阵嘶吼，猎豹立刻转身逃跑——正如他所料。泰山重新捡起野猪，继续朝帕特里克走去，后者正跪在地上，目瞪口呆。

"你跪着干什么？"泰山问。

"绑鞋带。""神枪手"解释道。

"这是早饭，"说完，泰山把野猪扔在地上，"你自己来吧。"

"刚好饿死了，我都能生吃了它。"帕特里克说。

追踪 | 151

"这样正好,"泰山蹲下来,从野猪腿上切下两块肉,递给帕特里克,"给。"

"别开玩笑了。"帕特里克抗议道。

泰山疑惑地看着他,同时用坚固的牙齿咬下满满一口的肉,说:"野猪肉有点儿难咬。不过为了节约时间,我只能抓野猪,这已经是最好的了。你怎么不吃?我还以为你很饿。"

"我得煮熟了才能吃。"帕特里克说。

"你刚才说可以生吃。"泰山提醒他。

"那是开玩笑的,我只是嘴上说说,可不会真的生吃。"帕特里克解释道。

"那就生堆火,你自己煮吧。"泰山说。

帕特里克蹲在火堆前面,烤了几分钟肉,然后开口说:"对了,你听到刚刚那个声音了吗?"

"什么样的声音?"

"我从没听过那样的声音——嘿,我想起来了!那是你杀了野猪后发出的叫声。那天晚上,你在我们的营地里杀死狮子后也是这样叫的。"

"等你吃完,我们马上出发。"泰山从野猪身上割下几块肉,其中一半递给帕特里克,然后把剩下的装在箭筒里。"把这些带在身上,下一次捕猎之前,你说不定还会饿。"说完,泰山在松软的泥地里挖了个洞,把野猪的尸体埋在里面。

"你干吗把它埋了?怕尸体发臭吗?"帕特里克问。

"我们说不定还会回来,到时候猪肉就没那么硬了。"泰山解释道。

帕特里克什么也没说,心里却想着:我可不是狗,才不会把食物埋起来,等肉烂了又把它挖出来。想到这里,他一阵恶心。

泰山很快就找到了拉斐特的踪迹，轻松地循着踪迹往前走，可帕特里克却完全看不到任何属于人的脚印。

"我什么都没发现。"帕特里克说。

"我看到脚印了。"泰山转头说。

"'我看到了'，听起来真像是在嘲讽。"帕特里克心里想着，嘴上却什么都没说。

"有只狮子跟着他的脚印走。"泰山说。

"你没在耍我吧？"帕特里克问，"地上根本什么都没有。"

"对你来说也许什么都没有，也许你从来就不知道，你们这些所谓的文明人，差不多就跟瞎子一样，连耳朵也是聋的。"泰山说。

两人很快就来到裂缝前，泰山发现人和狮子都进了裂缝，狮子是跟着人进去的，而且出来的也只有狮子。

"拉斐特可能出事了，对吗？"听完泰山对足迹的解释，帕特里克问。

"有可能，我进去找他，你可以和我一起进去，也可以在这儿等。在裂缝里面走的话，不大可能会迷路。"泰山说。

"走吧，我跟你一起进去。"帕特里克说。

裂缝比泰山想的要长，走了一段距离以后，泰山停住脚步，发现狮子并没有攻击拉斐特，而是在这儿掉了头，拉斐特则继续往前走。裂缝岩壁上有一些刚刚留下的印记，泰山准确地猜出了此处发生过什么。

"幸好他没有打中狮子。"泰山自言自语。

裂缝尽头，泰山费了不少力气才钻过洞口，进入米甸山谷。刚走出裂缝，泰山又发现了拉斐特的足迹，于是一路循着足迹走到湖边。这时帕特里克还远远落在后面，沿着裂缝凹凸不平的地面，拖着疲惫的身躯，跌跌撞撞地往前走。

追　踪 | 153

足迹很清晰，泰山走得很快。走到基尼烈湖边，他发现拉斐特的足迹中又混入另外两个女人的脚印，一个穿着破旧的欧洲制造靴，一个穿着凉鞋。

一进入山谷，泰山就看到了远处的米甸村，便误以为拉斐特遇到了友好的村民，还有其他白人，所以觉得他没什么危险。

泰山对这个秘密的山谷感到很好奇，决定在找拉斐特之前，先去村子里看看。泰山由巨猿养大，它们对时间毫无概念，因此泰山也从来不会计算时间，但是就像宗教对神父至关重要一样，泰山也会情不自禁地探查荒野的每一个角落。

于是，泰山快速朝远处的村子走去，帕特里克还在崎岖的裂缝里慢慢走，一路磕磕绊绊。

帕特里克很累，一直想着会遇上掉头回来的泰山，要么带着拉斐特本人，要么带来他的死讯。所以他时不时停下来休息，结果等他走到裂缝尽头，钻出洞口时，眼前只有一片陌生而又神秘的山谷，完全不见泰山的踪影。

"天哪，"帕特里克感叹道，"谁想得到这洞居然通到这样的地方？不知道泰山那家伙往哪儿走了。"

帕特里克想了几分钟后，学着泰山的样子，检查地面上的足印。地上有些小坑，是某只老鼠挖的洞，或许还在上面打过滚，但帕特里克却将其误认为人的脚印，于是沿着足迹，朝错误的方向走去。

Chapter 17

她是我的！

伊利亚手下的战士个个身材魁梧，长着金发，他们迅速包围了拉斐特和两个女孩，并抓住了三人。伊利亚夺走了拉斐特的手枪，饶有兴趣地检查一番，然后放进腰带上挂着的羊皮袋里，这根腰带正好扎紧他身上唯一的外袍。

"这人是我的。"艾什巴尔指着杰泽贝尔说。

"为什么？"伊利亚问。

"是我先看到她的。"艾什巴尔回答。

"你听到他刚刚说什么了吗？"杰泽贝尔问芭芭拉。

芭芭拉心不在焉地点点头，脑子早就麻木了，此刻三人的处境既令人失望，又让人害怕，从某些角度来看，他们三人的命运可能会比跟南米甸人在一起时更加悲惨。北米甸人都是战士，身强体壮，粗鲁野蛮，不像愚蠢的南米甸人，代代相传的神经疾病早就削弱了他们的神智。

"他想要我,他长得多好看啊!"杰泽贝尔说。

芭芭拉转身看着杰泽贝尔,几乎就要发火,但突然又想到,杰泽贝尔的处世经验比孩子多不了多少,根本不知道在北米甸人手里,等待她的会是什么命运。

南米甸人都是些狂热的教徒,目光狭隘,甚至拒绝承认生育。整个村子里,生育完全是个禁忌话题,千年来的训诫和传统让他们觉得,生育是极其丑恶可怕的,母亲常常会杀掉第一个孩子,不让人发现罪恶的证据。

"可怜的小杰泽贝尔。"芭芭拉说。

"芭芭拉,你在说什么?那个好看的人指名要我,难道你不高兴吗?"杰泽贝尔问。

"杰泽贝尔,我是你的朋友,对吗?"芭芭拉问。

"唯一的朋友,也是我唯一爱过的人。"杰泽贝尔回答。

"那就相信我,要是我们没办法逃走,我会叫你自杀,我也会自杀。"

"为什么?他们不是比南米甸人好看多了吗?"杰泽贝尔问。

"别再想他们长得好看了,记住我跟你说的话就行。"芭芭拉说。

"这下我有点儿害怕了。"杰泽贝尔说。

"感谢上帝,你终于觉得怕了。"芭芭拉大声说。

北米甸人的队伍很松散,没什么纪律,看起来人人都爱唠叨,说的话又很长。他们专注于相互争吵,或是听同伴讲一堆啰嗦话,完全忘记了还有囚犯。拉斐特三人有时走在队伍中间,有时又会走在最前面,最后被落在了最后面。

这正是芭芭拉一直在等的时机,她心中早有计划。

"就是现在,"芭芭拉小声说,"他们没注意我们。"她停下来,转过身去。他们正走在一片树林里,可以找到藏身的地方。

听到芭芭拉的指令，拉斐特和杰泽贝尔立刻停下来，三人停了片刻，屏住呼吸看着北米甸人往前走。

"就是现在，快跑！我们分开走，在悬崖底下会合。"芭芭拉小声说。

拉斐特不懂芭芭拉为什么要分开走，他觉得这个决定很愚蠢，而且没有必要，但在实践性问题上，他很相信芭芭拉的判断，所以没有说出自己的疑虑。不过对于芭芭拉的计划，他还是有所保留。

芭芭拉朝东南跑，杰泽贝尔则听从朋友的指挥，往西南跑。拉斐特迅速回头看了一眼，北米甸人还没有发现他们跑了。他犹豫了一会儿，不知道该走哪条路。虽然先前没能保护两个女孩，但他还是觉得自己是她们的保护人，可现在，两个女孩朝不同的方向跑，保护她们更难了。

虽然很难选择，但拉斐特还是迅速做了决定。杰泽贝尔属于她自己的世界，被北米甸人抓住，她非但不觉得害怕，反而很兴奋、很期待。她和这些人待在一起，一定比和南米甸人一起好得多。

但芭芭拉却属于另一个世界——也是他的世界——况且他还听到她说被这些野蛮人抓住，宁愿去死。所以，他的责任就是跟着芭芭拉，保护她。拉斐特放任杰泽贝尔独自一人背对着悬崖往前跑，自己则跟着芭芭拉，往基尼烈湖跑去。

芭芭拉不停地跑，直到喘不过气来才停住脚步，有那么几分钟，她听到后面有人在追，步伐沉重——是个男人。她绝望得发了狂，从上衣口袋里掏出小折刀，一边跑，一边打开折刀。

芭芭拉不确定这把小刀能不能了结自己，但她知道用这把刀绝对伤不了后面的追兵，更不用说杀了他了，可她还是不愿就这样自杀。她跑得精疲力竭，知道必须做最后的决定了，于是，英国人的好战血液为她做了决定，她只有一个选择，必须为自己做

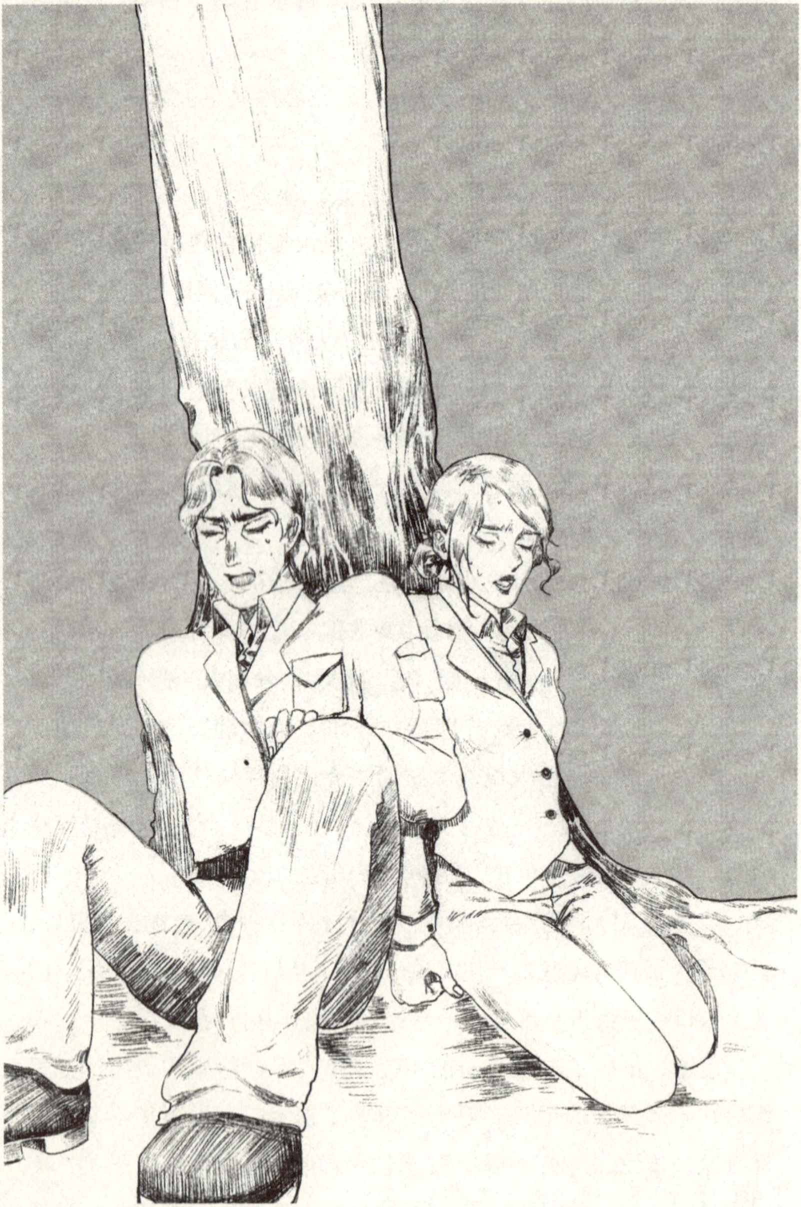

抗争。芭芭拉停下来，突然转过身去，手中紧紧抓着小刀，活像一只陷入绝境的母老虎。

看到是拉斐特朝自己跑过来，芭芭拉一下子瘫软在地，靠在一根树干上。拉斐特跑过来坐在她旁边，上气不接下气，两人喘得一句话也说不出来。

芭芭拉先恢复体力，开口说话："我说过要分开跑。"

"我不能丢下你一个人。"拉斐特说。

"那杰泽贝尔怎么办？你把她抛下了。"

"我没办法同时跟着你们两个人，你知道的，杰泽贝尔在这儿就像回到了家，逃离这里对你来说更重要。"

芭芭拉摇摇头，说："被这些人抓住，对我们两个来说都是一样的结果。但我比她更会照顾自己，她根本不知道自己的处境很危险。"

"话虽如此，但还是你比较重要。你还有很多关心你的家人、朋友，可怜的杰泽贝尔却只有一个朋友，那就是你，除非再算上我，我很乐意成为她的朋友。"拉斐特坚持道。

"我想我们三个人就是个紧密的小团体，太特别了，应该没人愿意加入我们。"芭芭拉憔悴地笑了笑。

"我们是没有朋友的'朋友公司'。"拉斐特说。

"我们还是开个董事会，商量一下怎么维护股东的利益吧。"

"我决定出售股票。"

"附议。"芭芭拉站起来。

"你一定累极了吧？"拉斐特不再和芭芭拉开玩笑，一本正经地问，"但我们最好还是尽量离北米甸远一点，一旦他们发现我们跑了，一定会立马追上来的。"

"我们得先找个地方藏身，晚上的时候，再趁夜色回到悬崖那边找杰泽贝尔，然后一起找那处可以攀爬的崖壁。"芭芭拉说。

"这片树林太空旷了，没什么地方可以藏身，不过我们还是得找找。"拉斐特道。"说不定能在湖边找个地方藏身，我们很快就能走到那儿。"芭芭拉说。

两人走了很久，一路上谁都没说话，各自想着心事。后面似乎没有追兵，两人渐渐振作起来。

过了不久，拉斐特开口说："我觉得我们最后一定能走出这里。"

"但这里的经历太恐怖了，从没想过会遇上这样的事情，我永远也忘不了约巴。"这是芭芭拉第一次提起在南米甸发生的事。

"别想这事了，当时那种情况，你只能那么做。要是你没有杀他，你和杰泽贝尔可能又会被抓住，你知道那意味着什么。"拉斐特说。

"但我杀的可是个人啊。"芭芭拉很害怕。

"我也杀了一个人，虽然之前从没杀过人，但我不后悔，要不是枪法不好，今天我可能又会杀一个，也许不止一个。我唯一后悔的就是没能杀了他们。"拉斐特说。

他想了一会儿，又开口说："世界很奇妙，我一直觉得自己受了极好的教育，足以应付任何紧急事件，尤其是在这样僻静的小山村里，更是应该游刃有余。但是当我走出原先狭小的世界，却发现自己竟是如此失败。从前，看到那些男孩在射击馆里练枪法，在野地里猎兔子，我都会觉得他们是在浪费时间，也瞧不上那些吹嘘自己枪法精湛的人。可是过去二十四小时里，我宁愿用我所有的知识来换取熟练的枪法。"

"一个人要懂得很多东西才算真正受过教育，我觉得你在定义个人能力的时候，夸大了枪法的重要性。"芭芭拉说。

"好吧，还有做饭呢，不会做饭的人绝对算不上受过良好教育，我曾经希望自己能成为一个地质学泰斗，可是就凭我在地质学方面的知识——我懂的也不够多——在到处都是野兽的地方，我很可能会饿死，因为我既不懂枪法，也不会做饭。"

芭芭拉笑着说："别太自卑了，现在我们最需要的就是自信，我觉得你很厉害，也许你不是个好枪手——我也必须承认这一点——也许你也不会做饭，但你拥有一样能够掩盖无数缺点的东西——那就是勇气。"

这回轮到拉斐特笑了。"你真是太善良了，"他说，"我很希望你觉得我勇敢，除了你，我也不渴求其他人这么评价我，现在这种情况，有个勇敢的人在身边对你来说太重要了，可惜事实并非如此，昨晚在南米甸，还有今天北米甸人冲上来的时候，我都被吓傻了，这才是事实。"

"这更加说明我的想法是对的。"芭芭拉说。

"我不明白。"

"跟愚昧无知的人相比，有文化的聪明人更能明白什么是危险，所以要是聪明人面对危险还能坚持不退缩，甚至出于责任感而自愿陷入危险——就像你昨晚做的——那他们绝对比愚昧无知的人勇敢得多，因为愚蠢的人绝对想不到会有什么后果。"

"小心点儿，要是我相信了你，就会变得很傲慢，而且千万不要跟我说不会做饭是种美德。"

"我——听！什么声音？"芭芭拉不再说话，转头去听后面的声音。

"我们被发现了，你快跑——能跑多快跑多快！我尽量拖住他们。"拉斐特说。

"不，没用的，不论发生什么，我都会和你待在一起。"芭芭拉说。

"千万不要！要是不能救你，我干吗要跟他们对峙？"拉斐特请求道。

"没用的,他们迟早会抓到我,你的牺牲毫无意义。不如我们先投降,再看能不能说服他们放了我们,或者等天黑后再找机会逃跑。"芭芭拉说。

"你还是管自己跑吧,我必须抗争,不能什么都不做就让你被抓走,要是你现在就走,说不定等一下我也能逃脱。我们在悬崖底下会合,但是如果你找到出口,千万不要等我。快照我说的做!"拉斐特霸道地说。

芭芭拉只好继续往基尼烈湖走,可没走多久,她又停住脚步,掉头往回走。三个男人正慢慢靠近拉斐特,突然,其中一个抡起木棒,朝拉斐特扔去,然后立刻和同伴一起冲上前去。

木棒没有击中目标,掉到了拉斐特脚上,拉斐特迅速弯腰捡起木棒,紧跟着,又有一队米甸人朝树林这边冲过来。

拉斐特刚刚捡起木棒,三个米甸人就冲了上来,带头的正是朝他扔木棒的人,此刻正伸长手臂想要抓住他,拉斐特立刻举起木棒,重重砸在对方脑门上。

北米甸人像一只被击倒的公牛,轰然倒地。拉斐特再次把木棒举过头顶,以一敌二,朝剩下两人冲去。

剩下两人没料到拉斐特会冲过来,下意识地躲闪木棒,可其中一个躲闪不及,被木棒重重敲在脑袋上,传来头骨碎裂的声音。

另外一队米甸人加速冲过来,围住拉斐特,然后一拥而上。

芭芭拉不能抛弃拉斐特,虽然他勇敢地想要保护自己,但却势单力薄。北米甸人夺走拉斐特的木棒,抓住了他,就在这时,他们看到了芭芭拉,她就站在不远处看着众人扭打在一起。

两人被押着往北米甸村走,芭芭拉向拉斐特解释:"我不能就这样丢下你逃走,他们会杀了你的,我什么也帮不了你,太可怕了,我绝对不能抛下你一个人。"

Chapter 18

男人与女人

帕特里克又累又烦躁，他已经走了好几个小时了，一直认为自己正循着足迹走，可是却一直不见泰山的踪影。他太渴了，眼睛时不时朝湖水瞄上一眼。

"该死的，"他咕哝着，"我必须喝点儿水才能继续找泰山，嘴巴都要冒烟了，就像吃棉花吃了一个星期似的。"

帕特里克离开悬崖，转身往湖水走去，湖面在午后的阳光下闪闪发亮，清澈诱人，但他无心欣赏美景，满脑子只想着赶紧喝上湖水解解渴。

一路上到处都是悬崖顶上落下来的岩石，帕特里克不得不一直盯着地面，小心翼翼地踩着小石块走，时不时还得绕过一些巨大的岩石，这些岩石比人还高，完全挡住了他的视线。

帕特里克在心里骂着非洲，尤其是这个该死的地方。就在这时，他正绕过一块特别大的岩石，却突然停下脚步，瞪大双眼。

"老天！是个女人！"他大叫。

有个金发少女正朝他走来，身上只穿着一件勉强遮羞的粗布衣。这时，女孩也发现了他，停住了脚步。

杰泽贝尔露出欢快的笑容，激动地说："你是谁？"但她用的是米甸语，帕特里克听不懂。

"天啊，我就知道我来非洲一定有什么理由，我猜就是为了你。嘿，小妞，你长得真不赖，不得不说，你长得可真不赖。"帕特里克说。

"谢谢，很高兴你喜欢我。"杰泽贝尔用英语说。

"你会说美国话？你是哪里人？"帕特里克问。

"我是米甸人。"杰泽贝尔回答。

"从没听过叫米甸的地方，你在这儿干什么？你的乡亲们呢？"

"我在这儿等芭芭拉，"杰泽贝尔回答，"还有拉斐特。"

"拉斐特？哪个拉斐特？"帕特里克问。

"他长得很好看。"杰泽贝尔说。

"那就不是我要找的那个拉斐特了，他在这儿做什么？那个叫芭芭拉的又是谁？"帕特里克问。

"要不是拉斐特救了我们，亚伯拉罕就会杀了芭芭拉和杰泽贝尔，他很勇敢。"

"这下可以确定你说的人不是我认识的拉斐特了，但也不是说他没胆量啦。我的意思是他完全不知道怎么救人，他是个地质学家。"帕特里克说。

"你是谁？"杰泽贝尔问。

"小妞，叫我丹尼就行。"

"我不叫小妞，"杰泽贝尔甜甜地解释道，"我叫杰泽贝尔。"

"杰泽贝尔！老天，这名字可真奇怪，你看起来像个叫格温多林的。"

"我就叫杰泽贝尔,想知道我觉得你应该叫什么吗?"杰泽贝尔问。

"不知道,小妞,快跟我说说,你觉得我该叫什么,是胡佛总统还是大钞票汤普森?"

"我不认识他们,但我希望你就是'神枪手'。"杰泽贝尔说。

"'神枪手'?小妞,你知道他?"

"我不叫小妞,我叫杰泽贝尔。"杰泽贝尔再次甜甜地纠正他。

"好吧,耶兹,"帕特里克让步了,"不过是谁跟你提的'神枪手'这家伙?"

"我不叫耶兹,我叫——"

"好吧好吧,小妞,杰泽贝尔,行了吧。那'神枪手'呢?"

"什么'神枪手'?"

"就是我刚刚问的啊。"

"我听不懂你说的话,虽然听起来像英语,但和芭芭拉教我的不一样。"杰泽贝尔解释道。

"我说的不是英语,是美国话。"帕特里克一本正经地说。

"但是和英语很像。"

"这倒是,不过我们听得懂英语,英国人就听不大懂美国话了。估计他们都是笨蛋。"

"不,他们不是哑巴(英式英语中的哑巴一词,在美国俚语中有笨蛋的意思),芭芭拉就是英国人,她能说话,而且说得和你一样好。"杰泽贝尔纠正他。

帕特里克挠挠头,说:"我没说他们是哑巴。我说的是他们很笨,哑巴说不了话,只能打手语。如果说某人是个笨蛋,就是说他什么都不懂。"

男人与女人 | 165

"好吧。"杰泽贝尔说。

"我刚问的是,谁跟你提的'神枪手'这家伙?"

"请你用英语说吧。"杰泽贝尔说。

"老天,我已经说得很清楚了,我问的是,谁和你说起过'神枪手'?他们都说了什么?"帕特里克越来越没有耐心。

"拉斐特和我们说的。他说'神枪手'是他朋友,所以我一看到你,就以为你是拉斐特的朋友,是来这儿找他的。"

"你都知道些什么?"帕特里克大叫。

"我把我知道的都跟你说了,可能你没听懂,说不定你自己就是你口中的笨蛋。"

"你在开玩笑吗?小妞。"帕特里克问。

"我不叫——"

"好吧好吧,我知道你叫什么。"

"那你为什么不叫我的名字?你不喜欢吗?"

"当然不是,小妞,不,杰泽贝尔,我当然喜欢你的名字了,叫多了就很好听。你还是先跟我说说'老史密希'(帕特里克对拉斐特·史密斯的昵称)在哪儿吧。"

"我不认识这个人。"

"可你刚刚说你认识啊。"

"我知道了,"杰泽贝尔大声说,"老史密希是拉斐特的美国叫法,可拉斐特并不老,他很年轻。"

"好吧好吧,他在哪里?"帕特里克妥协了。

"我们被北米甸那些好看的人抓住了,"杰泽贝尔解释道,"不过我们逃跑了,三个人往不同的方向跑,今晚我们要在悬崖南边会合。"

"好看的人?老史密希被一群漂亮仙女抓了?"帕特里克问。

166

"我不知道你在说什么。"杰泽贝尔说。

"想你也听不懂,"帕特里克肯定道,"不过小妞——"

"我叫——"

"噢,别说了,你知道我什么意思,我刚要说的是,要不我们一起走,一起找老史密希,怎么样?"

"那就太好了,'神枪手'。"杰泽贝尔同意道。

"叫我丹尼就行,小——杰泽贝尔。"

"好的,丹尼。"

"老天,听你叫我丹尼,我觉得我的名字真好听,以前怎么没觉得。我们先去湖边喝上一顿怎么样?我要渴死了,舌头都伸出来了,就像狗一样。喝完水我们再回这个岩石堆,找找老史密希。"

"好的,刚好我也很渴,"杰泽贝尔又叹息着说,"丹尼,你不知道我现在有多开心。"

"为什么这么开心?"帕特里克问。

"因为你和我待在一起。"

"老天,小——杰泽贝尔,你也太快了吧。"

"我听不懂你在说什么。"杰泽贝尔天真地说。

"好吧,跟我说说,为什么我和你待在一起会让你觉得开心?"

"我听过拉斐特说的话,我觉得和你待在一起很有安全感。他说待在你旁边,他总是觉得很安全。"

"就这样?你只是想有人保护你?你一点儿也不喜欢我这个人吗?"

"丹尼,我当然喜欢你了,"杰泽贝尔喊道,"你长得很好看。"

"是吗?听着,小妞,或许你是长得不错——我也不知道——但说不定你就是个傻瓜,别再说我好看了,我知道自己长什么样,绝对算不上好看,而且我一点儿也不时髦,从来不戴贝雷帽。"

男人与女人 | 167

杰泽贝尔只是偶尔听懂一两句，所以什么也没回答。两人沉默地往湖边走了一段时间，左边稍远处有片树林，他们完全不知道那里发生的事情，也没听到任何动静，所以不知道芭芭拉和拉斐特正身陷囹圄。

走到湖边喝完水后，帕特里克表示要休息一会儿，然后再朝悬崖走。"不知道人到底能走多远的路。反正过去两天，我已经来回走了两次了。"他说。

"那是多远？"杰泽贝尔问。

帕特里克看了她一会儿，然后摇摇头，说："就是人能走的最远距离的两倍。"说完，他整个人平躺在地上，闭上眼睛，低喃着："老天，我快要废了。"

"快要怎么样？"

帕特里克没有回答，不久之后，呼吸变得平缓起来。杰泽贝尔知道他睡着了，于是坐在旁边紧紧盯着他，时不时发出低沉的叹息。杰泽贝尔在拿帕特里克和亚伯拉罕、拉斐特还有北米甸那些好看的人做比较，最后终于得出结论：还是帕特里克最好看。

周围没有遮挡物，炙热的阳光直直照射着两人，不一会儿，杰泽贝尔就被晒得晕乎乎的，再加上身体疲乏，也变得昏昏欲睡。她在帕特里克旁边躺下来，舒服地伸展开来，很快也睡着了。

阳光太过猛烈，所以帕特里克没有睡很久。醒来后，他一手撑着脑袋往四周看，最后视线集中在杰泽贝尔身上，仔细端详了一会儿。她身材纤瘦，曲线曼妙，满头浓密的金发，还有一张精致的面庞。

"这小妞还真是个美人，虽然我见过不少女人，可没一个比得上她。要是好好打扮一番，绝对能把那些女人比下去。老天，她简直会叫她们黯然失色！不知道她说的米甸在哪儿，要是那里的人都长得这么好看，我一定要去那儿玩玩。"帕特里克自言自语道。

过了一会儿，杰泽贝尔动了一下，帕特里克靠过去，抓着她的肩膀晃了晃，说："我们得赶紧走了，不能错过老史密希和那个女人。"

杰泽贝尔坐起来四处看了看，激动地说："你吓死我了，我还以为有人追过来了。"

"怎么了？做梦了吗？"

"没有，你刚刚不是说我们得赶紧走吗？"

"老天！我的意思是我们最好还是快点去大岩石堆那儿。"

杰泽贝尔还是一脸疑惑。

"我们要往回走，去悬崖那儿，你说过拉斐特和芭芭拉会在那儿等你。"

"现在我听懂了，走吧。"杰泽贝尔说。可是当他们走到悬崖脚下，却没看到拉斐特和芭芭拉，杰泽贝尔原先以为他们会慢慢往南走，去找她和芭芭拉觉得可以出谷的那个地方。

"丹尼，你是怎么进来的？"杰泽贝尔问。

"我从一个大裂缝里进来的。"帕特里克回答。

"拉斐特一定也是从那里进来的，你能重新找到那个地方吗？"杰泽贝尔问。

"当然，我们现在就往那边走。"

下午三点左右，两人就走到了裂缝入口，可还是不见芭芭拉和拉斐特的踪影，两人不知道该怎么办了。

"说不定我们打盹的时候他们就到了，然后先跑路了。"帕特里克猜测。

"不知道你在说什么，我觉得我们睡觉的时候，他们可能先找到了出口，然后自己先出谷了。"杰泽贝尔说。

男人与女人 | 169

"不就是我刚说的那样？"帕特里克问。

"听起来不像。"

"你在给自己戴高帽吗？"

"高帽？"

"说这些有什么用？"帕特里克低吼一声，很不耐烦，"赶快走出裂缝，去外面找老史密希和那个女人吧。怎么样？"

"可要是他们还没出去呢？"

"那我们就再回来，不过我觉得他们肯定已经出去了。看见脚印了吗？"帕特里克指着地上的脚印——可那是今早他自己踩出来的，"我越来越在行了嘛，泰山那家伙很快就没什么可炫耀的了。"他又说。

"先看看悬崖另一边是什么样的吧，我一直都想去看看。"杰泽贝尔说。

"也没什么可看的，就是景色多了点儿，既没有热狗摊，也没有酒吧。"

"你说的是什么东西？"

"也可以叫它们'加油站'。"

"什么是加油站？"

"老天，小妞，你以为我是谁，大学教授吗？从没见过像你这么会提问的。"

"我叫——"

"好了，我知道你叫什么。赶快走吧，先往这堵墙上的洞里爬。我走前面，你跟着我走。"

裂缝里都是岩石，路面崎岖不平，帕特里克越来越没有耐心，可杰泽贝尔却越发兴奋，充满期待，她一辈子都幻想着能去悬崖外面的世界看看。

村里人曾告诉她,外面的世界就是个广阔的平原,上面充满了罪孽和异端邪说。要是走得太远,就会从边缘掉下去,经受地狱永恒烈火的炙烤。但杰泽贝尔一直不相信,她觉得外面的世界一定长满了花花草草,还有川流不息的河流,白天很长,阳光明媚,美丽的人们充满欢乐,放声高歌。很快她就能亲眼见证这一切了,真是太令人激动了。

两人终于走完大裂缝,来到了出口,眼前群山起伏,远处还有一大片森林。

杰泽贝尔兴奋不已地拍着手,大声说:"丹尼,太美了!"

"什么很美?"帕特里克问。

"所有这一切都很美。你不觉得吗?"

"小——杰泽贝尔,这里最美的就是你。"帕特里克说。

杰泽贝尔转过身来,抬头看着他,蓝色的大眼睛扑闪扑闪。她问道:"丹尼,你觉得我很美?"

"当然。"

"你也觉得我很美?"

"没有什么东西能与你媲美,如果有,那就只能是你自己。你怎么会这么问?"

"芭芭拉也说我很美。"

帕特里克思考了一会儿,说:"小妞,她说得对。"

"你很喜欢叫我小妞。"杰泽贝尔说。

"听起来更亲切,也很好记。"帕特里克解释道。

"好吧,你想这么叫就这么叫吧,但是别忘了我的名字叫杰泽贝尔。"

"妹妹,就这么定了,要是我想不起来你叫杰泽贝尔,就叫你小妞。"帕特里克说。

男人与女人 | 171

杰泽贝尔笑了："丹尼，你真有趣，总是爱乱叫，我又不是你的妹妹。"

"小妞，很高兴你不是我妹妹。"

"为什么？你不喜欢我吗？"

帕特里克大笑起来。"从没见过你这样的小妞，我真得好好想想了，不过，"帕特里克严肃了一点儿，"确实有件事我还没想过——你可真是个有趣的小妞。"

"我不知道你在说些什么。"杰泽贝尔说。

"我知道你肯定听不懂。小妞，我们坐下来休息一会儿吧，我累了。"帕特里克说。

"我饿了。"杰泽贝尔说。

"从没见过哪个女人不饿的，你干吗说出来呢？现在我也饿了，连草都想吃。"

"拉斐特杀了只小羊，我们吃了一点儿后，他又用羊皮把剩下的肉包起来。不过我猜北米甸人攻击我们的时候，他一定把肉弄丢了。真希望——"

"噢，"帕特里克大叫，"我真是个笨蛋！"他从口袋里拿出几块生肉，说："我带着这些肉走了一天，居然一点儿都没想起来，我都快要饿死了。"

"是什么肉？"杰泽贝尔凑近看了看那点儿肉，看起来不是很好吃。

"猪肉，我知道什么地方还有，原先我以为自己再也不会吃了，可现在，就算它长蛆虫了我也愿意吃。"帕特里克一边说，一边四处搜集枯树枝和干草，准备生火。

杰泽贝尔帮着帕特里克一起找柴火，附近没什么干草，只有山边长着一点儿艾草，所以只能捡些干艾草。不过他们还是搜集了不少柴火，很快就在火堆上烤起野猪肉。两人太过专注，都没有发现一英里外的山顶上，有三个骑马的人停在那儿看着他们。

"真像在做家务活，对吧？"帕特里克问。

"什么是家务活？"杰泽贝尔问。

"就是一个男人和女朋友住在一起，一起做饭。只不过现在这样更好——不用洗碗。"

"丹尼，什么叫住在一起？"杰泽贝尔问。

"哎呀——呃——"帕特里克脸红了。从前他和许多姑娘说过浑话，许多话就算木头人听了也会脸红，可这回帕特里克却头一次觉得有点儿尴尬。

"哎呀——呃——住在一起就是指结婚。"他磕磕巴巴地说。

"哦。"杰泽贝尔没说话，看着猪肉在小火堆上发出"咝咝"的声音。过了一会儿，她抬头看着帕特里克，说："我觉得做家务活很有趣。"

"如果是和你一起做家务的话，我觉得是挺有趣。"帕特里克的声音有点儿沙哑。他看着杰泽贝尔，眼里闪着异样的光芒，从未有别的女孩见过这样的光芒。过了一会儿，他又开口说道："你真是个有趣的小妞，从没见过像你这样的。"帕特里克没有注意到手中的猪肉，这会儿正顺着树枝滑下来，掉进火堆里。

"天啊，看看这肉！"帕特里克大叫，立刻从火堆里捞出猪肉，然后盯着它看了一会儿，肉看起来很不好吃。"这肉看着真不怎么样，不管了，还是得吃，就算这肉被大象坐了一个星期，我也不在乎。我会把肉和那头大象一起吃了。"

"快看！"杰泽贝尔大叫，"来了几个人，都是黑人。他们坐着的是什么奇怪的野兽？丹尼，我好怕。"

杰泽贝尔一叫，帕特里克立刻转身跳起来，瞥一眼来人，他就知道他们是谁，都是老熟人。

"小姐快跑！闪回裂缝里去，往山谷里猫，他们骑着马，进不去。"他大喊。

三个强盗已经离得很近了，发现自己暴露了，立即骑马加速冲过来。可杰泽贝尔却站在火堆旁边，瞪大眼睛，吓得不轻。她听不懂帕特里克说的黑话，芭芭拉教她的英语谚语里从来没有"闪"、"猫"。可就算听懂了帕特里克的话，情况也不会有什么改变。杰泽贝尔可不是遇到危险就会退缩的人，更不会丢下同伴自己一个人跑。

帕特里克回头看见她还在原地，大喊："看在上帝的分上，快跑啊，小姐，这些人很凶狠，我认识他们。"说话间，强盗冲了上来。因为弹药稀缺，很难找，所以三人没有开枪，而是骑马朝帕特里克撞过来，用步枪抽打他。帕特里克躲开带头的人，强盗立即勒住缰绳，想要掉头继续撞。帕特里克马上跳到强盗旁边，把他从马鞍上拉下来。后面强盗的马被两人绊倒，把背上的人甩了下去。

被帕特里克拉下马背的人匆匆忙忙站起来，步枪掉在了地上，帕特里克迅速抓起步枪。杰泽贝尔瞪大眼睛看着他，眼里满是惊奇和崇拜。帕特里克抡起步枪朝第三个强盗砸去，就在这时，被拉下马的强盗猛地扑上来，抱住帕特里克的双腿，把他拽倒在地，摔下马的强盗立刻跳到他身上，剩下的另一个强盗重重砸了一下他的脑袋。

帕特里克倒在地上，头上有一道丑陋的伤口，不停地往外冒血。杰泽贝尔朝他跑过去，却被强盗一把抓住，直接扔到马背上。三人骑上马背，带着杰泽贝尔疾驰而去，只留下帕特里克一动不动地躺在血泊之中。

Chapter 19
北米甸村

    泰山渐渐靠近南米甸,有个村民发现了他,立即向其他人发出警告,大家立马动身逃往悬崖上的洞穴。所以泰山进村时,草屋里空空如也。

    亚伯拉罕站在最高的洞穴里,看见来人半裸着身子,还带着奇怪的武器,心里十分惶恐,便下令村民阻挡这个奇怪的陌生人。泰山靠近悬崖时,村民大喊大叫,纷纷把石头推下陡坡,想要杀了他。

    泰山抬头看着吼叫的村民,知道他们这么做只是因为害怕、怯懦,因此面无表情,不屑一顾。

    泰山知道拉斐特已经离开南米甸,只是出于好奇才走进村子。他没有停留很久,只是简单地看了看当地村民和他们的文化,但对两者都不感兴趣,于是便掉头回基尼烈湖。根据先前在湖边发现的脚印,他发现拉斐特三人已经往北边去了。

泰山一路不紧不慢，先在湖边喝足了水，吃了身上带的一点儿野猪肉，最后又躺下来休息，就像野兽一样，吃饱喝足之后，优哉游哉地躺下来放松。

泰山离开南米甸的时候，亚伯拉罕正在感谢耶和华帮助他们赶走野蛮人，还揽了部分功劳给自己，夸赞自己机智地保护了村民。

芭芭拉和拉斐特怎么样了呢？再次被抓后，两人被严加看管，没法再逃跑，只好一路被押着往北走，朝伊利亚的村子进发。

芭芭拉意志消沉，拉斐特想安慰她，却也想不出好理由。

"我觉得他们不会伤害我们的，我们只不过是因为太饿才杀了一只羊。他们可以随意开价，我会补偿他们的，得到报偿后，他们就没理由不满了。"拉斐特说。

"你打算用什么补偿？"芭芭拉问。

"我有钱。"拉斐特回答。

"他们要钱有什么用？"

"要钱有什么用？要是他们愿意，完全可以用钱再买一只羊。"他回答。

"这些人根本不知道什么是钱，钱对他们来说毫无价值。"芭芭拉说。

"好吧，你是对的，我没想到这一点，不过可以把我的手枪给他们啊。"拉斐特说。

"他们已经有了。"

"可那是我的，他们必须还给我。"拉斐特激动地说。

芭芭拉摇摇头，说："你可不是在和文明人打交道，我们很熟悉执法机构，会遵从文明准则和习俗，正是这些东西让我们变得文明，但米甸人可完全不懂这一套。"

"那我们再逃一次，"拉斐特大胆地说，"说不定还能逃掉。"

"这是唯一的希望了。"

不久之后，两人终于走到了北米甸村。北米甸看起来比南米甸要好得多，虽然也有很多简陋的茅草屋，但还是有不少石屋，整个村子很干净，欣欣向荣。

一进村子，就有几百人前来欢迎回归的勇士。芭芭拉和拉斐特发现，北米甸人长得很正常，也没有癫痫病，而且都很健康，看起来很聪明，很多人都长得很好看，所有人都是金色头发、蓝色眼睛。要说他们和亚伯拉罕，还有他那些退化的村民有共同的祖先，显然不太可能，然而事实却正是如此。

女人和孩子互相推搡着，男人用力挤过人群，靠近两个囚徒。他们一边"叽叽喳喳"地说着话，一边不停地大笑，似乎对囚犯的穿着打扮很好奇，又觉得很好笑。

北米甸人和南米甸人用的是同一种语言，所以芭芭拉毫不费力就听懂他们在说什么。从听到的只言片语来看，她最担心的事情很有可能发生。不过村民并没有对两人进行人身伤害，显然他们并非天生就残酷无情，只不过宗教和习俗要求他们必须严厉对待敌人。

进村子后，芭芭拉和拉斐特就被分开了。芭芭拉被带到一间茅草屋里，由一个年轻女人看管，拉斐特则待在另一间屋子里，由好几个男人看着。

看管芭芭拉的女人看起来很健康，很漂亮，跟杰泽贝尔很像，而且也跟男人们一样，很爱说话。

"从没见过长得像你这么奇怪的南米甸人，"女看守说，"那个男的看起来一点儿也不像南米甸人。你的发色和他们不一样，也不是被他们剃掉的那种颜色，而是介于两者之间，你的衣服也很奇怪，没人见过这样的外袍。"

"我们不是米甸人。"芭芭拉说。

"不可能,"女看守大声说,"山谷没有任何进出的路,所以里面只有米甸人。有人说悬崖另一边有人,还有人说那边都是魔鬼。如果你不是米甸人,那就很可能是个魔鬼。不过你肯定是个米甸人。"

"我们来自悬崖外面的某个国家,我们只想回自己的国家。"芭芭拉说。

"伊利亚不会放你们走的,他会像对南米甸人一样对付你们。"

"他会怎么对付我们?"

"男人会被当成异教徒处死,女人要是长得好看,就留作奴隶。做奴隶没什么不好的,我就是个奴隶,我母亲也是个奴隶。她是南米甸人,被我父亲抓来当奴隶。她长得很美,要是没被抓到这里来,南米甸人很快就会处死她,所有漂亮女人在生下第一个孩子之前都会被处死。"

"但我们不一样。我们会杀掉丑陋的人,男孩女孩都杀,还会杀掉那些跟南米甸人一样被恶魔缠身的人。你身上有这种可怕的恶魔吗?"

"我说过我不是米甸人。"芭芭拉说。

女看守摇摇头,说:"虽然你看起来并不像南米甸人,但要是伊利亚信了你的话,觉得你不是南米甸人,那你就完了。"

"为什么?"芭芭拉问。

"伊利亚觉得悬崖外面的人都是魔鬼,如果你不是南米甸人,那你就是个魔鬼。他会把你和那个男人一块儿杀了。不过我倒是属于不太确定的那类人,我们这类人觉得米甸外面说不定住着天使,你是天使吗?"

"我不是魔鬼。"芭芭拉回答。

"你不是南米甸人,那就是天使了。"

"我不是南米甸人。"芭芭拉坚持说。

"那你就是个天使,"女看守推断道,"如果你是天使,那你一定很轻松就能证明自己。"

"怎么证明?"

"只要施展奇迹就好了。"

"哦。"芭芭拉说。

"那个男人是天使吗?"女看守问。

"他是美国人。"

"我从没听说过,那也是一种天使吗?"

"欧洲人并不这么觉得。"

"伊利亚一定觉得他是个南米甸人,会杀了他的。"

"为什么你们这么憎恨南米甸人?"芭芭拉问。

"他们都是异教徒。"

"他们很信教,随时随地都会祈祷,而且从来不笑。为什么你们会觉得他们是异教徒?"芭芭拉问。

"他们非说保罗的头发是黑色的,可我们觉得是黄色的。他们都是邪恶的人,总是亵渎神灵。很久很久以前,我们曾经是一家人。可是有些邪恶的异教徒,长着黑色的头发,他们想杀了所有长着黄头发的人,所以黄头发的人只好逃到山谷北边来。从那以后,北米甸人会杀掉所有黑头发的人,南米甸人则会杀掉所有黄头发的人。你觉得保罗的头发是黄色的吗?"

"当然。"芭芭拉说。

"这对你很有利。"女看守说。

这时,一个男人走到草屋门口传唤芭芭拉。

"跟我走。"他命令道。

北米甸村 | 179

芭芭拉跟着传令人走出去,女看守也跟着一起走。三人走到一个大石屋前,伊利亚就站在石屋前,旁边站着许多老人,剩下的村民则围成半圆站在对面。拉斐特就站在伊利亚前面,传令人让芭芭拉站在拉斐特旁边。

先知伊利亚是个中年男人,仪表堂堂,身材矮壮,肌肉发达,脸上长着浓密的络腮胡。同其他北米甸人一样,他也只穿一件羊皮外袍,身上唯一的装饰物就是从拉斐特那儿抢来的手枪,此刻正挂在脖子上的皮绳上。

"这男人不说话,一直在'叽里咕噜'瞎吵,为什么他不说话?"伊利亚问芭芭拉。

"他听不懂米甸语。"芭芭拉回答。

"他一定听得懂,每个人都听得懂米甸语。"伊利亚坚持道。

"他不是米甸人。"芭芭拉说。

"那他一定是个魔鬼。"伊利亚说。

"说不定他是个天使,他认为保罗的头发是黄色的。"芭芭拉说。

此话一出,周围立刻炸开了锅,伊利亚和使徒们立刻进屋密谈。

"芭芭拉,你们刚刚说了什么?"刚刚那些话拉斐特一句都没听懂。

"你相信保罗的头发是黄色的,对吧?"芭芭拉问。

"我不懂你的意思。"

"我刚刚告诉他们,你认为保罗的头发是黄色的。"

"为什么要跟他们说这个?"拉斐特问。

"因为北米甸人喜欢金发。"芭芭拉回答。

"保罗是谁?"

"他已经死了。"

"很抱歉,不过他到底是谁?"拉斐特再次追问。

"我看你是忘了《圣经》吧。"芭芭拉提醒他。

"哦,使徒保罗,可这跟他头发是什么颜色有什么关系?"

"确实没什么关系,重要的是你通过我,向北米甸人表明你认为保罗的头发是黄色的,这样或许能保你一命。"芭芭拉解释道。

"真是荒谬!"

"当然,别人的信仰总是荒谬的,可他们自己可不这么觉得。有人还觉得你是个天使,你能想到吗?"

"完全没想到!谁这么觉得?"

"我,或者说是我暗示的。希望伊利亚能因此有点儿顾虑,真是这样的话,我们就安全了,你可是天堂来的,可以为我说情。"

"这样你就得救了,我不会说米甸语,你可以做我的代表,想说什么就说什么,还用不着跟他们解释。"拉斐特说。

"就是这样,要不是现在处境危险,我一定会觉得很有趣。"芭芭拉笑着说。

"你总是能找到乐趣,即使面对困难也是这样。"拉斐特钦佩地说。

"我只是给自己壮壮胆。"芭芭拉说。

伊利亚和使徒们进去很久了,两人一边说话一边等着他们出来,以此缓解紧张的情绪。屋子里传来喋喋不休的"嗡嗡"声,伊利亚一直在和使徒争论,屋子外面,村民也一直在吵吵闹闹。

"他们很喜欢说话。"拉斐特说。

"你也发现北米甸人的癖好了吗?"芭芭拉问。

"嗯,很多人都喜欢说话。"

"而且男人比女人还爱说。"

"也许是为了维护自己的立场。"

"他们出来了!"看到伊利亚出现在屋子门口,手指拨弄着手枪,芭芭拉激动地说。

天已经黑了,伊利亚和十二个使徒陆续走出石屋,伊利亚举手示意众人安静,等大家都停下来,他才开口说话。

"在耶和华的帮助下,"他说,"我们就一个重大问题展开了激烈争论。我们之中,有人认为这个男人是个南米甸人,还有人觉得他是个天使。但他提出了一个重要声明,声称他相信保罗的头发是黄色的。如果这是真的,那他就不是个异教徒,也就不是个南米甸人,因为人人都知道,南米甸人都是异教徒。可问题是,万一他是个魔鬼,他还是有可能会说自己相信保罗的头发是黄的,以此来欺骗我们。"

"我们该如何判断?我们必须知道真相,万一误解了真相,对耶和华的天使犯了罪,耶和华一定会迁怒于我们。"

"幸好,我——耶和华之子——发现了真相。这个男人不是天使!耶和华亲自将荣耀降临到我头上,赐予我启示。这个男人绝对不是天使,因为他没有翅膀!"

人群中立刻响起一片"阿门"、"哈利路亚",芭芭拉浑身发凉。

"所以他不是南米甸人就是魔鬼,不论是哪个,他都得死。"伊利亚继续说。

芭芭拉脸色苍白地看着拉斐特,嘴唇微微发抖。拉斐特第一次看到她流露出属于女性的柔弱情感。

"怎么了,他们要伤害你吗?"拉斐特问。

"他们要杀的是你,我亲爱的朋友,你必须逃跑。"芭芭拉回答。

"怎么跑?"拉斐特问。

"我不知道,我不知道,"芭芭拉痛苦地说,"只有一个办法,你现在就冲出去。现在天很黑,他们绝对想不到你会这么做。我会做些事情吸引他们的注意力,你赶快往树林里冲。"

拉斐特摇摇头，说："不行，要走一起走，不然我不会走的。"

"求你了，快跑吧，不然就太迟了。"芭芭拉恳求道。

伊利亚刚刚一直在和一个使徒说话，这会儿，他提高声音，好让所有人都听到他说话："为了防止错解耶和华的神圣旨意，我们就按耶和华的意思，让耶和华亲自处理他。赶快挖好墓穴，若他真是个天使，必定能活着站起来。"

"快跑，求你了，快跑！"芭芭拉哭喊着。

"他说什么？"拉斐特问。

"他们要活埋了你。"芭芭拉哭着说。

"你呢？他们打算怎么处置你？"拉斐特问。

"我得留在这儿做奴隶。"

村子中心，也就是伊利亚屋前的空地上，几个男人拿着削尖的木棒和一些骨制、石制工具，开始挖起墓穴。使徒们围着伊利亚站在一旁，等着墓穴挖好。伊利亚还在玩弄手中的新玩意儿，想要弄清这东西到底有什么用，又是怎么用的。

芭芭拉一直恳求拉斐特，劝他趁还有机会赶紧逃跑，可拉斐特还在想有没有更好的计划。

"你必须跟我一起走。我们迅速往悬崖那边冲，这是最好的机会，那里站的人比较少。"拉斐特说。

村子一边的森林里，有双眼睛一直在黑暗中盯着伊利亚屋前的空地，观察事态的发展。慢慢地，他悄悄靠近村子，躲在村子边缘一间屋子的阴影里。

拉斐特突然抓起芭芭拉的手，两人一起朝村子北边冲去。村民完全没想到两人会突然逃跑，一时间没人伸手拦住他们。但片刻之后，伊利亚反应过来，大喊一声，整个村子的人应声追去。就在这时，刚刚藏身阴影之下的人悄悄溜进村子，站在伊利亚的屋子附近，看着众人追捕逃走的犯人。整个村子中心像被施了魔法一样，空无一人，就连女人和孩子都一起追犯人去了。

拉斐特紧紧抓着芭芭拉的手，飞快地往前跑，领头的几个村民紧追其后。村子里的火光离他们越来越远，月亮还未升起，前方黑黢黢的。

拉斐特开始往左跑，想再往南边绕。要是能在进入树林前，甩掉后面几个离得最近的村民，那么他们还是有机会成功逃脱的，在如此危急的情况下，他们的速度和耐力都超乎常人。

眼看就要成功了，前方却出现了一块碎岩石，天太黑了，什么也看不见，拉斐特一下子就被绊倒了，连带着芭芭拉也摔在地上。两人还没来得及爬起来，后面的米甸人就扑上前来。

拉斐特立即挣脱米甸人，挣扎着站起来，另一个人又想伸手抓他，拉斐特一拳狠狠击中对方下巴，把他放倒在地。

然而，两人还未缓过神来，又有村民立即拥上来，再次围住他们。拉斐特对着敌人拳打脚踢，直到被人制服才放弃反抗。

最后的希望也没了，两人心灰意冷，又被押着往村子走。米甸人再次围在挖好的墓穴旁边，准备见证犯人受刑。

拉斐特被两个健壮的村民押到坑洞边上，伊利亚开始大声地祈祷，其余人则跪在地上，时不时喊着"哈利路亚"、"阿门"。

说完长长的祷告词，伊利亚停下来，看上去有点儿苦恼。其实他想的正是挂在脖子上的那把枪，他还没弄明白它的用途，可唯一能告诉他真相的人马上就要受刑了。

伊利亚觉得，这把枪简直是他拥有的最棒的东西，心里对它充满了好奇。伊利亚心想，这东西或许是用来辟邪的护身符，不过也有可能是魔鬼或是巫师的符咒，说不定能对自己施法。想到这里，伊利亚急忙把皮绳从脖子上取下来，不过还是把枪握在手里。

他伸出手枪，问芭芭拉："这是什么？"

"这是种武器，小心点儿，不然会走火杀人的。"芭芭拉说。

"它怎么杀人？"伊利亚问。

"他在说什么？"拉斐特问。

"他在问那把枪怎么杀人。"芭芭拉回答。

拉斐特突然想到一个绝妙的主意："叫他把枪给我，我教他。"

芭芭拉把拉斐特的意思转达给伊利亚，却被拒绝了。"他会用这东西杀了我的。"伊利亚精明地说。

"他不愿意给你，怕你杀了他。"芭芭拉对拉斐特说。

"我确实会。"拉斐特说。

"告诉他，跟我解释解释怎么用这东西杀人。"伊利亚说。

芭芭拉告诉拉斐特伊利亚的要求，拉斐特说："一定要很小心地传达我的话。先跟他说怎么拿枪。"芭芭拉照做了，伊利亚用右手抓住枪柄。拉斐特又说："再叫他把食指伸进扳机护环里，但是千万别扣动扳机。"

伊利亚依言照做。拉斐特继续说："现在告诉他，要是想看看手枪是怎么运作的，他可以一只眼睛对着枪口，往枪管里面看看。"

伊利亚按芭芭拉说的做了。"我什么都看不到，小洞里面很黑。"他反驳道。

"他说枪管里太黑了，什么都看不到。"芭芭拉向拉斐特转述。

"跟他说，要是扣动扳机，枪管里就会有光了。"拉斐特说。

"这可是谋杀。"芭芭拉叫道。

"这是战争，待会儿我们就可以趁乱逃跑了。"拉斐特说。

芭芭拉硬起心肠对伊利亚解释："你还没有按食指下面的那一小片金属，所以什么都看不见。"

"按下去有什么用？"伊利亚问。

北米甸村 | 185

"按下去的话，小洞里就会有光出现。"芭芭拉说。伊利亚又用眼睛对着枪口，然后扣动扳机。周围的村民紧张地看着他，全都没有说话。突然，空气中响起巨大的炸裂声，只见伊利亚面朝下倒在地上。

芭芭拉立刻冲到拉斐特旁边，同一时刻，拉斐特拼命地想要挣脱看守的束缚。虽然看守被眼前的景象惊呆了，但拉斐特还是没法趁机逃脱，依旧被牢牢抓着。

一时间，周围寂静无声，但村民很快就意识到，先知被魔鬼的邪恶魔法杀死了，众人陷入混乱，一片闹哄哄的。他们刚刚还大喊着要复仇，注意力突然就被另一个陌生人吸引了。此人身材高大，突然从伊利亚的屋子后面跳出来，弯腰捡起伊利亚手中掉落的手枪，然后跳到拉斐特旁边，后者还在看守手中奋力抗争。

村民们从没见过这样的人——此人是个身材魁梧的白人，一头乱蓬蓬的黑发，一双灰色眼珠，目露凶光，令村民们害怕。他身上只穿一条狮皮短裤，棕色皮肤下全是大块的肌肉，村民们从未见过如此健硕的身材。

来人直直朝拉斐特冲去，其中一个看守知道他打算救走拉斐特，于是抡起木棒，准备好好教训一下来人。与此同时，另一个看守则用力拖走拉斐特。

拉斐特一开始没有认出泰山，虽然不知道泰山是来救自己的，但他却知道米甸人绝对是敌人，于是挣扎着不让看守把自己拖走。

所有村民都觉得这个高大的陌生人是两人的朋友，准备救走他们。于是，另一个抓着芭芭拉的米甸人也想把她拖走。

最后，拉斐特终于从看守手中挣脱，立马跑去救芭芭拉。他给了看守重重一拳，把对方放倒在地。就在这时，泰山用拉斐特的手枪对准举起木棒的看守。

北米甸村

听到第二次枪声,又看到同伴像伊利亚一样倒在地上,米甸人惊惧不已,立刻往后退去,村子中心只剩下他们三人。

"快点!趁他们回神之前赶紧离开这里。你们走前面,我走后面,走那条路。"泰山用手指着南边。

拉斐特和芭芭拉拼命往村子外面跑,泰山一路倒退着走,好让村民一直看到手枪。目睹两个人都死于这恐怖的魔法,村民们被吓坏了,完全不敢靠近手枪。

泰山一直往后慢慢倒着走,直到木棒再也扔不到他,才转身跃入黑暗之中,开始追赶拉斐特和芭芭拉。

Chapter 20

最棒的五局三胜

杰泽贝尔骑在马背上,心里十分害怕,她从没见过黑人,也没见过马。不过,虽然她很担心自己,但更多的还是觉得伤心。杰泽贝尔第一时间想到的就是赶紧逃跑,然后回去看看帕特里克——虽然她觉得经过重重一击,帕特里克肯定已经死了。

杰泽贝尔奋力挣扎,想要挣脱马背后面的男人,可对方力气太大了,虽然她极力挣扎,但还是完全没办法逃脱。强盗被激怒了,用力打了她一下,杰泽贝尔发现自己的力气根本比不上他,必须耐心等待,找机会偷偷溜走,而不是正面对抗。

强盗的村子离刚刚打斗的地方不远,只走了几分钟就到了村口,一行人骑马往村子中心走。

村子里都是欢呼声,欢迎刚来的漂亮囚犯。加皮埃特罗和斯塔布奇走到屋子门口,想看看出了什么事。

"这群黑鬼又带什么回来了?"加皮埃特罗不耐烦地叫道。

"好像是个年轻女人。"斯塔布奇说。

强盗带着囚犯走进两人的屋子，加皮埃特罗大叫："真的是个女人，斯塔布奇，我们得有个伴儿，是吧？小妞，谁把你绑来的？"说完，他便向杰泽贝尔身边的三个强盗索要杰泽贝尔。

"差不多赎个首领的钱吧。"其中一个黑人回答。

"你们在哪儿发现她的？"

"就在离村子不远的地方，我们巡逻回来的时候遇上了她。当时她旁边还有个男的，就是被人猿救走的那个。"

"他在那儿！为什么不把他一起带回来？"加皮埃特罗问。

"他跟我们打了一架，我们没办法，只能杀了他。"

"很好，这女人可比他要值钱得多——不只是钱方面的问题。女孩，过来，抬起头来，让我们瞧瞧你的漂亮脸蛋。过来，别怕，若你是个好女孩，多米尼克·加皮埃特罗会对你很好的。"加皮埃特罗说。

"她可能听不懂意大利语。"斯塔布奇猜测。

"看来你说得对，那我用英语说吧。"

听到斯塔布奇用英语说话，杰泽贝尔抬头看了他一眼，心想：说不定这人可以做朋友。可是看到斯塔布奇的脸，她的心迅速往下沉了沉。

"真是个美人！"斯塔布奇脱口而出。

"朋友，你也太快就看上她了吧，你想买下她吗？"加皮埃特罗问。

"你想要多少？"

"朋友之间不议价，"加皮埃特罗说，"等等，我想到一个好主意！女孩，过来。"加皮埃特罗抓着杰泽贝尔的胳膊，把她带进屋子里，斯塔布奇跟在两人身后。

"为什么带我来这里？我没有伤害过你，放我回去找丹尼吧，他受伤了。"杰泽贝尔恳求道。

"他已经死了，小家伙，别难过。虽然失去了一个朋友，可你现在又有了两个新朋友。很快你就会忘了他，女人很容易忘事儿。"

"我永远也不会忘记他，"杰泽贝尔哭着说，"我要回去找他，说不定他还活着。"说完，杰泽贝尔崩溃大哭。

斯塔布奇饥渴难耐地盯着杰泽贝尔，她年轻貌美，勾起了他心中的邪恶欲望，他暗自发誓，一定要得到她。

"别哭了，我就是你的朋友，一切都会好起来的。"斯塔布奇轻柔地说。

斯塔布奇的语气给了杰泽贝尔希望，她感激地看着他："如果你是我的朋友，那就带我离开这里，去找丹尼吧。"

"好，我马上就带你走，"说完，斯塔布奇问加皮埃特罗，"你要多少？"

"我不会把她卖给好朋友，咱们先喝口酒，再听我慢慢给你解释我的主意。"加皮埃特罗说。

两人站在屋里共饮一瓶酒。"坐下。"加皮埃特罗冲杰泽贝尔招招手，示意她坐在一块脏兮兮的地毯上。然后又在帆布包里找了一会儿，拿出一副又脏又旧的扑克牌，这才开口对斯塔布奇说："我的朋友，请坐，再喝一口酒，我就告诉你我的主意。"

斯塔布奇喝了一口酒，又用手背擦了擦嘴，问："什么主意？"

"我们打牌，谁赢了她就归谁。"加皮埃特罗一边洗牌，一边说。

"再干一口，五局三胜，谁赢她就归谁，怎么样？"斯塔布奇说。

"再喝一口就成交！"加皮埃特罗兴奋地点头道，"最棒的五局三胜！"

斯塔布奇赢下第一局。杰泽贝尔看着两人打牌，完全不懂这些小纸牌是用来做什么的，只知道两人在用某种方法决定自己的命运。年轻点的男人说过要和她成为朋友，她希望他能赢。说不定能说服他带自己回去找丹尼呢。她很好奇他们喝的瓶子里装了什么水，因为她发现喝完这水，两人都起了变化。他们说话越来越大声，把小纸牌扔在毯子上的时候，他们还会喊出一些奇怪的字眼，然后其中一个会很生气，另一个则会放声大笑。两人越喝越多，竟然开始用古怪的姿势摇来晃去。

加皮埃特罗赢下第二局和第三局。斯塔布奇很愤怒，不过开始变得很安静。他全神贯注，第三局结束洗牌的时候，他看起来很清醒，一点儿也没醉。

"她马上就是我的了！"加皮埃特罗看着手里的牌，大声说。

"不可能！"斯塔布奇咆哮着说。

"你什么意思？"

"接下来我要连赢两局。"

加皮埃特罗大笑："很好，来，喝口酒。"他把酒瓶凑到嘴边喝了一口，然后递给斯塔布奇。

"我不想喝了。"斯塔布奇推开酒瓶，阴郁地说。

"啊哈！我的朋友开始紧张了。他怕输，所以不敢喝。哟！我无所谓，反正白兰地和女孩都是我的。"

"快出牌！"斯塔布奇猛地说。

"别急着输啊。"加皮埃特罗嘲笑他。

"我急着赢你。"斯塔布奇更正道，结果真的赢了第四局。

这下轮到加皮埃特罗咒骂自己不走运了，他又洗了一次牌，两人开始抽牌。"最后一局。"斯塔布奇说。

"我们每人赢了两局，为了最后的赢家干杯——真不想为我自己干杯。"说完，加皮埃特罗哈哈大笑，笑声带着邪恶。

两人一言不发地继续打牌，一张又一张地往地毯上扔纸牌。杰泽贝尔好奇地看着两人，虽然看不懂，但她觉得现在局势很紧张。可怜的杰泽贝尔，她实在懂得太少了！

突然，加皮埃特罗得意洋洋地咒骂一句，兴奋地跳起来："我赢了！来吧，朋友，喝口酒，庆祝庆祝我的好运气。"

斯塔布奇阴沉地喝着酒，喝了好大一口。把酒瓶递给加皮埃特罗的时候，他的眼里突然闪过一道阴险的光芒。

加皮埃特罗喝空酒瓶，把瓶子扔在地上，然后走向杰泽贝尔，弯腰把她拉起来。"来吧，亲爱的，快亲我一下。"他说话的声音很粗鲁，醉醺醺的。

杰泽贝尔往后退，加皮埃特罗却猛地把她拉向自己，低头准备亲她。

"放开她，没看到她很怕你吗？"斯塔布奇大吼。

"我把她赢过来是做什么的？难不成就是为了放开她？管好你自己吧。"加皮埃特罗说。

"我就要管这事，把手拿开，"说完，斯塔布奇走上前去，伸手抓住杰泽贝尔的手臂，"按理说她应该是我的。"

"你什么意思？"

"你出老千，最后一局的时候被我发现了。"

"你胡说！"加皮埃特罗大叫，朝斯塔布奇挥出一拳。斯塔布奇闪身躲过，两人开始扭打起来。

两人都喝醉了，站立不稳，费了很大劲才没有摔倒，不过扭打的时候还是打中了对方几次，双方都更加愤怒，同时也渐渐清醒过来。突然，两人掐住了彼此的脖子，谁都不敢动弹。

杰泽贝尔瞪大眼睛，十分害怕。两人在屋里来回扭打的时候，她费了不少劲才避开他们。两个男人的注意力完全集中在对方身

最棒的五局三胜 | 193

上，可比起两个白人，杰泽贝尔更怕外面的黑人，否则她完全有机会可以逃跑。

斯塔布奇几次松开右手，在外套里面翻找着什么，最后终于找到了——一把小匕首，但加皮埃特罗并没有看到。

两人站在屋子正中间，双手紧紧锁住对方，好像已经达成一致，决定原地休息。两人喘着粗气，似乎谁都没占什么便宜。

就在这时，斯塔布奇的右手慢慢爬上对手的背。杰泽贝尔看到了，却什么都没说，只是瞪大眼睛害怕地看着。虽然见过很多次杀人的场景，但她还是害怕看到杀戮。斯塔布奇用拇指在对方背上摸索着，找到地方后，他翻过手来，用匕首对准找好的位置。

斯塔布奇把匕首刺入对方的身体，脸上露出笑容。加皮埃特罗一下子僵住，发出凄厉的尖叫，很快就断了气。加皮埃特罗倒在地上，仰面躺着，斯塔布奇站在尸体旁边，嘴角露出笑意，眼睛却盯着杰泽贝尔。

突然，斯塔布奇的笑容僵住了，狡猾的脑子里想起了什么，他猛地看向门口，那里只有一块肮脏的毛毯充当大门。

他忘记了外面还有一群杀人犯，躺在地上的这个人可是他们的首领！现在他终于想起了他们，心里泛起一阵惊恐。要是他们发现自己杀了加皮埃特罗，想都不用想就知道自己会有什么下场。

"你杀了他！"杰泽贝尔突然大叫，声音里充满了恐惧。

"安静！"斯塔布奇打断她，"你想死吗？要是他们发现了，会把我们都杀了。"

"又不是我杀了他。"杰泽贝尔抗议道。

"事后他们还是会杀了你，这些人都是野兽。"

斯塔布奇突然弯腰抓着尸体的脚踝，把尸体拖到屋子的角落，然后盖上地毯和衣服。

"在我回来之前，保持安静，要是你敢叫出来，不等他们动手，我就先杀了你。"斯塔布奇对杰泽贝尔说。

他在黑暗的角落里翻找了一会儿，找出一把左轮手枪，然后连带着枪套和腰带一起扣在腰上，最后又拿起一支步枪靠在门边。

"做好准备，我一回来就跟我走。"斯塔布奇恶狠狠地说完，就掀开门帘，走出屋子。

斯塔布奇快速走到拴马的地方，马群边上有几个黑人在闲荡。

"酋长在哪儿？"斯塔布奇问，可没人听得懂英语。他又开始打手势，让他们给两匹马上鞍，但黑人却只是摇头。就算他们看懂了手势——显然他们看得懂——也不愿意接受斯塔布奇的指令。

就在这紧要关头，酋长在附近的屋子里听到动静，踱步走过来。他懂点儿英语，很容易就明白了斯塔布奇想要两匹上了鞍的马，不过酋长想了解得更清楚。他问道："是首领要马吗？"

"是的，就是他要的，他让我来拿。首领醉了，喝多了。"说完，斯塔布奇大声笑了笑，酋长好像听懂了。

"还有谁跟你一起走？"酋长问。

斯塔布奇犹豫了。但还是说实话吧，毕竟待会儿所有人都会看到女孩跟他一起离开。"还有那个女孩。"斯塔布奇回答。

酋长眯起眼睛问："是首领这么说的吗？"

"是的，女孩觉得那个白人还没死，首领让我去看看。"

"要带点儿人手吗？"

"不用，要是女孩说中了，我就把那男的带回来。她怕黑人，就不带人手了。"

酋长听懂了，点点头，命令手下给两匹马上鞍，装上缰绳。"他肯定已经死了。"酋长说。

斯塔布奇耸耸肩，说："我们知道。"说完，他牵着两匹马朝原来的屋子走,杰泽贝尔就在那儿等着。

酋长一路跟着,斯塔布奇很害怕。要是他坚持进屋见首领怎么办?想到这里,斯塔布奇松开枪套里的手枪,可他又怕枪声会把其他人引到屋子里来。千万不能开枪,得想个别的办法。他停下脚步,酋长也跟着停下来。

"现在你还不能去首领的屋子。"斯塔布奇说。

"为什么?"酋长问。

"那个女孩很害怕。要是她看到你,会觉得我们在骗她,就不会告诉我那个男人在哪儿。我和首领跟她保证过不会有黑人跟过来。"酋长犹豫了,过了一会儿,他耸耸肩,说:"好吧。"说完,他转身走了。"还有,告诉所有人,在我们离开之前,不要靠近屋子大门。"斯塔布奇大声说。

斯塔布奇站在屋子门口,对杰泽贝尔说:"都准备好了,出来的时候把步枪带给我。"可杰泽贝尔不知道什么是步枪,斯塔布奇只好自己进屋拿枪。

出门后,杰泽贝尔惊慌失措地看着两匹马。一想到要一个人骑着其中一只怪兽,她就很害怕。

"我不会骑。"她对斯塔布奇说。"你必须骑,不然会死的,我会牵住你骑的马,快,上马。"斯塔布奇小声说。

斯塔布奇扶着杰泽贝尔上马,教她踩马镫,握缰绳,又在马脖子上套了一根绳子,然后骑上自己的那匹马,最后终于牵着杰泽贝尔的马一起走出了村子大门,五十来个杀人犯就这么看着两人离开。

两人骑着马朝山坡上走,落日余晖将他们的影子投到前面的地上。不久之后,夜幕降临,村口的人不可能再看见他们了,于是两人猛地转变前进方向。

最棒的五局三胜

Chapter 21

恢复意识

帕特里克睁开眼睛,盯着非洲湛蓝的天空。他渐渐恢复意识,开始觉得头很疼。他抬起一只手,用另一只手摸索着,这是什么?他看着自己的手,发现上面都是血。

"老天!被他们抓到了!"他咕哝道,试图回想发生了什么,"我知道有人揭发了我,可这些该死的家伙到底对我做了什么?我在哪儿啊?"他的思绪回到了芝加哥,有点儿混乱。他依稀想起自己已经逃出美国,可还是被"抓"了,到底怎么回事?

帕特里克微微摇头,隐约看到周围群山高耸。他强忍着疼痛,慢慢坐起来,环顾四周,记忆断断续续地浮现。"一定是在找营地的时候,从山上掉下来了。"他沉思着。

他小心翼翼地站起来,看到自己伤得不重,松了一口气——幸好手脚都还完好。"虽然脑子受伤了,可我从来没这么清醒过。"

突然,他心里涌起一股强烈的欲望——一定要找到营地。要是不回去，老史密希一定会很担心他。奥班比在哪儿？帕特里克心想：估计他也掉下来了。

他四处查看，想找到奥班比，却生不见人，死不见尸。帕特里克只好自己出发找营地，却怎么也找不到。

一开始，他背对着营地，一直往北乱走。狒狒坐在岩石上放哨，看到帕特里克走过来，立刻发出警报。

帕特里克起初只看到几只"猴子"朝自己跑来，一路跑一路叫唤。"猴子"时不时停下来，以头顶地，真是群"古怪的猴子"。可是"猴子"越来越多，竟有一百多只，看到它们有力的下颚、锋利的獠牙，帕特里克终于意识到潜在的危险，于是立即改变路线，掉头往南走。

狒狒在帕特里克后面跟了一会儿，看到来人无意伤害部落成员，也就不再跟着，回头继续进食。帕特里克松了一口气，继续往南走。

经过山涧，帕特里克发现有个小池塘，泰山就是在这儿猎杀了野猪。突然，帕特里克觉得又饿又渴，便在池塘边喝了点儿水，又尽力洗去头上、脸上的血迹，然后又开始漫无目的地乱走。这一次，他沿东南方向爬上山坡，终于走上了回营地的路，在运气与狒狒的帮助下，他总算走对了路。

不久之后，帕特里克来到一个似乎有点儿熟悉的地方，他停下来四处查看，试图想起点儿东西，他知道自己一定忘记了什么。

"那棵树上的蝙蝠一定袭击过我，"他说，"天啊，那是什么？"刚刚走过的草地里有东西在动。他紧紧盯住草地，不一会儿，猎豹从草丛中探出脑袋，就站在不远的地方。帕特里克突然觉得这个场景很熟悉。

"我想起来了！我和那个叫泰山的家伙昨晚就是在这儿睡的，

我终于记起来了。"帕特里克大叫。

他又想起泰山是怎么把猎豹吓跑的,不知道自己行不行。

"老天,这只猎豹看起来真凶狠!你心情一定很差吧,泰山那家伙刚刚冲你吼了几声,把你吓跑了。要不是亲眼看见,我才不会信呢。大块头,你干吗不继续做自己的事?你可把我吓得不轻啊。"他弯腰捡起一块碎石头,朝猎豹扔去。"快滚!"他大喊。

猎豹转身逃走,消失在草丛中,一路上掀起阵阵"草浪"。"瞧,我做到了!这些猎豹也不怎么样嘛。"帕特里克激动地冲口而出。

不一会儿,帕特里克觉得饿极了,突然想起该怎么找吃的。"能找到吗?"他自言自语,开始在地上四处查找,终于找到一块细长的石头。他拿起石头,走到一个松软的泥堆旁边开始挖起来。

"就知道能找到!"没挖多久,他就找到了泰山藏起来的野猪尸体,当时泰山觉得他们有可能还会回到这里。帕特里克用小折刀割下几块肉后,又重新用土把尸体埋起来。埋好尸体,他又忙着生火烤肉,肉烤得很粗糙,要是从前,他一定会嗤之以鼻,觉得很恶心,今天却完全顾不上挑三拣四,立马就着半熟半焦的肉开始狼吞虎咽。

帕特里克想起自己就是在这里和泰山一起吃的猪肉,不过在这之后的记忆还是一片空白。他又想起在强盗村子后面的山顶上,自己和奥班比在那儿一起吃过午饭,他知道从山顶回营地的路。于是,帕特里克启程往营地走。

走到山顶,帕特里克不知不觉地走到悬崖边上,这里可以看到下面的村子,他太累了,于是躺下来休息了一会儿,顺便监视一下村子里的强盗。

看到强盗在村子里走动,帕特里克小声地骂道:"一群该死的废物!要是带着枪就好了,我一定会好好收拾收拾这个贼窝。"

他看到斯塔布奇从屋子里走出来，径直往马匹走去。斯塔布奇和黑人还有酋长讲话的时候，帕特里克一直盯着他们，直到斯塔布奇拉着两匹配好马鞍的马走回屋子。

　　"这家伙完全不知道有人在监视他，就算花掉一辈子的时间，我也要逮住他。老天，快看那个女人！"斯塔布奇正带着杰泽贝尔走出屋子。突然，帕特里克的脑子里发生了奇怪的事情，就像有人突然拉开窗帘，一大束光亮照进来。一看到杰泽贝尔，所有的记忆一下子涌上来，现在他什么都想起来了。

　　帕特里克抑制不住地想要呼唤杰泽贝尔，告诉她自己就在这儿，却不得不小心谨慎，不能发出任何声音。他一直趴在地上，看着两人骑着马走出村子大门。

　　两人走出村子后，帕特里克立即站起来，沿着山脊往北跑，与两人保持平行。太阳已经下山，夜幕马上就要降临，在确定两人究竟往哪儿走之前，一定不能让他们离开视线！

　　天越来越黑，帕特里克不知疲倦地一路狂奔。远处依稀可以看见两人的身影，他们先往悬崖方向骑了一小段距离，但在完全被夜色吞没之前，两人又转了个方向，往西北方向去了，那里有一片大森林。

　　路上都是碎石头，但帕特里克不顾安危，也不怕摔断手脚，半走半滚地跑下悬崖。

　　"一定要赶上他们，一定要赶上他们，"帕特里克不停地念叨着，"可怜的小妞！真是个可怜的小妞！上帝啊，帮帮我吧，要是赶上他们，要是他敢伤害她，我什么都做得出来。"

　　天完全黑了，帕特里克一路不停地跌倒，又重新爬起来，继续疯狂而又无望地搜寻杰泽贝尔。虽然只与这金发女孩相处了短短几小时，但她却在帕特里克心中留下了不可磨灭的印记。

恢复意识 | 201

帕特里克在黑暗中胡乱摸索着，尽管前路一片漆黑，可他却愈发清晰地意识到杰泽贝尔的重要性。虽然从未如此疲惫过，但杰泽贝尔却给了他继续前行的力量。

"为了小妞，我必须全力以赴。"帕特里克低喃着。

Chapter 22

人迹罕至的池塘

夜幕降临,泰山带着芭芭拉和拉斐特走出米甸,却没有发现杰泽贝尔和帕特里克的足迹。

虽然芭芭拉和拉斐特早已精疲力尽,但泰山心里已经有了计划,所以还是带着他们在夜色中一路往前走。泰山知道还有两个白人——杰泽贝尔和帕特里克不见了,所以他想先带芭芭拉和拉斐特去个安全的地方,然后再独自去找另外两人。

芭芭拉和拉斐特觉得这条路似乎没有尽头,但他们没有任何怨言,因为泰山说了必须继续走的原因,而且他们比泰山更加担心朋友的安危。

拉斐特尽力扶着芭芭拉走,可他自己也快没力气了,有时候反而会帮倒忙。最后,芭芭拉不小心绊倒了,泰山走在前面,听到动静,转过身来,看到拉斐特正努力拉芭芭拉站起来,却徒劳无功。

由于先前两人没有一句怨言，泰山这才意识到他们已经精疲力尽了，他扶起芭芭拉，把她背在背上。拉斐特不必再担心芭芭拉了，于是继续往前走，但他只是机械地走着，全无意识，对于过去三天发生的事情，他已经没有力气觉得惊讶了。

看到泰山背着芭芭拉一路疾走，拉斐特惊异于他的力气和耐力。即使亲眼所见，他还是觉得不可思议——因为他自己早就没力气了。

"很快就到了。"泰山觉得拉斐特需要点儿鼓励。

"你确定那个猎人还没有换地方扎营吗？"芭芭拉问。

"他前天还在那儿，今晚应该还在。"泰山说。

"他会收留我们吗？"拉斐特问。

"一定会的，换成是你，在同样的情况下，也会收留任何需要帮助的人。"泰山回答。

"他是个英国人。"泰山又加了一句，仿佛觉得这句话足够安抚他们的疑惑。

茂密的丛林之中，三人正沿着一条古老的狩猎小径往前走，没过多久，前方就出现了闪动的火光。

"一定就是那个营地。"芭芭拉兴奋地说。

"是的。"说完，泰山立刻用当地方言喊了一句话。

前方立刻传来回应，泰山很快就走到营地附近，在火堆外围停下。

几个土著兵在放哨，泰山和他们谈了一会儿，然后往前走了一段，放下芭芭拉。

"我跟他们说了，不必打扰他们的老爷，"泰山解释道，"还有一个空帐篷，芭芭拉可以住，酋长会另外安排个地方给拉斐特住。你们在这儿很安全。民兵说他们的老爷是帕斯莫尔勋爵，他一定会帮你们的。你们先和他待在一起,我去找你们的朋友。"

说完,泰山便转身消失在夜色之中,两人都还没来得及道声感谢。

"他怎么就走了!我还没谢谢他呢。"芭芭拉懊恼地说。

"他应该会在附近待到天亮吧,他一定很累了。"拉斐特说。

"他看起来一点儿也不累,简直就是个超人——如果真的有超人的话。"芭芭拉说。

"跟我来,你的帐篷就在那边,"酋长说,"手下人正在为这位老爷搭棚子。"

"晚安,拉斐特,祝你好梦。"芭芭拉说。

"晚安,芭芭拉,希望明早我们醒得过来。"拉斐特说。

就在两人准备好好歇息一晚时,斯塔布奇还带着杰泽贝尔在夜色中骑行,显然是完全迷路了。

一晚上绕了几大圈后,天快亮时,两人终于停在一片大森林旁边。斯塔布奇累得精疲力尽,杰泽贝尔稍微好一点儿,她年轻,身体又很强健,所以还保留了些许体力。

"我要睡一会儿。"斯塔布奇翻身下马,说道。

杰泽贝尔完全不用提醒,立刻滑下马鞍,第一次骑马,她早就累得腰酸背痛。斯塔布奇牵着马走进树林,把它们拴在一棵大树上,然后倒在地上,立马就睡着了。

杰泽贝尔安静地坐在一旁,听着斯塔布奇渐渐规律的呼吸声。"现在就是逃跑的好机会,"想到这里,杰泽贝尔悄悄站起来,又自言自语,"可是天太黑了!还是等天亮一点儿再走吧。"斯塔布奇看起来很累,她觉得他得睡上一段时间。

于是,杰泽贝尔又坐下来,听着丛林里的声音,心里有些害怕。嗯,还是等天亮再走吧,到时候把马都解下来,自己骑一匹,把

人迹罕至的池塘 | 205

另一匹也牵走,这样他就追不上了。

时间慢慢地流逝,东边很远的地方有一片山脉,山后的天空越来越亮。杰泽贝尔发现马儿开始躁动起来,都竖起耳朵,往丛林深处看,身体打着颤。

突然,灌木丛里传来"窸窸窣窣"的声音。两匹马喘着粗气,猛地挣脱缰绳。斯塔布奇被吵醒了,坐起身来,刚好看到两匹受惊的马脱缰逃跑。片刻之后,一只狮子越过杰泽贝尔和斯塔布奇,朝两匹马追去。

斯塔布奇跳起来,手中拿着步枪,大叫:"上帝啊!这儿真不是个睡觉的好地方。"杰泽贝尔逃跑的机会就这样溜走了。

天亮了,太阳从东边的山峦后面渐渐升起。村里的追兵很快就会骑马赶来,两匹马却没了,斯塔布奇知道不能再浪费时间了。不过,他们必须吃点儿东西,不然就没力气走路了,眼下只能用步枪打点儿东西吃了。

"小姑娘,爬到那棵树上去,那儿很安全。我去找点儿东西当早饭。小心那头狮子,要是看到它回来,一定要喊我。我进林子里找猎物去了。"

杰泽贝尔爬到树上,斯塔布奇则动身打猎,为两人找早饭。杰泽贝尔四处观望,满心希望狮子能回来,要是它真的掉头回来,她才不会提醒斯塔布奇呢。

昨天晚上,斯塔布奇一路上跟她说了很多事情,杰泽贝尔听了很害怕。虽然很多都听不懂,但也足以知道他是个坏人。可惜狮子并没有回来,不久之后,杰泽贝尔打起了瞌睡,差点儿摔下树去。

斯塔布奇没走多远,就发现了一个小池塘,他躲在灌木丛后面,等着动物来池塘边喝水。没等多久,池塘对面突然出现了一只"动物"。它的动作很快,斯塔布奇完全没想到这么快就有"动物"出现,不过最让他意想不到的是,突然出现的"动物"竟然是个人。

斯塔布奇眯起邪恶的眼睛,就是这个人,他大老远从莫斯科过来就是为了杀掉此人。真是天大的好机会!命运真是眷顾他,他可以毫不费力地完成任务,然后和那个女孩一起逃走——哦,那姑娘可真漂亮!他从没见过这么美丽的姑娘,她马上就是自己的了。

还是先处理好当下的任务吧,真是个愉快的任务。斯塔布奇小心翼翼地举起步枪,瞄准对方。泰山停在池塘边,转头看向另一边,斯塔布奇躲在灌木丛后面,泰山看不见枪筒,而且他的注意力被另一个方向的某个东西吸引了。

斯塔布奇发现自己在颤抖,他小声地咒骂自己。他太紧张了,只好绷紧肌肉,好让双手牢牢抓住步枪,稳稳瞄准目标。透过准星,斯塔布奇的视野只有一个小圆圈,而不是泰山那宽阔的胸膛——那可容易击中多了。

一定得开枪!泰山不会一直站在那儿,想到这里,他匆匆忙忙准备开枪。准星再次扫过泰山时,斯塔布奇扣动了扳机。

一听到枪声,杰泽贝尔猛地睁开眼睛。"说不定是狮子回来了,也有可能是他找到吃的了。如果是狮子回来了,真希望他没打中。"杰泽贝尔自言自语。

同一时间,枪声响起后,泰山跃入空中,抓住一根低垂的树枝,消失在高高的树丛之中。斯塔布奇打偏了——真不该绷紧肌肉,刚才应该好好放松放松的。

斯塔布奇很害怕,就像有根绳索套在脖子上似的。他突然转身逃跑,心里想着,最好还是不要回去找杰泽贝尔,自己已经失去她了。逃跑的时候绝不能受她拖累,只有成功逃脱才能活命。

于是，斯塔布奇朝南边跑去。

斯塔布奇在森林里极速飞奔，跑得上气不接下气，突然，他觉得手臂一阵剧烈疼痛，后面还有一支羽毛箭矢穷追不舍。

箭头完全刺穿了前臂，斯塔布奇吓得发抖，跑得更快了。敌人就在头顶某个地方，但他什么也看不见，什么也听不到，对方就像个幽灵刺客，乘着无声的翅膀追在身后。

又一支箭刺中了斯塔布奇，深深插入另一只手臂的肱三头肌。斯塔布奇痛得尖叫一声，害怕地停下脚步，跪在地上，举起双手求饶："饶了我吧！饶了我吧！我从来没有伤害过你。如果你能饶了我——"

一支箭划空而过，直直刺入斯塔布奇的喉咙，他尖叫一声，抓着箭矢，面朝下倒在地上。

杰泽贝尔坐在树上，一直竖着耳朵，听到斯塔布奇痛苦地尖叫，她情不自禁地颤抖起来："狮子抓住他了，他是个坏人，这是耶和华的旨意。"

泰山纵身跃下大树，小心地靠近奄奄一息的男人。斯塔布奇惊恐万分，倒在地上痛苦地扭动身体，这时，他翻过身来，看到泰山正在靠近，手里还拿着弓箭。虽然快要死去，但他还是伸手去拿腰间的手枪，准备完成千里迢迢到这儿来的任务，为了这项任务，他即将献出生命。

然而，他的手还没来得及抓到手枪，泰山便又射了一箭，箭矢深深插入他的胸膛，扎入心脏。斯塔布奇没来得及发声便死了。随后，丛林里响起神秘而又狂暴的嚎叫，这是人猿胜利的号角。

粗野的嚎叫还在丛林里回荡，杰泽贝尔滑下大树，害怕地逃走了。她不知道往哪儿跑，也不知道前方等着她的是什么，她心里只有一个念头——赶快离开这个荒凉的地方，太吓人了。

Chapter 23

沦为俘虏

天渐渐亮了,帕特里克发现自己正在一片森林旁边。一整晚他都没有听到那两匹马的动静。现在天已大亮,他眺望远方,想看看有没有斯塔布奇和杰泽贝尔的踪影,却什么也没看到。

帕特里克自言自语道:"老天,再这样找下去也没用,我得休息休息,可怜的小妞!要是我知道那恶棍带她去哪儿了该多好,可我却什么都不知道,不行,我必须得歇歇。"他看了看树林,又说:"那儿倒是个藏身的好地方,我就在那儿躺躺,稍微睡一会儿。天哪,我太累了。"

帕特里克朝树林走去,突然发现北边几英里处有点儿动静。他立即停下脚步,仔细盯着那边看。就在这时,两匹马从树林里跑出来,疯狂地朝山坡奔去,后面跟着一头狮子。

"天哪,"帕特里克大叫,"这两匹马一定就是他们的。狮子该不会抓到杰泽贝尔了吧!"

帕特里克立即把疲惫抛诸脑后，拔腿就往北边跑，可是没跑多久，他就跟不上了，最后又开始走路，心里胡乱猜测着，脑子里却一片糨糊，十分害怕。

看到狮子不再追逐，而是调转方向，朝东北方向逃走，帕特里克心里很高兴，不仅仅是为了自己，更是为了杰泽贝尔。他觉得狮子并没有杀死杰泽贝尔，说不定当时她还有时间爬到树上。可若是没能爬到树上，杰泽贝尔一定已经死在狮子爪下了。

帕特里克对狮子所知不多，和大多数人一样，他坚信所有不幸落入狮子爪下的人都会被杀掉——除非他们能像自己昨天吓跑猎豹一样，也把狮子吓跑。可他觉得杰泽贝尔应该没那个能力吓走一头狮子。

帕特里克慢慢朝树林走，突然，他听到远处传来一声枪响，立即加快脚步。这是斯塔布奇朝泰山开枪时发出的枪声。帕特里克尽力加快速度，觉得杰泽贝尔就在前面，所以千万不能浪费时间闲晃，可他太累了，实在走不快。

几分钟后，前面又传来一声痛苦的尖叫，帕特里克受到刺激，再次加快脚步。很快，又传来一声神秘的嚎叫，虽然他已经听过两次了，但他还是没有认出是人猿的叫声。或许是因为距离太远，又有树林挡着，嚎叫声变得不一样了吧。

帕特里克拖着沉重的脚步往前走，时不时发力往前跑几步，可他的肌肉实在是用劲过度，达到极限了，就算是走路，也是磕磕绊绊地走。没走多远，帕特里克实在是走不动了，不得不停下脚步歇一会儿。

他喃喃自语道："我真是太没用了，简直就是个废物。有人正威胁着我心爱的女孩，我却没有力气往前跑。天哪，我简直就是个窝囊废。"

210

帕特里克又继续往前走了一段,进入树林,准备往两匹马突然出现的地方走。说不定斯塔布奇还在那儿,所以一定要小心,不能被看见。

突然,帕特里克停下脚步,有东西正穿过灌木丛朝他跑过来。他想起那头狮子,于是掏出小折刀,躲在一处灌木丛后面等着,没等多久,来人便出现在视野之中。

"杰泽贝尔!"帕特里克大喊着拦住她,声音激动得发抖。

杰泽贝尔停下脚步,吓得失声尖叫,最后终于认出了帕特里克。"丹尼!"杰泽贝尔紧绷的神经终于忍耐到了极限,她跌倒在地上,歇斯底里地痛哭起来。

帕特里克朝杰泽贝尔走了一两步,膝盖却没了力气,整个人绊了一跤,重重坐在离杰泽贝尔几码远的地方。奇怪的事情发生了——帕特里克的眼里涌出泪水,他猛地脸朝地趴在地上,也开始痛哭起来。

两人就这样坐了几分钟,杰泽贝尔终于控制住自己,直起身来。"丹尼,"她哭着说,"你受伤了吗?哦,你的脑袋!千万别死,丹尼。"

帕特里克平息情绪,草草地用衬衫袖子擦去眼泪,开口说道:"我不会死的。不过将来我还是会死的,总有某个人会把我杀了——某个和我一样的大块头。"

"丹尼,那是因为你受过伤。"杰泽贝尔说。

"不,不,不是因为这个,我以前也受过伤。我妈死的时候,我只是个小孩,所以没哭。刚刚看到你的时候,情绪突然爆发出来,是有原因的。看到你没事,我的神经突然爆炸了,就像这样,"帕特里克打了个响指,又犹犹豫豫地说,"小妞,我想我是太喜欢你了。"

"丹尼,我也喜欢你,你是顶棒的。"杰泽贝尔对帕特里克说。

"我什么?那是什么意思?"

"我不知道,这是英语,你听不懂英语对吧?"杰泽贝尔说。

帕特里克爬到杰泽贝尔旁边,抓起她的手,说:"我还以为再也见不到你了。"突然,他想起什么似的大叫:"对了,小妞,那个混蛋没有伤害你吧?"

"你指的是把我从黑人村子里带走的那个人?"

"对。"

"他没有伤害我,他把朋友杀了以后,怕黑人会追上来,所以我们骑了一夜的马。"

"他出什么事了?你怎么从他手里逃走的?"

杰泽贝尔把知道的都告诉了帕特里克,不过,两人都不知道刚刚听到的声音是怎么回事,也不知道那声音是不是意味着斯塔布奇已经死了。

"要是他再出现,我的状态可能好不了多少,不过无论如何,我一定要想办法恢复体力。"帕特里克说。

"你必须休息一下。"杰泽贝尔说。

"这样吧,我们都先躺下来休息一会儿,然后再回去找那个小山坡,我知道那儿有水,还有点儿吃的,虽然不是什么好吃的,不过总比没有好。对了,我口袋里就带了点儿,我们现在就先吃一点儿。"帕特里克从口袋里拿出半焦的猪肉,看起来脏兮兮的,他懊恼地看着猪肉。

"这是什么?"杰泽贝尔问。

"小妞,这是猪肉,"帕特里克解释道,"看起来不是很热吧?呃,它吃起来也不怎么样,不过好歹是吃的,我们现在最需要吃点儿东西了。来吧,吃点儿吧。"他撕下一点儿猪肉递给杰泽贝尔,说:"闭上眼睛,捏住鼻子,这样就不会太难吃了。想想自己就在大学酒吧里。"

杰泽贝尔笑了笑，接过一块肉，说："美国话真有趣。"

"我倒是不觉得，哪里有趣了？"

"嗯，我觉得很有趣。有时候它听起来很像英语，可我却一点儿也听不懂。"

"那是因为你还没习惯。要是你想学的话，我可以教你，你想学吗？"帕特里克问。

"好啊，小伙子。"杰泽贝尔回答。

"你学得很好。"帕特里克表扬道。

天越来越热，两人就这样躺在一起，一边休息，一边聊天。杰泽贝尔告诉帕特里克米甸城的故事，还说了自己的童年、芭芭拉的突然来访，还有芭芭拉对自己的人生产生的奇妙影响。帕特里克跟杰泽贝尔谈了谈芝加哥，不过并没有说很多关于自己的事情，他头一次为那些事情感到羞耻。他很想知道为什么自己会有这种感觉。

两人聊天的时候，泰山正离开森林往山上走，准备寻找他们。泰山打算先去裂缝入口找找他们的踪迹，如果没有足迹，那就说明他们还在山谷里；如果真有足迹，他就循着足迹找。

天刚破晓，一百来个强盗骑马离开村子。他们发现了加皮埃特罗的尸体，知道是斯塔布奇杀了首领，却骗过他们逃跑了。强盗们打算逼斯塔布奇交出女孩，然后杀了他。

没走多远，他们就遇到两匹马往村子里跑，众人一下子就认出了这两匹马，又由此推测出斯塔布奇和女孩现在一定是徒步逃跑，所以追上他们完全不是问题。

此处群山起伏，零星点缀着一些沼泽和峡谷，强盗的视线时不时会被阻断。众人已经在一个低矮的峡谷里走了一段时间，完

沦为俘虏 | 213

全看不到远处，远处的人也看不见他们。不久之后，领头的人调转方向，往山坡上骑，登上一个小山头后，他看到有人正从森林往这边走。

泰山也看到了他，立即掉头向左快步小跑起来。虽然只看到一个强盗，但后面一定跟着一大群骑马的同伙，自己绝对不是他们的对手。于是，泰山凭着野兽般的本能，找到了对自己有利的地方——就是往悬崖那边去的路，路上坑坑洼洼，堆满岩石，马匹绝对追不上。

强盗头领冲手下大喊一声，然后策马疾驰，全速追赶泰山，想要拦住他。后面的人立刻大喊大叫着跟上来。

泰山立刻发现自己不可能赶在他们前面到达悬崖，但他还是不知疲倦地往前跑，打算在对方追上来之前，尽可能离悬崖近一点儿，说不定在跑到悬崖之前能拖延他们一会儿。泰山并不打算就这么放弃，他要用尽全力往悬崖跑，否则被他们追上的话，必定是场实力悬殊的搏斗。

强盗越来越近，一边疾驰，一边发出粗野的喊叫，还把步枪举过头顶不停挥舞，身上宽松的棉袍在风中飞扬。泰山全力往前跑，时不时转头查看身后的人，只见强盗头领跑在最前面，等他离得够近时，泰山停下脚步，转身冲对方射了一箭，箭矢直插胸膛，泰山转身继续往前跑。

强盗头领大叫一声，从马背上摔下来。后面的人勒住缰绳，在他旁边停住，不过停留的时间很短。因为前面只有一个敌人，身上还只带着原始的武器，对骑马带枪的人来说，完全不是威胁。

于是，众人再次策马狂奔，愤怒地吼叫着，扬言要为头领复仇。可是泰山成功地拖延了对手，凹凸不平的岩石路就在前面不远处。

一看泰山的逃跑路线，强盗就知道了他的意图，于是集体列成半圆弧往前跑,想要围住泰山,拦住他的去路。就在这时,有个强盗跟得很紧,泰山猛地停住脚步,转身又射了一箭,第二个强盗也身负重伤,摔下马去。泰山立即继续往前跑,身后全是步枪开火的"咔嗒"声。然而,没过多久,有几个强盗还是追上了泰山,拦住了他的去路,泰山不得不再次停下来。

强盗骑着马与泰山擦肩而过,发出刺耳的欢呼声,马蹄扬起尘土,可泰山却毫不畏惧。这些强盗的枪法实在太差,身上的武器又很落后,由于弹药短缺,他们几乎没什么机会练习枪法。

强盗越来越近,草草围成一圈,把泰山包围在中间,然后从四面八方朝他开火,似乎完全不可能再打偏,然而,他们真的全部打偏了,有些子弹还击中了自己人,马匹也中枪了。终于,有个强盗代替死去的头领,接过指挥权,下令停火。

强盗把泰山团团围住,截住他的退路。泰山转过身,面朝悬崖方向,想要迅速突破包围。虽然箭无虚发,但强盗的包围圈还是越缩越小。他用完了手中最后一支箭,强盗骑马围住他,不停地转着圈,嘴里发出胜利的喊叫。

场面一片混乱,新头领扯开嗓门大声叫道:"别杀他!别杀他!他可是人猿泰山,赎金抵得上一个王子!"

突然,一个身材高大的黑人从马背上直接朝泰山扑去,泰山用双手迅速抓住黑人,把他丢回人群中。然而,强盗们聚集得越来越近,这时,好几个人从马背上一起朝泰山扑去,泰山倒在疯狂的马蹄之下。

泰山不停地反抗,想要挣脱开来,可是对方人实在太多了,前仆后继地从马背上跳下来,扑在他身上。泰山甩掉身上的大多数人,挣扎着站起来,立马又有人抓着他的腿,再次把他拖倒。没过多久,强盗就用套索缠住了泰山的腰和脚踝,终于制服了他。

沦为俘虏 | 215

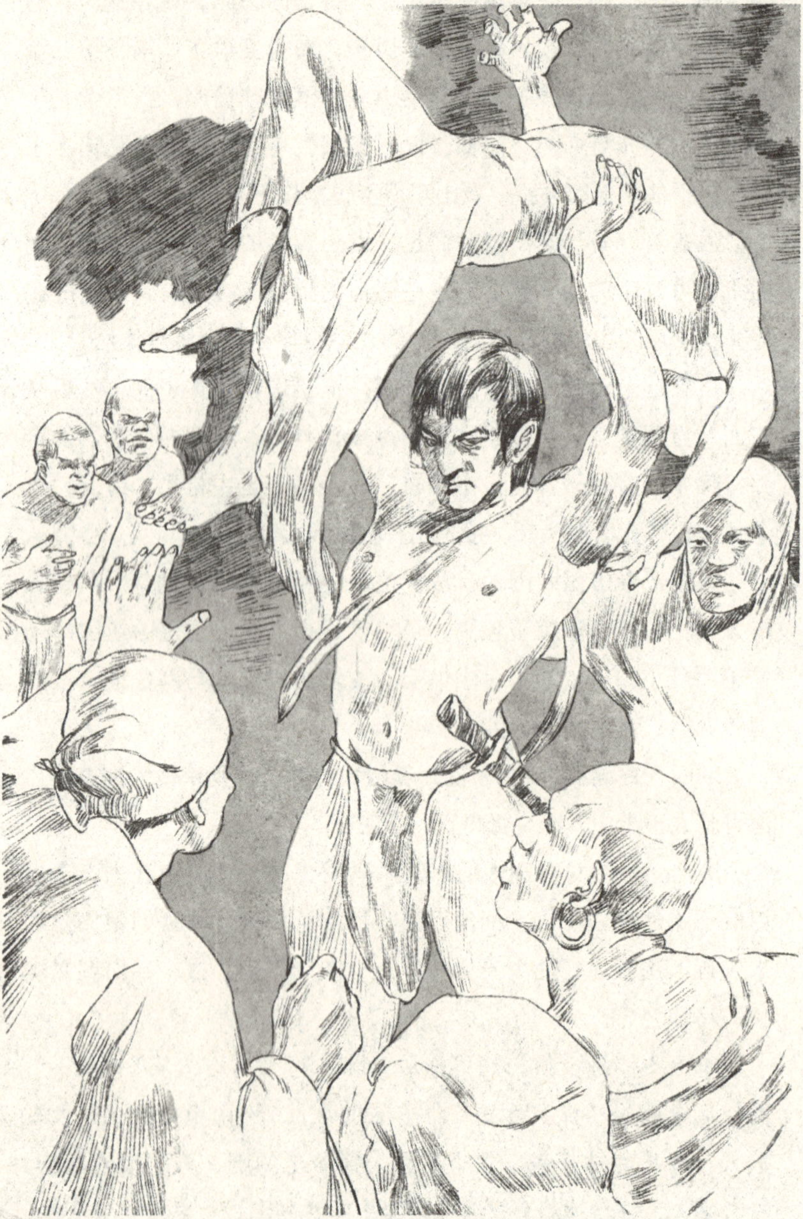

看到泰山已经构不成威胁，许多强盗张口怒骂，对他拳打脚踢。不过，也有许多强盗倒在地上，其中有些人再也站不起来了。强盗成功俘获了伟大的泰山，但却损失惨重。

过了一会儿，几个强盗聚拢没人骑的马匹，剩下的人则收集死者身上的枪支弹药，同时不忘搜刮一些值钱玩意儿。几个人把泰山五花大绑，扔到马背上，然后由四个强盗负责运送泰山和马匹回村子，受伤的强盗也跟着一起回去，主力队伍则继续追捕斯塔布奇和杰泽贝尔。

Chapter 24

漫漫长夜

日上三竿，芭芭拉饱睡一觉，终于醒了。她走出帐篷，看到一个帅气的黑人小伙子正朝这里跑过来。"早饭很快就好，帕斯莫尔勋爵先去打猎了，他表示很抱歉。"黑人小伙子对芭芭拉说。

芭芭拉问起拉斐特，小伙子回答道："他也刚刚起来，很快就会来找你。"不久之后，两人坐在一起吃早饭。

"要是杰泽贝尔和你那位朋友也在这儿，该有多好啊。希望泰山能找到他们。"芭芭拉说。

"他一定会找到他们的。我比较担心杰泽贝尔，丹尼可以照顾自己。"拉斐特说。

"能再次吃上一顿饭，简直太幸福了。你知道吗？这几个月，这么一顿勉强算是文明人的一餐，我也是第一次吃到。帕斯莫尔勋爵真是幸运，探险队里有个好厨子，我就没那么走运了。"芭芭拉说。

"他营地里的人看起来都训练有素,你发现了吗?"拉斐特问,"我营地里的人跟他们比起来,简直就像是被钩虫附身、还患了昏睡病的四等码头工。"

"他们身上还有一件事值得注意。"芭芭拉说。

"什么?"

"他们身上没有一点儿欧洲的华丽服饰,他们穿得跟当地人一样,朴实又简单。虽然算不上什么,但这身装束或多或少还是给了他们一点儿尊严,穿欧洲服饰只会让他们看起来很可笑。"

"你说得很对,真想知道为什么我的探险队不能也像他们一样。"拉斐特说。

"帕斯莫尔勋爵显然很有经验,他应该在非洲旅行、打猎过很多次了,没有哪个业余的人能招到这样的随从。"

"要是在这里待久了,我都不想回自己的营地去了。可是我还是得回去,一回去又不得不面对另一件恼人的事情。"拉斐特说。

"什么事?"芭芭拉问。

"我再也见不到你了。"拉斐特简单直率地回答,显得十分真诚。

芭芭拉好一会儿没有说话,仿佛陷入了沉思,考虑一些从未想过的事情。过了一会儿,她才开口说:"确实是这样,我们应该不会再见面了——不过只是不常见面罢了,我想你一定会来伦敦找我的。我们就像一对老朋友,真奇怪,不是吗?我们两天前才遇到。不过或许你不是这么想。我太久没有见到来自同一世界的人了,当你突然出现的时候,对我来说,你就像一个走散很久的兄弟。"

"我也这么觉得,好像我们已经认识很久了似的——"拉斐特犹豫了一会儿,才又继续说,"——仿佛未来没有你,我就很难活下去。"说到最后几个字的时候,他有点儿脸红。

芭芭拉看着他,嘴角闪过一丝微笑,表示自己很理解他。"你能这么说,真是太好了,"芭芭拉说,"不过怎么听起来这么像宣誓。"说完,她开心地笑了。

拉斐特把手伸过小桌,放在芭芭拉的手上,说:"那就当它是宣誓吧,我不太会说这样的话。"

"说真的,别太认真,毕竟我们还不太了解对方。"芭芭拉恳求道。

"我已经认识你很久了,好像从第一个寒武纪开始,我们就是两只在一起的变形虫。"拉斐特说。

"你可别中伤我的名誉,"芭芭拉笑着大声说,"我想那时候一定还没有女监护人。希望你是只正派的变形虫,你没亲我吧?"

"真可惜,变形虫没有嘴巴,不过经过几百万年的进化,我已经修补了这个缺陷。"拉斐特说。

"那我们还是继续做变形虫吧。"芭芭拉提议。

"不行,那样的话我就不能告诉你,我——我——"拉斐特说不出话来,脸红了。

"哦,千万不要告诉我,"芭芭拉大声说,"我们是好朋友,千万不要破坏这份友谊。"

"如果我说了,就会破坏我们的友谊吗?"拉斐特问。

"我不知道,不过我想应该很有可能。"

"那我永远不能告诉你吗?"拉斐特问。

"也许将来某一天吧。"芭芭拉说。

突然,远处一声枪响打断了他们的谈话。营地里的黑人立刻变得警觉起来,许多人一下子跳起来。所有人都仔细听着这神秘的枪声,应该是两方在交火。

拉斐特和芭芭拉听到酋长正在用某种非洲方言跟手下说话。

他的声音很低沉,却很清晰,听起来一点儿也不兴奋,显然他正在下达命令。说完话,他快步向两人走来。原本十分平静的营地开始骚动起来,就像变魔法一样,每个人手中都拿着一把现代化步枪,肩上还挎着一条子弹带。他们调整好羽毛头饰,脸上涂着颜料,身上穿着光滑的兽皮。

拉斐特走向酋长,问:"怎么回事?出事了吗?"

"老爷,我也不知道,不过我们在做准备。"酋长回答。

"这儿会有危险?"拉斐特继续追问。

酋长挺直高大的身板,反问:"难道我们不在这儿?"

杰泽贝尔和帕特里克慢慢朝远处的池塘走去,准备去找埋在土里的野猪肉。两人沿着洼地往前走,此处是一个小山谷的开口,一直通向远处的山峦。

两人疲惫不堪,双腿僵硬。帕特里克头上的伤口很疼,不过他们还是很开心,拉着手,拖着沉重的双腿,一起去找水和食物。

"天哪,小妞,这世界真是有趣。想想看,要是我没在船上遇到老史密希,我们就永远不会相遇。一切都是从那时候开始的。"帕特里克说,可他并不知道艾菲索斯人奥古斯塔斯的故事。

"小妞,我还有几千美金,等我们摆脱麻烦,我们就去一个没人认识我的地方,重新开始。我可以买个汽车修理厂,或者开个加油站,然后再买间小公寓。给你介绍各种东西一定很有趣,你肯定完全不知道那些东西——电影、铁路,还有船!老天,你什么都没见识过,可是只有我才能给你展示这些东西,只有我。"

"是的,丹尼,一定会很棒。"杰泽贝尔捏捏他的手。

就在这时,前方的枪声把他们吓了一跳。"那是什么声音?"杰泽贝尔问。

"听起来就像情人节大屠杀(发生在1929年2月14日的芝加

哥，美国禁酒时代，贩运私酒的帮派之间的一次激烈斗争事件），不过我猜应该就是村子里的那些恶棍。小妞，我们赶紧藏起来。"帕特里克把杰泽贝尔拉到一处低矮的灌木丛下面，两人躺下来，仔细听着前方传来的呐喊声、枪声。此时此刻，泰山就在前面和一百多个强盗搏斗。

过了一会儿，喧闹声停止了，没过多久，两人又听到许多马蹄踏地的"嗒嗒"声。声音越来越近，越来越大，两人藏身的灌木丛太小了，帕特里克和杰泽贝尔尽力缩在一起。

很快，马蹄变得如雷鸣般响亮，强盗正越过两人附近的沼泽地。还有几个强盗落在后面，其中一个发现了他们。他的喊声吸引了其他强盗的注意力，还惊动了前面的新头领，不一会儿，整个队伍掉头回来，打算看看同伴究竟发现了什么。

可怜的帕特里克！可怜的杰泽贝尔！他们的幸福太短暂了，强盗毫不费力就重新抓住了他们。两人心灰意冷，很快就被两个强盗押着，踏上回村的路程。

强盗把两人的手脚都绑住，丢进加皮埃特罗先前住过的屋子里，没留下一点儿食物和水，只有地板上散落的一堆脏地毯和衣服。

两人旁边就躺着加皮埃特罗的尸体，他脸朝上躺着，死灰的眼睛瞪着天花板。他的手下急于追捕斯塔布奇，还没来得及搬走尸体。

帕特里克从未如此意志消沉过，也许是和杰泽贝尔重逢后，那短暂的幸福令他前所未有地兴奋吧。可现在他却看不到任何希望，那两个白人都死了，他很怕没法和这些愚蠢的黑人讨价还价——他很愿意为自己和杰泽贝尔支付赎金。

"修理厂、加油站、小公寓，都走了。"帕特里克伤心地说。

"去哪了？"杰泽贝尔问。

"全乱套了。"帕特里克抱怨道。

"可现在你就在我身边,其他的我都不在乎。"杰泽贝尔说。

"小妞,虽然我们待在一起很好,可我却被绑得跟个圣诞礼物似的,什么也做不了。他们给我挑的床也正合适,我好像躺在煤气灶上一样,"帕特里克滚到杰泽贝尔旁边,继续说,"这样好多了,真不知道刚刚身下是什么东西。"

"说不定你的朋友会来救我们。"杰泽贝尔猜测。

"谁?老史密希?他能用什么救我们,就凭他那把小小的玩具枪吗?"

"我说的是另一个人,你也跟我提过的。"

"哦,那个叫泰山的家伙!唉,要是他知道我们在这儿,一定会直接走进来,一拳把这些蠢蛋都打倒,然后一脚踢到后面的栅栏去。老天,真希望他能在这儿。他可是个大老板,我说真的。"

正如帕特里克所愿,泰山果真就在村子最边缘的屋子里,可惜手脚都被绑住,和帕特里克一样无助。不过,泰山一直在扭动身体,拉拽腰上的绳子,想要挣脱开来。

时间渐渐流逝,泰山一直没有放弃,腰上的绳子很粗,绑得很紧,不过终于还是一点一点变松了。

傍晚时分,新头领没找到斯塔布奇,只好带着人马回到村子。不过,侦查兵发现了帕斯莫尔勋爵的营地,所以众人正在讨论明天如何攻打营地。

侦查人员看不出营地里究竟有多少武装土著,不过他们瞥见了拉斐特和芭芭拉。确定营地里只有两个白人后,众人还是犹豫要不要打劫营地,毕竟明天他们就要回阿比西尼亚了。

"把我们手上的那个白种男人杀了,然后把两个女孩和泰山都带走。泰山会付给我们一大笔赎金,两个女孩还可以卖个好价钱。"

新头领说。

"为什么不把两个女孩留给我们自己？"另一个提议。

"我们应该卖了她们。"头领说。

"你算哪根葱，竟然指使我们应该做什么？你根本不是头领。"又有一个人说。

"我不是头领？"凶狠的黑人就蹲在第一个反对者旁边。

说话间，他像猫一样，腾空而起，跳到第一个反对者身上，没有任何人猜得到他的意图。突然，一把利刃在营火的照耀下闪现锋芒，然后直直刺入反对者的头颅。

"我是谁？"新头领再次发问，一手拿着血淋淋的刀，另一只手用死者的外袍擦拭血迹。"我就是头领！"他瞪着周围一张张阴沉的面孔，"还有谁觉得我不是头领？"没人发出异议，奈塔莱就这样正式成了强盗的新头领。

漆黑的屋子里，泰山一整天滴水未进，也没吃上任何东西，他不停地拉拽身上的绳子，全身是汗。终于，他的一只手慢慢从绳子里滑出来，终于自由了——至少双手自由了。很快，泰山又用手解开脚踝上的绳子。

泰山低低地吼了一声，然后站起来，走到门边。通过门可以看到整个村子，强盗们正三三两两蹲坐在地上，奴隶们则在准备晚餐。栅栏就在边上，要是就这么过去，一定会被看到，但被看到了又如何？

等强盗反应过来，他早就逃走了，说不定会有人乱开枪，可今早不就有很多人冲他开枪，结果一个枪子儿都没擦到他吗？

泰山走出屋子，就在这时，旁边的房子里也出来一个结实的黑人，正好看到泰山，黑人大叫着呼唤同伴，然后一个箭步朝泰山冲过来。蹲在火堆旁边的人立即跳起来，朝两人跑来。

杰泽贝尔和帕特里克听到外面的骚乱，很是好奇。

泰山抓住前面的黑人，把他抡起来当盾牌，然后快速朝栅栏退去。

"都别动，"泰山用黑人的方言对追上来的强盗喊，"都别动，不然我就杀了他。"

"让他杀，"奈塔莱大吼，"赎金可比他手里的人值钱多了。"奈塔莱大喊一声，命令手下继续往前追，自己则迅速往前冲，想要先行一步，拦住泰山。

奈塔莱冲上来的时候，泰山已经离栅栏很近了，他举起手中的黑人，用力扔向追上来的奈塔莱。两人撞在一起，跌倒在地，泰山立即转身，朝栅栏冲去。

泰山像只猴子一样，轻盈地跃上高高的栅栏，身后子弹"飕飕"地飞过来，但泰山却毫发无伤地跳到了栅栏另一边，消失在夜色之中。

漫漫长夜，帕特里克和杰泽贝尔就这样一直被关在屋子里，既没有饭吃，也没有水喝，只有死去的加皮埃特罗躺在那儿，两眼瞪着天花板。

"我绝不会这样对待任何人，不给饭吃，也没有水喝，就算是个像老鼠一样的卑鄙小人，我也不会这样对他。"帕特里克说。

杰泽贝尔用手肘撑起身子，小声说："要不我们试试吧？"

"试什么？我什么都愿意试。"帕特里克说。

"你刚说到老鼠的时候，我就想到了这个主意。米甸有很多老鼠，有时候我们会抓老鼠，很好吃的。抓老鼠时，我们会弄些陷阱，要是抓到后不立即杀了它们，它们就会慢慢咬断做陷阱的绳子，然后溜走。"杰泽贝尔说。

"这主意有什么用？别说我们抓不到老鼠，就算抓到了，我也不会吃的。真不知道老鼠跟现在的麻烦有什么关系。"帕特里克说。

"丹尼,我们就像老鼠,你没发现吗?我们就像那些老鼠——我们也可以悄悄逃走啊!"杰泽贝尔说。

"好吧,小妞,要是你想在墙上啃个洞的话,那你就啃吧。要是有机会逃跑,我宁愿走大门。"帕特里克说。

"丹尼,你没理解我的意思,"杰泽贝尔坚持说,"你真不会变通,我的意思是我可以咬断你腰上的绳子。"

"天哪,小妞!"帕特里克激动地说,"我真是个呆瓜,我还一直觉得自己很聪明。你太有脑子了。"

"真希望我能听懂你在说什么,能让我先把你腰上的绳子咬断吗?你听不懂我在说什么吗?"杰泽贝尔说。

"当然听懂了,我来咬吧,我嘴巴力气更大。转过来,我开始咬了啊,等你自由了再给我松绑。"

杰泽贝尔转身趴在地上,帕特里克扭动身子,把头挪到杰泽贝尔腰间。他努力地咬着,结果发现这活儿比想象的难多了。

帕特里克很累,没什么力气,隔一段时间就必须停下来歇一会儿,不过他没有放弃。某一次停下来休息的时候,他亲了一下杰泽贝尔的小手。这是个轻柔而绅士的吻,真不像帕特里克的风格,爱情就是这么奇怪,当男人爱上一个纯洁善良的女人时,自己也会变得温柔善良起来。

天渐渐亮了,帕特里克还在咬绳子,仿佛永远都咬不断。加皮埃特罗仍旧躺在地上,翻着白眼,瞪着天花板,好像整整一夜都没睡觉,只是全无知觉罢了。

强盗开始忙活起来,今天可是忙碌的一天。奴隶们有的在整理扎营的工具,有的在收拾强盗抢来的赃物,准备带到北边去。强盗们则急匆匆地吃着早饭,打算出发前再检查一下武器和马具,然后打劫那个英国人的营地,干上最后一票。

奈塔莱坐在炉火边上,等不及最喜爱的妻子做完早饭,便急匆匆先吃了起来。"快点儿做,出发前我还有事情要做。"他说。

"你现在可是头领了,让别人做去。"妻子提醒他。

"这事儿我得亲自做。"奈塔莱说。

"什么事情这么重要?非要我这么快做完早饭。"妻子问。

"我要去杀了那个白种男人,然后叫那个女孩准备好跟我们一起走。做点儿东西给她吃,再不吃东西,她就饿死了。"奈塔莱说。

"那就让她饿死好了,我不喜欢她跟着我们走,把他们两个都杀了吧。"

"住嘴!我才是头领。"奈塔莱厉声说。

"要是你不杀她,我就再也不给任何人做饭了。"妻子说。

奈塔莱站起来,说:"我先去杀了那个男的,等我带女孩回来的时候,你必须替她备好早饭。"

Chapter 25

瓦兹瑞族

"好了！"帕特里克喘着粗气说道。

"我自由了！"杰泽贝尔兴奋地叫道。

"我的下巴都要断了。"帕特里克说。

杰泽贝尔顾不上脚踝上的绳子，立即转身，先帮帕特里克解开腰上的绳子。杰泽贝尔的手被绑得太紧了，现在手指还很麻，只能笨手笨脚地慢慢解绳子，两人都觉得绳子就像永远都解不开似的。若是知道奈塔莱已经从炉火边上站起来，扬言要来杀了帕特里克，他们一定会急疯的。所幸两人并不知道实情，否则杰泽贝尔就更加紧张，更难解开绳子了。

杰泽贝尔终于解开了帕特里克腰上的绳子，脚踝上的绳子绑得没那么紧，两人立马开始给脚踝松绑。

最后，帕特里克站起来，说："我得先去看看昨天到底是什么东西硌在身下，感觉很熟悉，如果我猜对了——好家伙！"

他在屋子一角的脏地毯里翻来找去，不一会儿就直起身子，一手拿着汤姆逊冲锋枪，另一只手拿着手枪和枪套，然后咧着嘴笑了。

"我终于交上点儿好运了，小妞，这下什么都好了。"帕特里克说。

"这些是什么东西？"杰泽贝尔问。

"它们可是'神枪手'帕特里克的另一半，快把卑鄙的强盗带上来吧！"

说话间，奈塔莱刚好掀起门帘往屋子里看。里面太黑了，奈塔莱第一眼没看到两人正站在屋子的另一边。可奈塔莱却背对着清晨的阳光，帕特里克一下子就看到他站在门口，手里还拿着一把手枪。

帕特里克早就把枪套扣在身上，看到奈塔莱，立马把冲锋枪换到左手，腾出右手从枪套里掏枪，一切进行得很快，悄无声息。帕特里克开枪的时候，奈塔莱都没反应过来囚犯已经挣脱绳子，可惜他再也没机会知道了，枪声响起，奈塔莱应声倒地，没来得及听出枪声便断了气。

就在这时，村口响起一片呐喊声、枪声，完全淹没了帕特里克的枪声。原来天亮的时候，强盗发现有敌人正悄悄靠近村子。

帕特里克跨过奈塔莱的尸体，探头往村子里看，他知道一定有事发生。强盗们正急匆匆地往大门方向跑，随即跳入射击壕沟。猛烈的枪火打烂了栅栏，一时间，村子里木片横飞，强盗们全都惊恐地大叫。

帕特里克的经验告诉他，只有大功率步枪才能打穿厚木板做的栅栏。他看到壕沟里的强盗正在用落伍的步枪回击，奴隶和囚犯则缩在村子另一个角落，子弹没那么容易打到那儿。

瓦兹瑞族 | 229

帕特里克在想，强盗的对手到底是谁，过去的经验表明只有两种可能——要么是另一伙强盗，要么就是警察。

"没想到我居然还会有这种想法。"帕特里克说。

"什么想法？"

"真不想告诉你我刚才在想什么。"帕特里克说。

"跟我说说吧，我不会生气的。"

"我刚才一直在想，要是外面那群人是条子就好了。小妞，你想想看，我可是'神枪手'帕特里克，居然希望条子能来！"

"丹尼，什么是条子？"

"他们就是法律，就是穿制服的警察——老天啊，小妞，你怎么有那么多问题？条子就是条子，我跟你说说为什么希望他们来。要是外面的人不是警察，那就一定是另一群强盗，从他们手里逃走，就跟从这群人手里溜走一样难。"

帕特里克走到屋子外面，说："好吧，丹尼·帕特里克要和警察一起干掉他们。小妞，你就待在里面别动，趴在那个面包篮子后面，这样我去干掉那些黑鬼的时候，他们就找不到你了。"

村子大门后面，一大群强盗正冲外面的敌人开火。帕特里克单膝跪地，把冲锋枪扛在肩上，冲锋枪发出可怕的"嗒嗒"声，就像巨大的响尾蛇在摆动尾巴。几十个强盗倒在地上，有的死了，有的还在痛苦地尖叫。

其他强盗转过身来，看到帕特里克扛着枪，意识到自己正腹背受敌。他们还清楚地记得，不久之前就见识过这挺冲锋枪的威力。

帕特里克看到奥格尼奥就在不远处，跟一群奴隶和犯人缩在一起，突然心生一计。

"嘿！大块头，就是你！"帕特里克冲奥格尼奥招手，"过来！把人都带到这里来！告诉他们，要想逃跑，赶紧拿点儿可以打架的东西。"

不管奥格尼奥听懂多少,反正至少是理解了大概意思。很快,除了女人,所有囚犯和奴隶都聚到了帕特里克身后。

自从帕特里克开枪之后,外面敌人的火力稍微缓和了一点。对方的头领仿佛认出了帕特里克的枪声,担心会误伤村子里的白人囚犯,因此,只有零星子弹一直朝某个固定地方射击。

强盗重新镇定下来,开始准备马匹,翻身上马,显然是想突围出去。他们群龙无首,乱作一团,好几个人同时大喊着发号施令。

就在这时,帕特里克带着刚刚那群人摸近强盗,许多人都拿着木棍和石头,还有人匆匆从强盗屋里偷出了匕首和刺刀。

等强盗发现后面居然也有敌人,帕特里克立即再次开火,村子里一片骚乱,内外两队人马形势一片大好。

脱缰的马匹受了惊吓,在村子里乱跑,强盗跟自己人打了起来,纷纷去抢夺马匹。许多人成功爬上马背,往大门冲去,一路上横冲直撞,撞倒了不少人。他们强迫哨兵打开大门,然后立刻冲了出去,却迎面遇上了一群黑人战士。这群战士戴着羽毛头饰,手里拿着现代化的大功率步枪。

战士们一直藏在一座低矮的山头后面,看到冲出来的强盗,立即站起身来,纷纷冲下山头,骚乱的战场上响起瓦兹瑞族的呐喊,彪悍无比。

泰山是瓦兹瑞族的头领,他第一个冲到大门前面。慕维洛带着一小队人负责拦截侥幸逃走的几个强盗,泰山则带着剩余人马,向村子里士气低落的残余势力发起进攻。

强盗被瓦兹瑞人包围,纷纷丢下枪械,大声求饶。不久之后,一小队瓦兹瑞人把他们赶到村子一角,严加看管。

泰山跟帕特里克和杰泽贝尔打了招呼,看到他们毫发无伤,大大松了一口气。

"你来的正是时候,这把老式机枪太耗子弹了,最后一轮正好打空弹匣。对了,你那些朋友是谁?哪儿找来的啊?"帕特里克问。

"他们都是我的人。"泰山回答。

"真牛!"帕特里克羡慕地说,"对了,你看到老史密希了吗?"

"他在我营地里,很安全。"

"还有芭芭拉,她在哪儿?"杰泽贝尔问。

"她和拉斐特待在一起。几个小时后你们就能见到他们了。等我处理好这些人,我们马上回去。"泰山转过身去,开始向被强盗囚禁的人提问。

"他长得不好看!"杰泽贝尔抱怨。

"小妞,好看能当饭吃吗?"帕特里克提醒道,"记住,从现在开始,不管我长什么样,你认识的'漂亮'家伙只有我。"

很快,泰山按照囚犯所属的部落和村子,把他们都分了组,然后指定几个酋长带他们回家,他一边解释自己的计划,一边给酋长下指令。

等瓦兹瑞人挑好自己喜欢的步枪以后,囚犯瓜分了剩下的枪支弹药和值钱货。强盗则由一大群盖拉人负责看管,准备把他们有序地送回阿比西尼亚,交给最近的王子处理。

"为什么不直接绞死他们?"盖拉酋长问,"这样就省了一路上的粮食,也给我们免了很多麻烦,不必小心翼翼地看管他们,再说了,王子肯定也会绞死他们的。"

"就照我说的,把他们送回去,"泰山回答,"不过要是他们敢找你麻烦,那就随你处置。"

众人花了一个多小时清理村子。所有拉斐特的东西都被清理出来了,还有帕特里克宝贵的弹药、心爱的汤姆逊冲锋枪剩下的

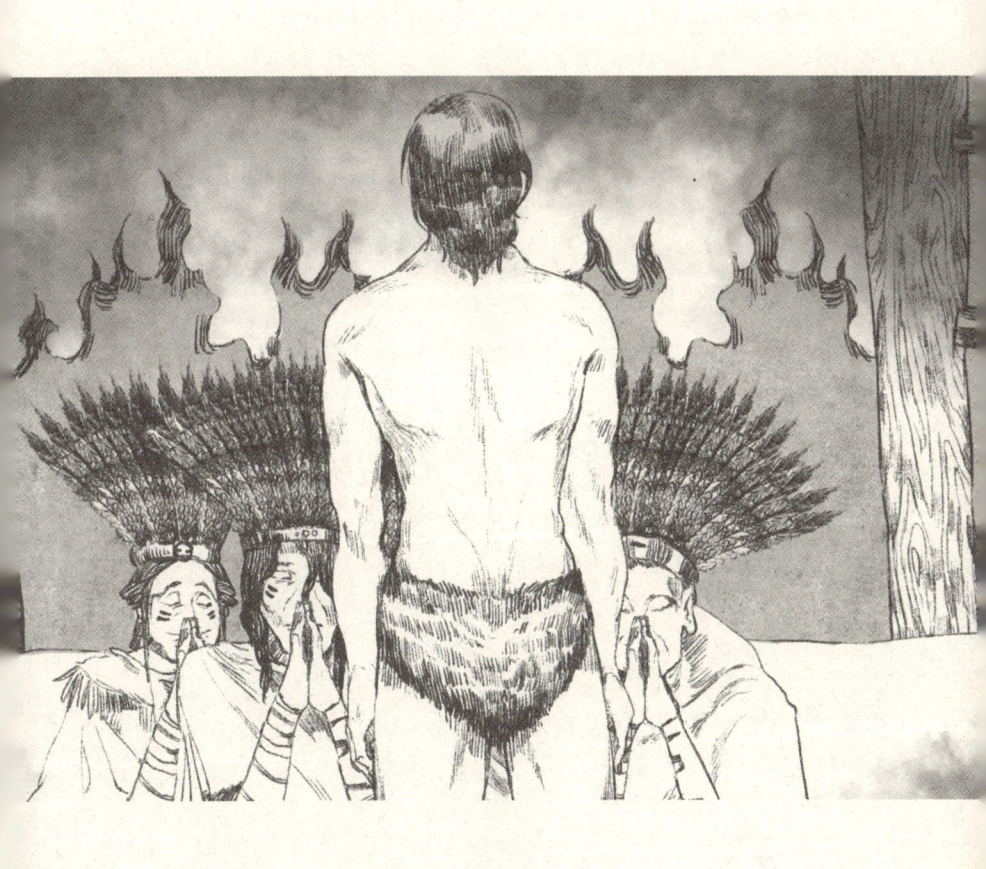

瓦兹瑞族

子弹。奥格尼奥集合了拉斐特的搬运工,把所有东西重新分配给他们搬运。

　　清空村子后,众人在里面放了几把火,霎时间,滚滚浓烟冲上碧蓝的天空。几个酋长走到丛林之王泰山面前,双膝跪地,感谢泰山解救自己的族人。随后,几支队伍离开村子,各自回部落去了。

Chapter 26
系上最后一个结

看到原本十分平静的营地突然热闹起来,拉斐特和芭芭拉十分困惑。战士们一整天都整装待发,好像在等什么号令,夜幕降临的时候,他们还在等待。

很明显,大家都很不安。营地里没人再像之前那样放声高歌,谈笑风生。拉斐特和芭芭拉准备回帐篷休息的时候,看到战士们正围坐在篝火边上,身边备着步枪。两人睡着的时候,号令终于来了,黑人战士井然有序地悄悄步入森林,只留下四个人看守营地,保护两位客人。

清晨,芭芭拉从帐篷里走出来,惊讶地发现营地全空了,只有那个贴身服侍的男孩在做早饭,还有拉斐特和另外三个黑人。所有黑人身上都带着武器,但对她的态度却并没有变化,依旧很恭敬。芭芭拉并不害怕,只是营地突然空了,她觉得很好奇。

几分钟后,拉斐特朝芭芭拉走过来,他也觉得很奇怪,不明白为什么这些谈笑风生的搬运工、土著兵突然就成了描着纹饰的战士，还神秘地在夜里消失了。从男孩身上，他们看不出任何端倪，虽然他还是和先前一样有礼貌，满面笑容，但不知怎么了，昨天他还自豪地炫耀自己的流利英语，今天却好像完全不会说了。

时间一分一秒地过去，直到正午时分，事情还是没有任何进展。不论是帕斯莫尔勋爵，还是消失的黑人，没有任何人回来，谜团还是没有解开。对芭芭拉和拉斐特来说，有了彼此的陪伴，时间似乎很好打发。可对另外四个黑人来说，时间可真是过得太慢了，他们站在烈日下，一边等待，一边竖耳倾听，都有点儿昏昏欲睡了。

突然，情况似乎有了变化。芭芭拉看到男孩站起来，热切地听着什么声音。"他们来了！"男孩用黑人方言对同伴说。剩下三个人都站了起来，虽然他们觉得来者应该是同伴，但还是拿好步枪，以防万一。

渐渐地，来人的说话声、走路声越来越大，就连芭芭拉和拉斐特都听到了。不一会儿，他们看到一列纵队整齐划一地穿过树林，朝营地走来。

"哎呀，是帕特里克！"拉斐特兴奋地大叫，"还有杰泽贝尔，他们两个怎么会碰到一起，真奇怪。"

"还有泰山！是他救了他们两个。"芭芭拉大声说。

看到四人重新团聚，泰山的嘴角露出微笑。等四人相互问候，解释完各自的经历之后，芭芭拉说："真是可惜啊，招待我们的主人帕斯莫尔勋爵不在这儿。"听到这话，泰山的嘴角咧得更开了。

"他就在这里。"泰山说。

"在哪儿？"拉斐特环顾四周。

"我就是帕斯莫尔勋爵。"泰山说。

"你就是？"芭芭拉惊讶地大叫。

"是的。听到有关加皮埃特罗一伙人的传言后,我就编造出这个人物来,然后北上做调查。这样一来,他们不仅不会害怕,反而有可能会像攻击其他人一样,打劫我的探险队。"

"老天,要是他们真这么做了,一定会被你们打得很惨!"帕特里克说。

"难怪我们一直没见到帕斯莫尔勋爵,我还以为他是个神出鬼没的人呢。"芭芭拉大笑。

"把你们留在这里的头一个晚上,我先是往丛林里走了一会儿,等你们都看不见我了,才从另一边折回营地,回自己帐篷里睡了一晚。第二天一大早,我就出发找你们的朋友去了,结果我自己也被抓了,还好一切进展顺利。如果你们暂时没有别的计划,我想请你们和我一起回家,让我好好招待你们一段时间,帮你们从这段惊险的非洲之旅中恢复一下。又或者,"泰山说,"拉斐特·史密斯教授和他的朋友还想继续进行地质考察。"

"我,呃,是这样的,"拉斐特结结巴巴地说,"我已经决定不再继续考察非洲了,我要花余生所有的时间研究英国地质。我们,呃——听我说,芭芭拉——"

"我要带他回英国,等教会他射击以后再放他回非洲。说不定我们会一起回来。"

"帕特里克,你呢?你要留下来继续打猎吗?"泰山问。

"不,不,我们要回加利福尼亚,然后买间汽车修理厂,开个加油站。"帕特里克坚定地说。

"我们?"芭芭拉很疑惑。

"当然,我和杰泽贝尔。"帕特里克说。

"真的吗?"芭芭拉大叫,"杰泽贝尔,他是认真的吗?"

"当然了,小妞,是不是棒呆了?"杰泽贝尔回答。

系上最后一个结 | 237